U0935503

地方

蔡测海 著

CNS 湖南文艺出版社

目　录

守　世

你一定会守在那里。

有谁谁问，那个谁谁住的地方，还有多远？指路的一摸脑壳作答，叫这个名字的人不多，西边，七八里地。七八里，也许是半日、一日路程，数量词总是靠不住，对不对？

你一定会守在那里，等某人，或者命运的到来，你的名字就是地标。

你是谁，没人问。你是一个守世的人，在一个地方守望世界。

淮南子里的人名、地名、神名，经数千年还在。

在东南西北的某一处，你就是一座地标。

在十字路口，有好人立下指路碑，前面怎么走，去哪里。那时候，三川半人迹罕至，先过来的，有了行路经验，立个碑指路。最先过来的，领路的是太阳、月亮和星星。记下时间，记下年月日。二十四个节气，十二个时辰，六十年一甲子。

有了河流，一条河有了名字。有了山，一座山有了名字。人来了，一个人有一个名字。有了种植，种子有了名字。鸟兽草木泥石，都有个名字。民宅或官府，佛庙道庵，天宫地府，是屋的名字。

万千名字在册。把世界读明白。

守世，就是守名字。

年三十，三川半，村寨里，屋中央的四方火塘，旺火照人。守夜，守年。

今年接来年，四季连着四季。时间就是那些树，在经年里花开花落。

以前的那个人，到了一个地方，会给一个地方取名字，叫勺哈，岩冲，或者叫猛必，又或者叫乌鸦，洛塔，古里。那个人喃喃自语，走过那些地方。一个地名连着另一个地方。山脉与河流。你在雾岚里，在各种植物中，找那些地方，其实是找那些名字。它是有的，又是没有的，怎么找也不见。找到的是山脉与河流。那些山脉，歇在一边向阳一边向阴的地方，像一只老龟，背上是太阳，腹下是泥石之上。就这样安放一些人家，成为另外的居所，三川半人，就是这样安居乐业的。而河流，就像以前的那个人，从不安歇，它要给所有的地方取一个名字。百福司、常德、长沙、汉口、南京、上海。离三川半近一些的地方是重庆。是的，重庆。很远很远的地方，是别的河流，低处的大海，和高处的陆地。

人从水上来。

人从陆地来。

长官不是官，是地名。明朝不是王朝，是地名。官厅不是仪式，是地名。村长村，不是村长的村，是地名。

最先来的那个人，最先走了。他沿着河流，朝唐朝的那个方向，在一些路口，留下金文和楷书的指路碑。他留下的那只鞋，后人做成养畜的食槽，做成水渠，做成桥，做成路；他留下的那顶斗笠，后人做成水碾子，做成屋顶，做成路边避雨的木棚；他留下的火把，后人做成灯，围成火塘，一直用那火种，把村子点亮，把天点明。

那天，采山货的女人，在山溪水边。毛毛雨，山色成雾。雨渐大，如撒豆。雨击水中，一点一个泡。农人有话，一点雨，一个泡，大雨还未到。

女人踩上长满青苔的石头，滑倒在溪水中，才叫肚子疼。水中临盆，一溪血水，产下一男孩，那顽孩，由水中爬起，自用指甲掐断脐带，如蛙跳上岸，叫，娘，快上来，莫让湿了衣服。

娘儿俩回家。去时割草，归时携儿。

回到村长村，小儿长大，为村长。

到儿能赡养父母时，父母早亡。到知恩图报时，已无可报父母。

黄土埋人，荒草掩坟。

留后人，为守世。

“鹞子扑鸡”那件大事发生的时候，女人得到一些提示。母鸡用翅膀护住小鸡。

女人去尖庙抽签。儿子生下来会跑会说话，像封神榜里的哪吒，迟早惹祸事。投神仙，问祸福。菩萨灵不灵，天知道。天灵不灵，菩萨知道。

签为无事公卿，出将入相。凶。细解，孩儿本是公卿命，问事朝廷，克父母，得治邦。女人惊吓，能不能不做公卿，不出将入相，不问事朝廷，不克父母，不治邦？

仙子给了女人一道符。天命无解。得此符，可降官十八级，降为最小的官职，可安天命，治邦，克父母。

村长得为村长。

村　人

计划生育，改变了母亲的工作性质。在三川半，母亲的工作性质是做妈和生育。历史的工作是发展和繁荣，三川半的女人是做妈和繁殖人口。

三川半的野兽比人多，成为人的食物资源。做妈的把人口大量繁殖，成几何增长，人与兽的比例就严重失调。

村长开会的时候讲，这个世界，日他屋里娘，连头野猪也打不到了！村长骂娘，表示极大的愤怒。他又分析了一下形势，三川半正朝着“日他屋里娘”的方向发展。

三川半抓三件事，要抓粮食生产，要抓计划生育，要抓斗争。敌人就像虱子，抓不完。所以，还是要斗争。什么是敌人？敌人就是人心里长出的稗草。稗草是稻草的敌人。什么是斗争？斗争就是欺负人。不是稗草欺负稻草，就是稻草欺负稗草。稗草年轻时和稻草一样，长大了，变老了才会显出稗草原形。稗草无毒，也结籽，剥开有稗米，也可以充饥。三川半人以养稻粱玉米红苕为生，不养稗草。

还有一个问题是，心里不长稗草，就不会有稗草。这话是村长说的。村长就是村长，水平高，比方说他的稗草理论。

村长就是这样，开会讲计划生育，他东拉西扯，讲到稗草，又讲到抗旱，还是六月，他就讲到耕牛过冬，说今年冬天会有冰冻。村长就是村长，有预见性、有深谋远虑的人，才可以当村长。村长的话题跑了很远，又跑回来，让人觉得他云游四方，才进会场。村长指着向三妹说，向三妹，你肚子又大了，又要生了，你生了七个孩子，又要生第八个了，你就那么容易怀孕啊。三川半的土地要像你就好了，就有饭吃了。你是生孩子还是造楼梯？你两年生一胎，一个挨一个，就像楼梯杠杠一样，一节一节往上长，你要造一架云梯了，你那些崽一个一个踩着肩膀往上长，就高过屋顶了。向三妹，你怀了几个月了？生完了这个，你就去结扎。你男人毛老五呢？呵呵，来了。好，你不结扎就让毛老五结扎。

向三妹是麻脸。别人叫她三妹麻子她生气。她说有疤有麻天生的，无疤无麻狗日的。千真万确，狗不长麻子。

向三妹挺了大肚子站起来，对村长说，哪个愿生这么多？不晓得怎么就怀上了。我不结扎，我又没生病，没得阑尾炎，凭什么开刀？你们只管把我男人骗了，我不管。

村长说，毛老五，你的意见呢？

毛老五坐在一条高凳子上，他从高凳子上下来，站着比方才坐着还矮了一截。村长说，毛老五，你怎么又坐下了？你站起来，大家才看得见你。毛老五说，我站着呢，我一个矮子，站着坐着一个样，村长，骗牛骗马还骗人？我不吃那个亏。我老婆也不开刀，我只要她一条口子，不要再开一条口子。鱼只有一张嘴巴，母猪母牛也只有一条口子，为什么要我老婆开两条口子。村长，给我老婆做两条口子，我顾不过来。

听毛老五讲完，大家正准备笑一场。等村长讲话了，大家不笑了。

村长说，毛老五，你们家开的口子还少啊？你两口子要生第八张口了，加上你两口子是十口子。你们每张口是四百斤粮食，一年四千斤。我们一亩地产多少粮食？坡地百把斤苞谷籽，平地两三百斤苞谷籽，加上红苕杂粮也就那么多。几丘雷公田，天不下雨就只有稻没有谷。吃什么？吃饭？吃屁都没得吃。

村长接下去就讲吃饭，讲粮食，讲养猪，讲肥料。讲化肥不好，把土地搞坏了。化学肥料就是个怪物，土地越种越瘦。白嘴杨二哥说，日本化肥好，是装化肥的口袋好，把化肥口袋洗干净，染成深蓝色，做成裤子穿不烂。

村长又讲了些话，他的话好像弹棉花，要不断弹下去。有孩子在哭，婆娘们把又肥又大的奶子扯出来奶孩子。这样一来就分散了男人们的注意力。村长肯定看见了其中某一只奶子，那只奶子一定比别的奶子白。肯定不会是妇女主任的奶子，妇女主任是个干部，比较含蓄，不会轻易把奶子露出来，虽然会很白，也不能露出来，让大家看见了不好，大家看见了妇女主任的奶子，干部还怎么当？

村长说，大家散会。他在会场乱哄哄的时候又大吼一声：所有的四类分子，下次开会带一捆柴来，让大家烤火，按照政策，不记工分，算劳动改造。

所谓的四类分子，就是地主、富农、反革命、坏分子，加上右派，是五类分子。乡下没有右派，右派分子是些有学问、会著书立说的人，他们在城里，这就是城乡差别。乡下没有著书立说的人，乡下缺右派分子。村长说，我们这里要是来了个右派分子，我们天天杀鸡给他吃，一个月打一头野猪给他吃。右派像洋布，在乡下是又贵重又新鲜的事物。

后来，三川半也有了右派。不知道村长通过什么关系，搞来了一个右派分子，住在村长家。右派分子会做东坡肉，和村里做的坨子肉差不多，也都是猪肉做的。把坨子肉叫做东坡肉，这就是右派。在村长家里，右派天天写书，写书是一种特权，给右派这么大一个特权，村长的面子撑不住，村长就让右派分子写大标语，写对联，开会帮着念文件，念报纸。会开完了，村长让右派念《水浒传》，讲孔子，结合批林批孔批宋江这个投降派，先造反，后招安，宋江是个坏人。

右派对村长说，你们都是书，我把你们做成文章，我到这里事实上是来上课来学习的。后来，右派写了一本书，叫《乡村社会经济》，他还学会了木匠手艺，他得了个名号，叫右派木匠。直到他离开三川半，一直叫这个名。

村长一直是村长，很老了也是村长，村长就是他的名字。

村长吼的“所有的四类分子”，其实也就是财舅舅一个人。财舅舅家解放前是个地主。不对，是解放那个时候，土地改革，分田分地，土改工作队给他划分的阶级成分，他那个时候起才叫地主，成为四类分子。这个阶级成分怎么划的？直到村里来了右派，给大家念毛主席著作，有篇文章叫《中国社会各阶级分析》，大家学了毛主席的文章，才知道什么叫地主。地主就是养长工，剥削穷人，收地租，靠人种地，靠土地发财。他那个时候，不搞土地开发，要不，财舅舅就是大地主了，就是四川刘文彩了。刘文彩地多，钱多，小老婆多，长工多，还打死了人。小老婆，就是后来叫小二小三的。钱财多了不好，要找很多女人。女人多了也不好，要去搞很多钱。土地、女人和钱，后来都出过大事，很多人坐牢、挨枪子儿。当时，三川半人没有这个觉悟和认识，连村长都没有这个预见性。

财舅舅是个小气鬼，会敛财。他的家财是陈谷、腊肉和钱。各种各样的钱，直到那些钱废了，他还留在家里。解放后，他还是这个习惯。土改时人民政府一万元券，后来有一种苏联人做的三元券，他一概存在家里。钱不存银行，怕没收。没收，没收，收了没了。他不是不相信政府开的银行，在钱的问题上，财舅舅不相信任何人。

财舅舅给会上送一捆柴，对村长说，四类分子的劳动算不算劳动？村长说，不算劳动，叫作改造。财舅舅说，劳动也好，改造也好，我只要记工分。村长给他记了两分工。一分工，也就是一二分钱，他得两分工，值一颗鸡蛋。

白嘴杨二哥说，财舅舅下了一颗蛋。

使 劲

使劲和用功不一样，就像是狠人和英雄不一样，心狠和心狼不一样。心狼比狠多一点。讲这些话的时候，语气平和。始终能平和语气说话的人，能够改变别人的语气，能改变世界。有位三川半人叫沈从文，一辈子平和语气，能用他那种语气说话的人不多，然后他就成了大师。

人对牛说，使劲。人使劲地按住犁，人和牛使劲地把村里的泥土翻过来，把背太阳的一面翻过来晒太阳，把晒够太阳的那一面翻下去。晒场里晒谷也是这样，翻过来翻过去，在粮食里搅拌阳光，在泥土里搅拌阳光。过日子就是使劲搅拌阳光，不停地搅拌阳光，人就变得强心。

力量是阳光的孩子。

公社是一头黄牯牛的名字，合作化是一头黑母牛的名字，那头断了角的老黑牛叫土改，还有的牛，叫跃进、文革、批林、批孔，那头最不好使唤的牛叫四人帮。村长主要是领导这一群牛，不是领导全村人。人不需要领导，领导起来就心烦。人有各种各样的毛病。有的人吃了黄豆吃了红苕就放屁，真没办法。村长把牛领导好了，人就跟着走。人需要牛，牛很壮，人就有劲，有指望。村里的牛很卖力，很优秀，无论在什么年月，它都是一头牛，不会什么山头唱什么歌，它们只会做牛叫。

村里有个人叫作使劲，他一生下来就叫这个名字。他在娘胎里个大，娘生他时，很是困难。还好，是顺产，头朝下，只是个大了一些。接生的彭婆婆对娘喊：使劲，使劲。他爹也在门外喊：使劲，使劲。生下来是个男孩，他爹给他起的名字就叫使劲。他爹给他起这个名，给他带来不少麻烦。使劲是男人的行动，劳动配合，叫人使劲。一叫使劲，使劲就喏喏。使劲！来了，来了！使劲就这样，一直被吆喝。

使劲在青草坡上放牧牛群。村长说，让牛吃饱，牛吃饱了人才能吃饱。那时候，断角黑牛土改已经很老了。公社很强壮，还没有后来的牛，四人帮还没有出世，批林批孔还是小牛。在青草上撒尿，尿有咸味，牛喜欢吃。

林子里有人叫使劲使劲，是个女的。使劲一边应诺一边往林子里钻。见是一双男女脱光了衣服，男的骑在上面，女的睡在下面叫使劲使劲。使劲走过去，说，叫我做什么？男的是高粱哥哥，女的是棉花表姨。使劲来了，棉花表姨不叫了。两个人穿好了衣服。高粱哥哥对使劲说，你都看见了，莫对人讲，我上树帮你摘樱桃。端午节，刺莓过后，满树的野樱桃。日本的樱花是开给人看的，三川半的野樱桃是结果让人吃的。使劲说，高粱哥哥，我自己会上树，不要你送人情。高粱哥哥说，我们帮你割一大捆牛草。使劲说，牛已经吃饱了。棉花表姨说，使劲，你过来，我让你摸我的奶子。棉花表姨解开衣服，把自己的奶子露出来，像两只兔子。使劲喜欢白兔子，长耳朵，一跳一跳的。使劲说，不，你又不是我娘。棉花表姨的男人叫谭木匠，一年四季在外头做手艺，他给使劲做过一把木头手枪。

使劲喜欢棉花表姨。他说，我什么也没看见，也不对人讲，对我娘也不讲。

使劲跑了。他赶着牛群，一边赶牛，一边说着好呀！好呀！你们好呀！他有些异样的兴奋。一群牛，屁股连着头，牛的声势，是村里最大的声势。若干年后，使劲第一次见到火车，觉得像一列牛队。

在村长的时代和村长以前的时代，放牛不叫放牧，叫守牛。牛是一种食草动物，是常常被猛兽和人猎杀的长角兽。人把牛养起来，保护起来。人使用牛，也保护牛。守牛，是守护、看护，怕它走失，怕牛贼偷盗，怕猛兽吃掉。牛被家养以后，叫作牲畜，已经很不牛了。牛有黄牛、水牛，是家养的牛；有牦牛、犀牛、野牛、羚牛，是兽类的牛。野牛在密西西比，在非洲的万里草原，它们的队伍，比狮子的队伍庞大得多；牦牛在雪域高原，由男人和女人守护，有青草和野外的情事。

黄牛、水牛是家牛，是村牛，是被人组织起来的牛。它们是动力，劳动力，生产力。它们经常在被通缉的范围之内。它们与乡村同命运，遇到困难时，它们也被当人看。比方说天旱，就会说人畜饮水困难，多少人受旱，多少牛饮水困难。

牛不知道，它们已经有了社会身份。牛群同马群、狗群一样，注定要过上人一样的日子。一头牛一匹马或者一只狗，慢慢地接近人群，它们后来就成为人类生活的一部分。它们开始有了人的生活属性。村长不随便给一头牛起名，他给一头牛起了个名，他就把它当一个人、一个村民。像有人给狗起个名字，就把它当成家庭成员。

村里的狗由使劲起名。汪汪狗、摆尾狗、耷耳狗、竖耳狗、灵狗、屎狗、骚狗、偷人婆、害人精。使劲给狗起名，完全是随心所欲，他并没有怎么观察狗群，他没打算当狗评委。村里的狗不在意，取个什么名字都行，有了名字好，一个名字可以领一份狗生活。

牛和狗有了名字，就和村子和人有了联系，名字是一根绳子，一种生活指望。

起名也是一种掌握权力的手段。有了牛名、狗名，村长可以给牛一些指示，使劲可以给狗一些指示。在一个时期，牛听村长的，狗听使劲的。

使劲喜欢灵狗。那时候灵狗还小，使劲给灵狗一块大骨头，灵狗怎么也叼不动。使劲喊，使劲，使劲！灵狗一努力，把那块大骨头叼走了。

使劲觉得灵狗把自己的名字叼走了。

使劲是个人名。很多时候，使劲是个短句，一个三川半人的名字，一个三川半人劳动的短句。

种植，砍伐，挑担子，抬石头，扛，背，走路，甚至讲话，吃饭，都得使劲。所有的活动，没有省力的地方。三川半的石头，三川半的大树，三川半的偏远，三川半的地老天荒，一万年以前生命就在这里。三川半人来到这个世界，不是为了过日子，是为了使劲。

使劲对娘说，娘，我要有出息，出息成共产主义，让娘吃大米饭，吃鸡，吃肉，穿新衣服，让娘不苦。

娘说，你慢慢长吧。

使劲说，我要快点长，我要读书，要当干部，哪个干部大我就当哪个。村长我不敢当，村长是村长的，我先当县长、市长，再当州长。州长是大大的干部。当了州长，我还要当共产主义，共产主义是最大的干部。

娘笑了。好啊，等你当了共产主义，我就是共产主义的娘，你爹是共产主义的爹。我们这个家，就是共产主义的家了。

使劲说，那是那是，村长就是共产主义的村长，村长教我怎么做我就怎么做，我只听村长的。

来　历

来人姓朱，叫朱明朝。先祖甲子年间出走，至建水，落地生金，成富豪。万贯家财，寄存于彼时，彼地时大朱家建立王朝，小朱家走建水。

两朱非一朱。朱元璋安徽人氏，得势于丐帮。小朱家三川半人氏，发家于白手。放牛娃朱重八杀了财主家的牛，入了丐帮，建红巾军，夺得天下。起势时为灾年，天旱一百天，赤地千里，饥民无数。朱重八约了众人，以期谋个好伙食吧。好伙食比好思想重要，让人行动一致。伙食，打伙谋食，啸聚成势。谋得食来，席次也饱满，人食两旺，吃起来也大方。人吃喝剩下的，拿了去喂猪狗。狗醉趴了，猪醉死了。打伙谋食，食为天，食为本，食为中心。杀鞑子，驱外辱，建天朝，是饥饿的口号，也是振奋军心的口号。

夺得城池，定得江山，天下归朱重八，称大明皇，号洪武。依前朝定制，封大官小员。食物折算田土银子为俸禄。谋食者必贪食，必强势。有势者，屯酒肉粮食，夺民女。官衙前后青楼剧院，左右戏台酒馆。这朱家天下成何体统？朱重八一怒，杀！贪腐者，杀！强势者，杀！

传朱重八设东厂，添锦衣卫。锦衣卫提来一人犯，钟离人，朱姓。与朱重八同乡同族，随朱重八打天下，屡建奇功，战乱之中为朱重八挨刀。得天下后，这人得濠州尹，贪灾银犯事，被锦衣卫捉拿，这人直叫唤须见朱重八。

这人单膝跪下，皇上赐死，求挨皇上亲赐一刀。

那人念皇上不忍下手，能得以免死。

朱重八也实难下手，令人松绑，放了人犯，说，给你一个时辰，你自藏好，杀你不成，你自活命，回钟离养老。

这人犯领皇恩，出大殿自寻藏身处。见园林中有一狐狸，将其击杀，又割狐狸皮以蔽身，寻一空心树洞藏好。一个时辰后，朱重八提刀入园林，见一狐狸藏于树洞。自言自语，杀妖狐以杀贪，免尔一死罢了。

一刀下去，血溅四处，原是战场救命之人。朱重八一叹，躲脱不是祸，是祸躲不脱，天要杀你。

朱重八以为，天朝败象，一为穷，一为饥。人心败坏，天下败坏。开洪武之治，建天下粮仓，有好伙食，有管伙食的好人。

好光景经年，这边小朱家他乡安身，财势见长，日进斗金。大宅立地，四大天井，三十二小天井。屋接屋，四百多间，花园不计。

来人正是朱家后人朱明朝。

不蓄胡子的老祖父，给念家谱，先祖做大明皇帝，抗倭，也有诗书画。家藏朱元璋的画像。有几只朱耷画的鸟。老祖父教他念三字经，读百家姓，经习诗书文章；教他练毛笔字，横平竖直，撇捺如刀点如桃；教他练静气，坐如钟，站如松；教他拳术，说唱，要他做文武全才。朱家后人，必成国家栋梁。

家藏清宫医案，清宫膳记。伯父朱济之，习医。父亲朱旦之，事厨事。

伯父死于伤寒，他精习的伤寒经没能救治他的命。

父亲为乡间名厨，每有红白喜事，必为掌勺。若有疑难事，必有人找朱旦之，你为我掌勺。这掌勺，就成拿个主意，办经纬之事。有贵客临门，也有人请朱旦之做一桌好菜。

老祖父去世，朱明朝断了文武经习，跟父亲学厨艺。父亲教他，做个好厨师，一生受用，天旱天涝，饿不死厨子。做一个好厨师，只需三样：用火，用水，用盐；火候，干湿，咸淡。

父亲死了，饿死的。他学得厨艺，后来也废了，没有食材。

万般有命，人算不如天算。老朱家后人，也斗不过天。

后来，有母猪洞崖壁上的凿石文字，是一篇《诛天记》，情诗之恨。一般的说法，那是神仙的伙食账。

这个时候，最好的天下事是下雪。茅屋或瓦屋，一样的色调，炊烟和路，怜若梦境。河上的风雨桥，在雪的边缘，半干半湿。水中桥影，像鱼的街市，静得听不见钱币的声音。柴扉门口有鸡狗，大宅门口有石狮，任雪将群类温柔。雪落在石狮的顶上，它比平时更安详，人迹兽迹，落叶牛粪，一色明亮。

露用手掌去接雪花，她想让手掌堆成雪屋，堆成雪山。

雨打开箱子，拿出绣花鞋，如花绽放，一屋香气。

娘，好看。露说。

雨说，露儿，你去把绣花鞋种在茶园里，它会长出你要的。要是娘不见了，只要绣花鞋没烂，娘就会回来。

朱家男人拿了捆稻草，在堂屋角困了。

雨把露哄睡着了，在火塘边脱了，让村长压上她的身子。村长做了，他什么也没说。他明白，把一丘田犁了，要收工了，犁头会挂很长时间。这是一定的，朱家男人找来了，女人得跟他走。

露往火塘里添了一根硬木材，火旺，屋里暖和。

孩子路上累不起，这点粮食就当青苗，接来年大收吧。你就是爹，带孩子熬到吃饱饭的好日子。我随朱家人走，也省下一口饭。我去，天边有朱家的祖业，找到了再回来接你们。我三年五载地去，十年八年地回。女大了，就找个好人嫁了。

半夜里，雨和朱家男人走了。露还睡着，露还在说梦话，下雪好啊，好玩。

雪把两双脚印埋了。

天晴了，脚印都化成了水。

铁一样的江山，水一样的脚印。

朱明朝半夜里让雨吃了一坨饭团，一颗迷药，雨跟朱明朝走了。朱明朝那只布袋，似有很多饭团，一天一个，母鸡生蛋一样。一天一个饭团，两人吃了赶路。走到云南建水，朱家花园，先人藏有酒肉粮食金银财宝。先祖把好日子的剩余部分留下，让后人过好日子。

从化雪时刻到油菜花开，朱明朝不吃那最后一个饭团，倒在了油菜花中。雨掰了一块饭团塞在他嘴里，扯了些油菜花把人盖好。

嘴里有饭，不算饿死鬼。

这个时候，人往西南，已过了贵州，渐渐踩上了红土。

鸟离林，为觅食。鱼游急滩，为讨吃。牛羊翻山，为争草。人走万里，为谋生。

好像过年，糯小米蒸肉，还有条红烧鱼。那鱼像是活的，筷子一夹就跑，跳到潭里去了。一桌菜也掉进深潭。一惊，醒了，雨扯了一把荠菜，塞进嘴里，又香又甜。人的力气是从牙齿开始长的。人长了牙就能走路。人没牙，就行路艰难，力气从牙齿传到四肢。

人是牙齿的寄生。

雨想要一条河，就有了一条河。想要河上有一根木头，就有了一根大木头。人乘木头，流水会送你到远方。

村长娘子

村长娘子是个影子，使劲没见过村长娘子。

影子都很漂亮。唐四从湖北搬家到三川半，带了十几张影子画挂在板壁上。桃花样的脸，樱桃样的嘴，葡萄样的眼睛，柳叶一样的眉毛，莲藕一样的胳膊，红衣裙，彩带子，黑头发，像天上掉下来的云霞挂在板壁上。

十几个影子人，最漂亮的那个就是村长娘子。

村长的女人应该是天上人间最漂亮的。村长人好，心善，能力强，个头壮实。三川半的好男人，他的女人一定出色。

村长有个女儿，叫做露。无娘女，天照应。她越长越像仙女。露是村长的面子，是使劲的心思。使劲的心思和露一起长大。

村长拿出一只绣花鞋，让使劲看。村长说，这是我女人的鞋。她人走了，留给我一只绣花鞋。

认识一只绣花鞋，就能认识那位影子女人。绣花鞋这么精美，那脚也会很精美，那影子女人也会很精美。

她死了吗？

村长好一阵不说话。他说，她怎么会死呢？有些人是不会死的。她的绣花鞋还好好的，她怎么会死？

村长的女人叫雨。她离开村长和女儿露的时候说，等三川半的日子好一些的时候，她会回来。雨把洗脸帕埋在菜园子里。雨对村长说，清明节的时候，你去看看，洗脸帕没有烂，我就还活着，我还会回来。村长在清明节的时候，去看洗脸帕，它还好好的，还有女人的香味，脂粉的味道。以后的清明节，埋在菜园子里的洗脸帕还是那样，女人味越来越香。村长菜园子里的萝卜花、白菜花，全是脂粉味，连胡萝卜，也是脂粉味。露在吃菜的时候对村长说，爹，你做的菜太香了，以后做菜的时候少放一点香。村长说，露儿，那些香是你娘在菜园子里放好的。在我们睡着的时候，看不见她的时候，她就把香和在月光里，洒满菜园子里。

露问，爹，娘呢？她在哪里？

村长说，她在去明朝的路上。

露：明朝在哪儿？远吗？

村长：远，像月亮那么远。

月亮真近，也真远。月亮近的时候，娘就会到菜园子里来放香香。月亮远的时候，娘就不见了。露还记得娘的样子，又好像不记得娘是什么样子，露只记得娘的手掌，像一片树叶，总是盖在露的头上。娘的手掌是一片树叶或一块头帕。

在月亮很高的时候，村长睡着了。露爬起来，拿起那把木梳子握了一会儿。这是娘用的梳子，娘用它梳又黑又长的头发。娘的头发天天梳，好像怎么也梳不完。露望着娘梳头发，娘对露说，你外婆讲，娘这头发是忧愁丝，怎么也梳不完。

娘走的时候，怎么不带走这把梳子？

露拿了梳子，轻轻推开了门，她确信爹爹已经睡着了。

露来到菜园子，她想着娘会在月光下来到。月光下雪一样的白色，是萝卜花。一园子香，露想娘来过了，或者没来。

一枝花伸过来，亲露的脸。露感觉到花的温度，又香又暖和。她闭上眼，就这样站着入梦。

你是我娘吗？

露儿，你饿吗？你爹还好吗？你爹没吃过一顿饱饭，他省下一口给你，省下一口给你娘。娘让你爹多吃一口，娘走了。

娘，你回来，我不饿。

做梦的露儿，十四五岁了。

一只蚂蚁钻进了她的裤裆，在她的羞羞处咬了一口，又爬上露的胸脯，咬了她的乳头。

露醒了，那只蚂蚁不见了。就是这样，关于一只蚂蚁的秘密，让露失去童贞。过了些日子，露长成大姑娘，使劲在茅草上拦住她，把她提到林子里，露拉上使劲的手，把他拉上一块青石板，她先躺下，脱了衣服，她对使劲说，来吧，咬我吧，你这蚂蚁！

村长在菜园子找到露。

露儿，别一个人乱跑。

爹，我看见我娘了。她和我说话了。

满菜园香味。

来了个姓朱的人，三十多岁的男人。他说他是云南建水的。他的祖上是三川半人，他回来祭祖。明朝，一家人去了云南。是郑和下西洋的时候，他还是个孩子呢，那个姓朱的男人说。他后来给皇帝叫去，当了太监。后来，皇帝又给他一大堆东西和船，他下西洋去了。这个走了很长的路的人，讲了很短的故事。他说他在云南建水盖了一座朱家花园，是明朝最好的建筑师的手艺。那是很大的房子，住很多的人。是个让女人喜欢的地方，宽大的房子，绣花，唱戏。

吃饭呢？村长的女人问。

姓朱的男人说，当然要吃饭。每年几十担大米，菜籽油，茶籽油，花生油，猪油，还有杭州丝绸，吃好了穿好了才能唱戏和绣花。

村长的女人说，你那个明朝真是好，我想去你那个明朝。

姓朱的说，去吧，我们那里什么都不缺，就缺女人。

女人，离开一个男人有各种各样的理由。无非是要找一个好地方吃饭、吃肉、绣花和唱戏。村长的女人多一个理由，给村长和露省一口吃的。

村长的女人留下一只绣花鞋，埋下一块洗脸帕，走了。

她对露说，娘和这位大哥去走亲戚。

等了几天，几个月，几年。

娘没回来。

村长的女人没回来。村长是个重情重义的人，他没再娶别的女人。没有女人的男人是在修炼爱情。

村长的爱情是个影子。

他的女人也是个影子。他的女人去了明朝，他的爱情去了朱家花园。

那个时候，三年大旱。中间的一年，冬旱接着春旱又接着夏旱。人就像赌徒，天是庄家。博彩，会出现大大小小，大大大小小小，大小大小……人博不赢老天，出现旱旱旱。有时是旱旱涝涝，有时是旱涝旱……十赌九输，十年九不收。老天让人输个精光。人为了等那个好日子，好季节，大丰收，赌红了眼睛。人有限，天无限。人有心，天无心。有心就会有欢喜，有好心态和坏心态，有好心情和坏心情。天只有好天气和坏天气。

南方，最不缺的就是雨。老天把雨收起来，把云也收起来。没一滴雨，连一片像样的云也没有。种子不发芽不长苗，粮食就这么断了。村长的女人纺棉花从来不断线，她那样匀称地摇着纺车，一根线纺成一个纱穗子。她和村长的日子也是一根线纺下来的，纺成一个家，一个女儿。那样的好手，日子在她手里断了。怎么接上？没主意，没办法，没吃的，没棉花的纱还怎么纺？

日子断了，路不通了。使劲和露那个时候进了乡村小学。学过工人、农民、米面、豆子、棉花、布料、衣服等词，油盐还没学，学五星红旗、天安门，学红色歌谣。

单干好比独木桥
走一步来摇三摇
合作化是石板桥
风吹雨打不坚牢
人民公社是金桥
……

一桥更比一桥好，过日子有希望。

有桥就有路，有路就有好日子。

金桥。是人民公社的日子。有本小说叫《金光大道》，写金桥的。

大家一齐朗读桥的歌谣。露，你站起来给大家朗读一遍。露站起来，读到独木桥，她就倒下了。晕倒。

老师来给她掐人中穴，她醒来，说，我饿。老师说，不准说饿，饿是什么？红军爬雪山过草地才叫饿，哪个红军战士说饿了？老师急了，找白糖水，没有，找蜂蜜水，没有，找米汤，没有。老师给露喝了一口凉水，露说，好些了，肚子疼。

村长的女人把露接回家。

那个时候，明朝的男人来了，她就那么走了。

她说给村长和露留一份吃的。

人民公社大食堂，有组织地吃饭，有组织地饥饿。大家一起吃饭热闹，一起饥饿也热闹。

人民公社对人的要求是，谁也不要多吃多占。多吃多占是罪恶，是人民公社的耻辱。

有人总会怀疑，有人会偷吃食物。人饿了，往往无耻，顾不上做一个好人。

人民公社的人，叫社员。小孩子不叫社员，叫接班人。社员记工分，小孩子不记工分。使劲和露，还有别的孩子不记工分，只吃饭，接班人可以这样，不算寄生虫。

寄生虫是一宗罪。有位诗人，他只写诗，不会做别的。诺贝尔文学奖的评委读了他的诗，给他一个奖。他的国家不让他得这个奖，给他定了个罪，叫寄生虫罪。他没有正当职业，只是写诗。写诗算什么职业？吃人民的饭，你还要写诗，就可定为寄生虫罪。像一只臭虫，一只虱子，一只跳蚤，一条蛔虫。他的诗不属于人民，他就是寄生虫。

接班人不算寄生虫，接班人不要当寄生虫。

时——刻——准备着

准——备——好了么

这也是歌谣。露在朗诵歌谣的时候晕倒。缺少食物不能让她好好朗诵。

人民公社大食堂，为的是有组织地吃饭，有组织地挨饿。

一人一份口粮。

村长的女人走了，她想省下一份口粮。

食物和药

因为饥饿，喜事少了。红喜事和白喜事都少了。

死了人，是白喜事。人老了，死了，成了家仙菩萨，由人变神，是喜事。请来道士先生，戴上方帽，敲锣打鼓，打解结，做道场。围着棺材盖灯，穿花，点上观音莲花青油灯。香烛爆竹钱纸，长歌当哭，人鬼神同乐。白孝衣，白喜事。婚嫁，生子，添人丁，请都管执事。迎亲，拦门，唱三棒鼓。新姑娘坐轿，官轿也要礼让，人人同喜同庆。生孩子，做满月酒，人人祝福。

饥饿岁月，不要喜事，要吃的。

人死了，拖出去简单埋了。死人不死人一个样。没有婚嫁，也没有生孩子。灾年，禾不结籽，人不生崽。三川半的灾年，人愁，愁庄稼，愁日子，忘记愁自己的身体。人的生理变化被忽略。大姑娘不发育，干柴火一样。后来做人口普查，一九五九年，一九六〇年，一九六一年，这三年出生的人极少。女人在这三年不生育。

三年有灾，三年无性。

村长得了水肿病。

饿的时候，食物即药。饱的时候，药即食物。

食物和药，是命中的两样东西。

村长得了水肿病，很多人都得了水肿病。水肿不是传染病。先是脚肿，然后是脸肿，最后整个人都肿了。饥饿年月，人人成了大胖子。

村长觉得很不好意思，我不肿，大家怎么会肿？村长胖了，全村人都跟着胖了。村长说，我们村就叫胖子村好了，人人肿成胖子。

心宽体胖，心宽出少年，灾荒出胖子。刘二先生架罗盘，掐手指，看阴阳，排流年八字，看出异相，测出祸福。饥荒胖，是小异相；天狗吞月，是大异相；三年大旱，是中异相。否极泰来，必有丰年福年。天有紫微，地有福星。

村长对刘二先生讲，刘二叔，你讲得好，算得灵。你要多讲你的阴阳八卦，每天多给你一两伙食。

乌鸦饿了，不叫。杜鹃，布谷鸟，画眉不停地叫，它们一季接一季地唱歌。好鸟唱好日子，坏鸟唱坏日子。乌鸦吃苞谷棒子，没吃的它不肯唱。乌鸦饿坏了翅膀，从一棵枯树上掉下来，死了。一群蚂蚁围上去，吃这几乎没有肉的乌鸦。蚂蚁吃一切死尸，一般不吃乌鸦肉，乌鸦肉酸得很。

刘二先生见蚂蚁吃死乌鸦，叹一口气。这年月，蚂蚁可怜。蚂蚁吃乌鸦，人吃什么？

村长说，刘二叔，你这个话讲得不好，要扣你一两伙食。

会讲会唱的杨二哥，是全村的快乐。杨二哥会讲三种话：三川半话，四川话，武汉话。他会唱七种歌：山歌，三棒鼓，盘歌，龙船调，溜溜调，号子和解放歌。八呀月里来桂哎花香——

村长说，杨二哥，你天天唱歌，给你加二两苞谷粉子。

杨二哥说，过苦日子，大家一起过，我唱歌就唱歌，不多吃多占。

杨二哥唱了七个月，天下雨了。

在杨二哥唱歌的季节，花一朵一朵地开了，红的，白的，黄的。到下雨的时候，那些花变成了果实。

歌唱和开花，是相生相伴的。

果实青色的，人还是水肿。上边派医生来看水肿病，看了几个人，望闻问切，四诊一断，断出人病，人先是饿瘦，再是饿胖。开出处方：红薯粑粑，大米丸子，先用大蒸笼“蒸人消肿”，再服用红薯粑粑和大米丸子。

食物当药。没有红薯和大米，这药难找，药方子再灵也没有用。村长报告人民公社，人民公社报告县里，县里报告州里，再报告省里，好像食物都收藏在上一级的仓库里。不久，来了治病的红薯粑粑和大米丸子。村长说，这是县长、州长、省长省下的口粮。

给三川半人治病救命，这是最高指示。饿死饿伤，不救人不行！

水肿消了，人就见了骨头，像河水消了，见了石头一样。村长说，我们是白骨精现了原形。

没有粮食，上级号召多产粮食。一号召，粮食产量就上来了。粮食放卫星，亩产两万斤。后来袁隆平院士种杂交稻，亩产两千斤，远远不及粮食卫星。

那个时候，人是饥饿的粮食英雄。三川半出了粮食劳动模范。先是亩产千斤粮，然后是两千斤粮，然后是万斤粮。劳动模范自己也搞不清亩产多少斤粮。有记者来电话，劳模，你今年亩产多少粮？劳模说，等上级来电话，他们还没定亩产。上面，就是县委书记羊耕田。羊耕田说亩产多少就是多少。劳模说出的数字，让人相信是真的。粮食产量高，饿死的人也就多。亩产高，粮食多，人人有饭吃，上边也就不发救济粮了，数字不能饱肚子，人就饿死了。羊书记给再多的数字也救不了命。

劳模姓牛。

牛劳模告诉羊书记，羊书记，再这么搞，我也要死。羊耕田说，人都会死，我也要死，死要死得像个英雄。你是劳模，是粮食英雄，产量不能低，为了上面发救济粮降低产量，就是投降，就会摘掉劳模的帽子，我也会摘掉书记的帽子。我可能会调到别的地方去当书记，你调到哪里去当劳模？你的名字上了省报大报的，这是很大的荣誉。你丢了这个荣誉，影响很坏。影响坏了，就是个坏人。和地主、富农、反革命、右派分子差不多，人要讲点品格，讲点精神，你千万要顶住。

牛劳模在不是劳模之前是种地的，当了劳模也是种地的，没想到当劳模这么复杂。牛劳模说好，那我再当几年劳模，等有了粮食，等不要这么高的粮食产量，我就不当劳模了。

那个时候粮食的产量高，钢铁的产量高，诗歌的产量高。那是一个力量的时代，榜样的力量，精神的力量，语言的力量，标语口号的力量，诗歌的力量。

大炼钢铁，羊耕田有一座土高炉，比一栋屋还高。

杨二哥唱：书记炉，真要得，又出政治又出铁。

杨二哥那个时候很出名，是三川半的民歌模范。

那个时候，除了地是干瘦的，什么都是浮肿的。云是浮肿的，脸是浮肿的，日子是浮肿的。浮肿留下来，就成了三川半的历史。

村长分得了红薯粑粑和大米丸子，给女儿露。露说，爹，你吃。村长说，爹不吃，越吃越饿。你吃吧，吃了就长大了。

人有吃的就会长大。天旱了三年，下雨就是下粮食，有粮有吃的。露在那样一个季节里长大了，成果了。她和使劲都在那样一个季节里长大。

食物和药，一样神奇。

露和使劲去捉河蟹。夏夜，河蟹爬到石头上凉快。一堆一堆的。用火把一照，它们一动不动。

露踩在一块长出青苔的石头，倒在水里。使劲一把捞起她，扯掉了她的裤子。露说，你这个人，好啊！你都看见了，我要你赔！

像牛吃了青苗一样，使劲准备挨打。

露坐在石板上，要使劲把裤子拿过来。

给我穿上。

使劲给她穿上裤子。

穿反了！不行。快脱！

使劲把露的裤子脱下来。

好啊，你这个人，脱我的裤子！

使劲把露推倒在石板上，把露做成他的女人。

露骂使劲，你这该死的蚂蚁，吃饱了就乱搞。

他们捉得很多螃蟹。

月亮也像只大螃蟹。没脚。

露说，你要陪我去明朝。

使劲说，明朝？

露说，找我娘。

露等着明朝来人。

玉米和玉石

村长不叫玉米叫苞谷。一样的庄稼，两个名字。苞谷，谷物。叫苞谷，是土名，土生土长的谷物。叫玉米，玉一样的米，金黄发亮的食物。很多地方都叫玉米，南方北方，东方西方，玉米的名字很响亮。

玉米有东北玉米，墨西哥玉米，巴西玉米。三川半的玉米，叫苞谷，土生土长。一株苞谷，长得好的有一人多高，结三四个穗子，像笋一样，一层一层壳包起来。像是打点行装，随时准备远行。它们本来是旅行者，像马铃薯，西红柿，红薯，胡萝卜，都是从很远的地方来，到了三川半，扎根安家，取了名号。萝卜到了日本，叫大根。水稻的家园很广大，种满了很多国家。粮食让世界亲切起来，人都是粮食的亲戚。吃饭的叫人，吃饭是一种仪式，吃饭是一种尊严。人犯了死罪，行刑前给他吃一顿好饭，就是把他当人，要他记得自己是人。

三川半人问候，吃饭了吗？这是善意。关心你吃饭了没？饿不饿？平和，没有敌意。有什么事比吃饭更平和？忙着吃饭不打仗，忙着打仗不吃饭。有人要和你一起吃饭，最坏的结果也有一顿饭。富人和富人吃饭，穷人和穷人吃饭，富人和穷人吃饭，世界是一个大饭局。

杨二哥喜欢人民公社大食堂，人多吃饭热闹。人民公社大食堂散了，杨二哥一个人吃饭。村长很是怀念人民公社大食堂，他不是怀念比猪食还差的食物，他怀念那么多人一起吃饭，一起下地干活。人民公社大食堂散了，日子一下冷清了，人就很孤独。

杨二哥问村长，好好的人民公社大食堂，怎么就散伙了？大家一起吃饭，像过节，多好。

食堂的鼠嫂每次会多给杨二哥一勺菜汤。那位爱吃零食的鼠嫂，总是抓着什么吃什么，生的熟的，抓着就往嘴里放。大家有意见，鼠嫂多吃多占。村长说，她是多吃，不多占。她个子小，吃不多。换个大个子，吃得更多。人人讨厌鼠嫂，杨二哥喜欢她。一勺菜汤让人欢心。一勺菜汤，让杨二哥怀念人民公社大食堂。人民公社大食堂是一种过日子的形式，一种节约食物的好办法。开始尽量吃，后来定量吃。到处没饭吃，到处可以吃饭。吃饭不要钱，有钱不卖饭。食物分主食和副食，还有代食品。有一种代食品，叫作救兵粮饼子。野生的小红果，含淀粉和果糖。明朝朱元璋领兵打仗，断了军粮，吃这种小红果，打了胜仗。这种小红果就叫作救兵粮。人民公社大食堂，这种小红果叫作代食品，也叫救命粮。

三川半有许多小红果树，一种耐旱耐涝的小灌木，有刺。

吃饭不要钱，这是理想生活的一种。这难忘的经历让杨二哥无比怀念。

人民公社大食堂散了，让三川半人糊涂，一定是出了什么问题？土改，合作社，人民公社，一直这么搞的，突然又不搞了，出了什么问题？后来三川半人才知道，出了右倾，出了修正主义。

修正主义是一个人。

杨二哥果然是个快乐的人。过人民公社的日子和过修正主义的日子一样快乐，能唱就是好日子。

杨二哥吃完饭，想着去做点什么？去田里还是土里？或者去山上？赶集的日子还没到，逢五逢十是赶集日。赶集不为买卖，为热闹，人挤人。街头走到街尾，没买什么，没卖什么，口袋里没钱，也不用花钱。直到散场，什么也没有，快乐一场，往回走。

家里有几样农具，犁、锄头、柴刀、斧头。杨二哥不知道拿哪一样农具，他还没想好出门去做什么。

一天的日子，山歌好唱难开头。

其实，过日子就像编草鞋，开了头就能编下去，日子就是一只草鞋，自己编，自己穿，穿烂了再去编。

门前的枫香树有个喜鹊窝。今天的喜鹊叫得欢。

杨二哥最不喜欢喜鹊叫，想出门吼几声，把喜鹊赶走。

才出门，一位大姑娘拦住杨二哥。大哥，讨口水喝。喊大哥的姑娘四川口音，很长的辫子。杨二哥舀了一瓢凉水给她。姑娘一口气喝了，从胳膊上取下一只玉镯子说，大哥，这只玉镯子能换点吃的么？杨二哥问，要生粮还是熟食？姑娘说，生的熟的都好，最好是要点熟食再要点生粮，我就怕换不了这么多。杨二哥说，我也不认识金玉，只听说黄金有价玉无价。姑娘说，什么价不价，这年头，吃的最是贵重。杨二哥给姑娘两个烤红薯，又给了姑娘一口袋玉米。

杨二哥说，姑娘，我没见过玉，但我知道这是好东西，这样绿，绿得像画眉蛋，我没见过这么绿的东西。你觉得吃了亏，等你有饭吃了，你再取回去。

姑娘走了几天，杨二哥后悔了几天，不该要别人这么好的东西。几只烤红薯几斤玉米就换了人家的好东西。杨二哥把这东西拿在手里玩了几天，这东西越来越好看，他开始喜欢这只玉镯子了。

过了几天，姑娘回来了。杨二哥见姑娘回来了，忙递上玉镯子，说，姑娘，我还你的东西。

姑娘笑笑，进了屋。姑娘说，大哥，我不走了，帮你做事。

姑娘叫白翠花，后来成了杨二哥的女人，她没爹没娘，爹娘饿死了。

白翠花一副饥饿相，让人相信她的爹娘是饿死的。白翠花出门时，娘给她一只玉镯子。娘说，这东西是你外婆留下的，你拿它换点吃的。白翠花从杨二哥那里换了玉米回去，爹娘已经饿死了。白翠花没有力气把玉米磨成粉，她把玉米粒煮熟，给爹娘口里放了几粒玉米。这样爹娘就不算饿死鬼，到阎王爷那里体面一些。

白翠花进了杨二哥家的门，杨二哥才仔细看她，看出许多可怜来。一个人像一棵干了的蒿草，只有眼睛是活的，脱了衣服像一只竹篓子。在杨二哥家里吃了一个月，白翠花才变成了一个人，很漂亮，该大的地方都大了。有一天，白翠花对杨二哥说，不好不好，我出血了。杨二哥吓坏了，请彭家婆婆来看。彭家婆婆说，是来月经了，是好事，饿坏了的身子，这下好了。彭家婆婆是活神仙，她的工作是治病和接生。饥饿的三年，她没事做，没人找她接生和治病。

三川半谁家生孩子，会找彭家婆婆。治病，是救一个人；接生，是救两条命——母亲和婴儿。彭家婆婆救过很多难产的，胎位不好，不顺，经她的手一端，一摸，一揉，婴儿就生下来了。生孩子，不能让脚先出来，更不能让手先出来，要头先露。脚先出来，是踩死路；手先出来，是夺命手。她给陈次包接过生，陈次包出生时，先伸出手来，彭婆婆说，这孩子是讨钱。给他手里一角纸币，那手缩了回去。彭家婆婆再端、摸、揉，陈次包生下来了。当时彭家婆婆正在为一头母牛接生。有本书里写陈次包是兽医接生的，追根问底，是彭家婆婆。彭家婆婆给几代人接过生，接了老子接儿子，接了妈又接女。

彭家婆婆接生的，有几位成了大人物。让她挂在嘴边的，是村长，好像村长就是她的崽。

彭家婆婆识药。百草都是药，凡眼识不破。她的药治人，也治牲口，药到病除。她最见功夫的是治邋遢病，就是男女性事染的病。这是她的秘方，不传人，她带的徒弟都不会这个药。她还有夫妻和气药，这种药传女不传男，男的会了这种药，就会药女人。有个木匠偷了她的药，在别人家做手艺，把别人家的姑娘勾走了。两口子不和，吃了她的药就会恩爱。

使劲是彭家婆婆最喜欢的孩子。他问，彭家婆婆，和气药是什么？彭家婆婆说，你就是药，问什么？

使劲再缠，彭家婆婆念：天和地相连，无风自动草，隔河柳相连。就这几种药，你去找。

彭家婆婆这口诀，费猜。天和地相连，是蜻蜓和蚯蚓交配，无风自动草是月光草，隔河柳相连是万年树。费猜，难找。

彭家婆婆看了白翠花，说要收她做徒弟。

杨二哥谢谢彭家婆婆。

彭家婆婆说，慢慢谢，你两口子以后求我的事情多。

那个时候，杨二哥和白翠花还不能真算是夫妻，她只是他认养的人口。

后来杨二哥和白翠花成了夫妻。夫妻就是同房，同床。杨二哥觉得还缺少什么东西。他唱过那么多情歌，他的夫妻生活却没有情歌。生活没有歌唱不叫生活，日子没有歌唱不甜，夫妻生活没有情歌，和抬石头、伐木头一样，和炒菜不放盐一样。

这地方很多人叫努力。重名的多，死人用过的名字，活人再用。

村长是有个名字的，叫努力。后来，这名字被口语遮蔽了，习惯上叫他村长。口语和习惯造就出一个人物。

那个时候，他还不是使劲的岳父。没有村长的女人之前，也不会有使劲的女人。

三川半的苞谷地，躺着一大一小两个女人。母女。女儿靠在母亲的臂弯。母亲将一截嫩苞谷塞进女儿的嘴里。蚂蚁牵线爬满枯瘦的腿杆。

荒年，贼多。山贼是野猪，刺猪，泥猪，红松鼠，乌鸦，山雀。人贼是饥饿者。苞谷才灌浆，长饱满成熟还需要二三十天。在常年，苞谷籽是粮食；荒年是药，救命。

努力查看苞谷地。两个贼，偷了一棒苞谷。两个女贼，死贼。他摘了苞谷叶子，扫腿上的蚂蚁。试了试，两个人的鼻子下没有风，四只眼紧闭。饿死的人，眼睛是半闭的，没有力气闭眼。眼睛紧闭，人是活的。努力扶起两个，背一个，抱一个，到家，用温水给她们洗脸，喂了几匙姜汤，又掐了人中穴。小的活了，大的也活了。吃了几日稀的，秋收了，又吃了几日干饭。人成人样。大的像熟了的苞谷，金灿灿的，粮食一样醇香。小的像一粒樱桃。

大的是雨。小的是露。

雨和露睡上屋，村长睡下屋。

雨有一夜和村长在火塘边烤火。露睡熟了，那个年纪的梦和鼾声，像夜晚的火苗。

雨说，她爹死了，你做她爹吧。

雨和村长去睡下屋了。

露醒了，喊雨，娘，怕！

雨说，莫怕，娘给你点桐油灯。

又说，你有爹了，我要和你爹睡。以后，桐油灯和你做伴。

露会在桐油灯下做针线了。

日子好，好日子。日子会变，太阳底下的石板也会变呢。

吃不得饱饭，这话谁说的，天说的。吃饱了，人会忘记一些事。

饱懒饿心焦。吃饱了长膘不长脑。

饥饿来了。有气无力地播种。为了不直接把种子种进嘴巴，种子用桐油裹了，再敷上乌头毒膏，掺一筐狗屎。还让播者嘴里含一粒盐煮过的石子。

创世易，守世不易。那贞洁，是要些手段的。

这手段，是村长想出来的，得以推广，是饥饿时代的播种经验。

播种的那几天，村长的眼皮一直跳。这是个预兆，是福是祸？

村长对雨说，这几日眼皮跳得很呢。

雨问，左眼还是右眼？

双眼。村长说。

左跳财，右跳喜。雨说。

左跳福，右跳祸。福祸一起来？村长说。

一切事物，都会有预兆。天现鲤鱼斑，必有旱情。石头出汗，必有雨。蚂蚁搬家，群鸟迁徙，必有大事。眼皮如鼓皮，事如鼓槌，击而眼皮跳。

一九五八年人民公社，熄万家火灶，建大食堂吃饭，一边种卫星苞谷，一边大炼钢铁，总路线，大跃进，人民公社，一齐来。屋墙上，山坡上，纸标语，石灰标语，右派写得手抽筋。景象热闹。

饥饿三年。

村里，饿狗在吠，不是吵食，是陌生人来了。这个人，不知是来送粮食的，还是送凉水的，或者只是路过，或者是个补锅匠？他是弯着腰进门的。他那样子有点吓人。又高又大，穿着中山装，四个兜的，左上那个胸兜插了支钢笔，高鼻阔脸大耳。袖口是破的，裤子打了补丁。西装裤，皮面钉鞋，像个公社干部。

他一进门，对雨说，找到你娘俩了。以为你娘俩路上饿死了。他又对村长说，我来送点粮食。

放下口袋，打开，大米、小米，苞谷籽，红苕片。都是金光闪闪的东西，像是天上掉下来的东西。

村长动了动嘴，想说你真是个救星。没说出口，万一他不是真菩萨呢？

村长看他一身打扮，问，你是上头派来的？那个人说，我自己来的。

雨对村长说，这个，是我男人。又对那人说，这是我男人。

两个男人对视了一下。

村长递给那个人烟杆，抽烟？

那个人说，不抽，办人民公社，戒了。

女人问，你哪里来的粮食？又是偷的？

那个人说，不是偷的，是省的。

雨说，全国人民都在饿饭，毛主席也在吃糠咽菜，你有省的？哪来省的？你管人民公社食堂，就是个偷。你偷病不改，迟早坐牢挨枪子。我带着孩子跑出来，是不想和你一起坐牢。

那个人说，我大小是个干部，你们是老百姓。我省下粮食送老百姓，做错了？毛主席是吃得不好，可起码不能让他饿坏身子。他自己讲过，身体是革命的本钱。公社党委书记也讲过这个话。他讲这句最高指示我明白，我吃得透这个意思。书记吃饱了，大家将来也能吃饱。书记饿死了，大家就先饿死了，人民公社就垮了。我是管食堂的，按书记的伙食标准定量。不明说，书记心里有数。我每餐饭省下一些，有一天找到你们，有我省下的这些，要你们不饿死——假如你们还未饿死。

那个人哭了。

露对娘说，娘，我要吃饭。

饥年的饭，寒冬的水，火候总不到。饭熟了，露一个人先吃了一碗。露说，娘，饿，还要。

雨说，吃多了，会胀死呢。你看，那头小牛，喝了一桶尿水，胀得像个鼓，死了。

露说，娘，我不吃了，怕胀死。

露说，好，明天再吃一碗，后天再吃一碗。再往后，吃了好多碗，不会胀死吧？娘，人胀死了像胀死的小牛那个样子吗？

露说，娘，别怕。我会听话，饿着，一点一点地吃。

雨说，水淹不死河，也胀不死水井。

三川半人谁唱：胀死你个水井淹死你个河，一碗饭填不满天坑，一根竹竿捅不破天。日子是过不完的桥，太阳是燃不尽的灯。风是穿不上的衣服，雨是挂起来的洗脸水。石头是赶不动的牛，火是抱不起的伴。栏里养肥猪，板壁上养蜘蛛。土里埋一个人，人头上种一颗豆。

草药婆婆唱了，四公公唱了，村里人都会唱。

那个男人穿四个兜的中山装，留分头，挂钢笔，像个干部。他是个伙食官，也就是公社食堂的炊事员。饥荒饿不死火头军，天下第一美差。

他能用清水做出肉汤味。他悄悄地把蚂蟥和蚯蚓做成粉，找些田螺，这样会有一锅好汤。季节好，会有一些山菌。

粮食是定量的，美味无限。

那些阴雨天，湿了柴。他必须把柴烤干。半夜，守着一堆柴，烘烤。

有人很轻地进来。门风报信。那人打开粮食桶，他用手电筒一照，是书记。书记不会是盗食贼，可能是看看有没有老鼠。

书记经手电筒一照，一下失去威风，跪下来说，我想搞点粮食，我娘吃了几个月糠，拉不出屎，快要死了。

他过去，抢了书记手里的口袋，装了半袋苞谷粉，对书记说，我这就给你老娘送去，你帮我烤湿柴。

他不敢照手电筒，摸黑走了二十多里山路。到书记家，有人在哭。书记的娘死了，饿死的。

他天亮回到公社，对书记说，你娘饿死了。书记、武装部长都在，还有几个端着鸟铳的民兵。

书记一声喊，把他绑了，他偷粮食!

偷粮食是大罪。号召节约，饭少多吃菜，衣少多捆带。多吃多占是罪，偷食是重罪。

书记带着民兵押了人犯，亲自送县里。走长路要体力，几个人没吃早饭，路上也没东西吃。民兵一个个倒下。书记解了他的绳索，对他说，你跑吧，带着老婆孩子往三川半那边跑，过了界就不归我管了。我娘死了，你先到我家把能吃的都拿走。

你走吧，草烂根不烂，人死魂不死。

风送雪，盖满村长的堂屋。

那个人对雨说，这粮食，是死人省下的。

阳光、歌谣、爱情和小虫

村长的菜园子满是香气。村长的女人还没回来。萝卜花、南瓜花、豆荚花年年开，女人的那只绣花鞋仍然鲜艳。

经久不坏的事物是阳光和爱情，是村长菜园子的满园香气。

三川半不走的那些女人，坐过花轿，坚持到最后，她们变成坟，把自己种植在泥土里，把一生的心情和不为人知的秘密收藏起来。她们听做媒的人讲过要嫁好男人，好人家，好地方。媒人的嘴把她们送给了别人，她们跟了一个男人，在第一个孩子会叫爹娘以后，她们把爱情变成做娘的生活。

三川半的男人，最后变成家仙，神龛上供着男人的姓氏。姓氏，也是一种经久不衰的事物。

有了粮食，日子变得丰富起来。煮酒，养家畜，集市也变得热闹。

露和使劲要完婚了。不完婚不行，露的肚子一天天大起来。村里传言，村长的女儿被人种了早苞谷。

村长请来了赵裁缝，买了几色好布，给露做嫁衣。赵裁缝手艺好，做的嫁衣很好看。

露出嫁那天，穿了红绸衣服，使劲看她像画上的影子人。

那个时候，使劲的爹还在。使劲的爹就是那个叫压的人。使劲夜里要起来尿尿几次，压就在房里备了一只尿桶。一为方便，二为积尿。压对使劲有过多次尿的教育。不要随便尿尿，要尿，就尿在自家的田里和菜地里。自己的田，单干时是从地主财舅舅那里分到的田，合作化人民公社是集体的田，后来是责任田，包产到户的田。有了自己的田，老爹就给使劲规定了一个尿尿的地方——自家的桶里和自家的田里。关于这个规定，使劲挨过不少骂。有一回从姨妈家回来，使劲要在路边尿尿。压说，快到了，快到了！忍着。使劲忍不住，一路尿在裤裆里。到十五六岁的时候，使劲起来尿尿，尿不进桶里，只往板壁上冲。压没听见桶里尿响，他问使劲，尿哪里了？使劲说，我尿不进去。压叹了口气，等粮食多了，给你找个女人。

使劲和露一睡就睡到太阳很高很高。压在外边喊：当饭吃啊！让你三天不吃饭看你还行不行？

使劲赌气不出门，不吃饭。他要让压看看，三年都饿了，三天就饿不过？挨不过三天我就不是你的崽。

第一天过去了，人很行。第二天过去了，人还行。使劲要做那个事。露问，两天没吃饭了，你行吗？使劲骑上去，说，试试看。出了一身虚汗。使劲问，还行吗？露说，行，累你了！第三天，露摸着鼓鼓的胸脯问，你要不要？使劲觉得有些晕，身子发酥，他摇摇头说，不要。露解开衣服，拿出两只烤红苕递过来。红苕，红苕？我要。

三天过去了，使劲和压认识一致，不吃饭不行。人不吃饭，什么也干不了。

娶老婆，生孩子，叫添人口，添人口要一份口粮。

三川半的土坡上，石壁上，有一条大标语，叫深挖洞，广积粮，不称霸。标语如山花，漫山遍野。那些石灰标语，像大片大片的油桐花、野樱花，或者活着的别的白色的花，一切白色的联想，像冬天，像积雪。

积粮，积了粮娶老婆，生孩子。村长说，备战备荒为人民，人民有饭吃才能娶老婆生孩子。

人民公社大食堂解散后，那年收成好，土地归生产队集体种植，留出一小块给个人，叫自留地。自留地越种越肥，生产队的地越种越瘦。照这个种植办法，会出现两极分化。就出现了两条道路。是公还是私？是社还是资？是去集市还是回家？村长一个晚上要翻几个身，翻过去想政策，翻过来想粮食。坐起来想吃饭的事，躺下去想开会的事。睡着了做女人的梦。他听见女人说话，吃饭，吃饭。声音是从那只楠木柜子的抽屉里传出来的。是抽屉里那只绣花鞋在说话。绣花鞋怎么就成了金口银口，成了会说话的女精怪。绣花鞋掀开抽屉，走出来，忽左忽右地往前走去，好像两只鞋在走路。绣花鞋说，你来呀，跟我走，不远处就是明朝，朱家花园，好漂亮的大屋。你还记得吗？我们一群大男细女唱歌：新姑娘，你莫哭，转个弯弯是你屋，吃的大米饭，吃的小猪肉。

我们唱的就是明朝的朱家花园，你来呀，你带着女儿跟我走。女儿长大了，要嫁人了。一定要嫁个有饭吃的人家！地主富农坏分子，有饭吃就是好人家。

听了这几句话，村长像遭雷击，一下惊醒。坐起来，拍拍脑壳，下了床，打开抽屉，绣花鞋不见了。借着窗外的月光，四处找，不见。后来发现那只绣花鞋挂在板壁上了。他记得那只绣花鞋一直挂在板壁上，彭家婆婆讲板壁上挂鞋能辟邪。

他走出屋子，月亮，星星很亮。星月伸手可摘，天上人间原来这么近。

声音从树上淌下来，有人半夜三更吹树叶。一片树叶含在口里成乐器。

有虫鸣。虫鸣，奇怪的声音。有鸟，有兽，虫是最奇怪的生命，不知道它们怎么生的怎么死的？有声音的虫一般不可怕，无毒。没声音的虫很可怕，很毒。蜈蚣、千脚虫，很毒。蛇是长虫，也很可怕。蚂蚁没有声音，不可怕。鱼不会说话，也不可怕。

虫鸣，不知道是哪只虫子在叫，从泥土或枯叶下边发出声音。虫鸣是夜的歌谣。

虫鸣和星月，这就是村长的夜晚。

村长的夜晚，还有一只绣花鞋。

萤火虫怕这有星月的夜不够亮，把自己打扮成流星，把尾巴点亮。这个夜晚，有很多萤火虫的夜晚，是萤火虫大规模的爱情行动，它们放出一闪一闪的爱情语言。这些小虫不说话，把闪亮当成甜言蜜语，它们的爱情变得真实。

一些小虫生出翅膀，飞起来，想变成鸟。一些小虫躲进水里，会游，想变成鱼。但它们还是虫，它们什么也没变。这大千世界的变数，有变有不变。生为虫，也就为虫，长出翅膀，如鸟高飞，或如鱼得水，也难化为鱼鸟。鸟兽虫鱼，各行其道。

村长发现有一只虫在蹦，蝗虫一样的东西，比蝗虫丑，长脚、长须，这虫的名字不丑，叫纺织娘。村长对纺织娘说，你怎么不叫孟姜女？这种虫爱叫，不输给蝉。

多数的虫喜欢阴暗潮湿，蚂蚁例外。干旱得很厉害，它们一样四处活动。一只蚂蚁好像永远不死，几乎看不见蚂蚁的尸体。蚂蚁不死，它活在坟墓里，不能再死。很多虫都不死，只是蜕变。从蛹变虫，从虫变蛹，周而复始，生生不息。千脚虫断成几截，仍能行走。蚂蟥断成几段，会变成几只蚂蟥。四脚蛇能够断尾求生。虫的生命在它躯体的每个部分，没大脑、没心脏、不做梦、不动心，能活。中医以虫为药，补生命的不足。蚂蚁是所有虫子当中最厉害的，它敢吃几乎所有的虫尸，只是不敢吃千脚虫的尸体。千脚虫比蜈蚣还毒。

虫比人多，虫不是威胁，是麻烦。乘凉时，蚊子乘风而来；买肉时，苍蝇来杀价；吃饭时，蜘蛛掉进汤里；睡觉时，蛇来当枕头。虫也有好处，用蛛网捕捉蚊子，还有种蛛网可以止血止痛。

蚊子多的时候，除了这个烦恼，人会忘记其他的烦恼。连蚊子也不能解决问题，那事情可糟透了。蚊子咬人厉害，烦恼也咬人，比蚊子更厉害。

有些地方看不见，活着才有意思

太阳从东边山垭口露出来，先伸出半个头，像戴了金草帽的老巴普，汉话叫老爷爷。远处，只有太阳巴普看见了。

山垭口的远处是观音庙，朝着东方就可以拜观音菩萨。再远处是八大公山，最高处叫黄连鸡公界。黄连鸡公界是天尽头。再远处，看不见，是街市，平原，海，还有明朝朱家花园，还有别的看不见的地方。

有些地方看不见，活着才有意思。

村长往前看了很久，眼睛有些发胀，他想，有一天，村里的人都会去那些看不见的地方。人把所有的地方都看见了，就没什么意思了。

远处有一些人来了。草药匠，别的手艺人，逃荒避饥的。后来又来了一些男女学生。那些男女学生不是来过日子的，来了不能走，就留下来，不得不过日子。他们才觉得这里的日子新鲜过后是那样没味道，蚊子和蚂蟥，蛇和很热的太阳，人和牛一样累，日子很苦。开始有些高兴后来一点也不高兴了。他们跳一种叫骑手的舞蹈，从草原来到天安门。草原和天安门都是黄连鸡公界那边，在看不见的地方，所以才有味道。开群众大会，四类分子送柴火，这些城里来的男女学生演节目，都不记工分。他们表演节目，像四类分子送柴火一样卖力气。这群学生当中有个叫小君的女孩和叫老号的男孩，他们唱得好，跳得好，演得好，十几二十年后，他们是很有名气的明星，一次出场费几十万。那个时候，他们不收钱，只收些味道。他们一出场，场内一齐鼓掌，那些趾高气扬的人和那些低声下气的四类分子也一齐鼓掌。这个时候，干部允许四类分子鼓掌，不算他们兴风作浪。

城里来的学生从看不见的地方来，他们的身上有一种看不见的味道。他们用远方的眼光打量这些来到眼前的事物：把麦苗当韭菜割下来炒菜，把长了胡子的牛当成老牛，其实牛生下来就有胡子。他们也很快厌倦了鸟和野花、星月，那些山泉和小溪的鱼虾，古老的村落和石板路。他们怀念街市的路灯和电影院。电影院的路灯让人起鸡皮疙瘩。

他们开始讲城里的事物，三川半拿它们当故事听。

他们也带来远方的人性，与村里人相同或者不同。只有一样东西是相同的，就是汉字写成的各种文件，所有的地方都一个样。

村长拿出上面发下来的新文件，让城里来的学生给大家念。城里的学生用省城话、普通话夹带着三川半话念下来。大家听清了，但没听懂。村长把文件拿过来对大家说，文件听完了，大家要好好记住。不要这只耳朵进，那只耳朵出。这个文件很重要。为什么重要？不重要上面不会发这份文件，发这个文件就很重要。明白了？——明白了！听清了？——听清了！学文件的氛围很好。回答完村长的提问，大家觉得要散会了，纷纷起身，准备回家睡觉。有对刚结婚的小夫妻，躲在角落里摸摸掐掐，早就想回家睡觉了。村长说，慢点，会还没开完。村长接着说，他们这些学生到我们这里来，做什么？是向贫下中农学习。学习什么？学习文件？他们在城里一样可以学习文件。他们来向我们学习，学习种庄稼？学会种庄稼回城里种庄稼？他们是向我们学做人的样子，我们要有好样子给他们学。我们是什么人？是农民是人民公社社员，还有，我们是三川半人。我们要做他们热爱的人，喜欢的人，他们才会学我们。三川半人，在文件里没有写，写在我们心里。

散会了。学生们议论，这个村长，没文化，有水平。

城里来的学生，从上面分下来，到村里只有六个人，两女四男。老号、小君、谭谦、周涛、任蓉蓉、林朴。

那栋两截瓜的木屋，半截屋顶茅草半截屋顶杉树皮。为什么不是砖瓦？节约泥土。这是堆粮食的公屋，城里来的学生，住进这里，这屋就叫知青屋。

屋顶长满青苔，屋前屋后长满蒿草。屋前立一杆很高的杉木杆子，上面挂了一只高音喇叭。这只大铁喇叭一天到晚唱歌和念文件。

村里去集上卖一头大肥猪，卖给国家，叫卖预购猪。什么叫预购猪？国家先收购，想杀的时候再杀。那时候还有国家养猪场。那时候国家有统购统销政策。粮叫公粮，猪不好叫公猪，叫预购猪。猪和粮食，有了它们以外的名字。人呢？早就有以外的叫法。杨二哥讲笑话，骑母猪进校场，人是什么人？马是什么马？杨二哥的笑话和他唱的歌一样好听。难怪人愁，遍地青蛙哭破了喉。乡下的狗仔成群，见不认识的就咬。

城里来的学生编了一本杨二哥笑话录。

村里卖了大肥猪，买回一台红灯牌收音机。这钱是要回来买化肥农药的，村长买了收音机，城里来的孩子没有电影看没有戏看，让他们听听收音机。城里来的学生有了这个红灯牌收音机，就办起了一个广播站。

杉树杆上的铁喇叭，唱《东方红》，唱《大海航行靠舵手》。还有播天气预报。

村里人看着铁喇叭，是一件奇怪的东西，它好像什么都知道，什么都能说。在远处，有聪明绝顶的人，他们造出这么一件东西。

这世界，要起大变化了。在树上挂一口锅会说话吗？不能。挂一只铁喇叭就能说话。铁喇叭的天气预报很准。它讲的别的也会很准吗？说敌人一天天烂下去，我们一天天好起来，这一天天是多久？敌人不吃饭穿衣了？我们就有衣穿有饭吃？敌人占了很多东西，那些东西他们不能要了，我们就有了。敌人烂完了，就不要打仗了。

铁喇叭在喊：出工了——是村长的声音。

指　示

指示留分头，穿四个兜的衣服，上边的一个兜里插着一支钢笔。指示说话的声音很大，所以他不下田，不到土里，只站在旁边喊。指示一来，就带着指示。他告诉村长怎么做，村长再叫大家怎么做。

指示不笑，也不随便说话。一笑一说话，又穿那么干净，别人会把他当成来相亲的。指示是国家干部，干部有干部的品相。

老庙以前有个大和尚，不说不笑，出家前是位说书的。当了和尚，修炼一生，不苟言笑，成为高人，高人死了，留下几粒舍利子和一副好品相。

干部也是修炼出来的高人，半神半仙的人物。

指示姓田，叫田之土。他对大家说，你们不要叫我指示，叫我老田，我也是三川半土生土长的人，当不得指示。我没别的本事，多认得几个字，家庭出身好，社会关系不复杂，我当了干部，吃粮当差，帮大家跑跑路，没别的。指示拉着村长在村里转了一圈，又看了家家户户的猪圈。指示说，你们这里可真是公私分明啊。村长说，领导请指示。指示说，你看，自留地的庄稼都长得比公家的好，自家的猪比公家的猪肥，私人长膘，庄稼往私人那里长。村长，这是什么道理？

村长想了想说，这个这个，是这样的，私人先长膘，公家就跟着肥起来。大家有肉吃，有饭吃，干劲就大，公家就会好。做人，要先公后私，种地养牲口是先私后公，自古以来，老百姓把日子过好了，才会心安理得地缴皇粮国税。

指示摆了摆手，兄弟，同志，你这个认识啊，要是别人会刮你的胡子。你们村不是搞了个广播站吗？要多放一些革命歌曲，唱《学习雷锋好榜样》，唱《焦裕禄，我们的好书记》。干部要学焦裕禄，想群众，不想自己。那歌词怎么唱的？关心咱们的冷和热，唯独没有你自己。群众要学雷锋，忠于人民忠于党。这些歌要多唱，天天唱，一万年以后还要唱。

村长没说什么，他想，一万年，一万年是多久？一万年以后会是个什么样子？后山的那棵老榧树，一万年了，还能开花结籽，长出一片榧树林。

人和树一样。那些绿荫不会耗尽。

指示是个很有预见性的大师。他从自留地和歌唱想到了一万年。一万年好歌，一万年唱下去。好歌可以提精神，提人的精神，提历史的精神。人在打盹的时候，有歌唱，人就会振奋。历史也会打盹，历史的睡眠时间有时候会很长，有时候会很短。贪睡的历史，没人叫醒，它会睡很长时间。歌唱就是要历史不要睡着了。指示是大师，唱一万年，历史就不会打盹。

指示老田先前是位军人，打过仗，当过俘虏。他在反革命的队伍里被革命的队伍俘虏，他就这样得到一个当革命队伍俘虏的机会。思想被改造以后成为革命军人，到朝鲜和美国人打过仗，抓过大鼻子。他们把美国兵叫大鼻子。他还吃过美国罐头，压缩饼干。那种饼干吃多了，一喝水就肚子发胀，那是他们缴获的美国军粮。指示老田讲大鼻子和美国军粮的时候，唱起当年的军歌：雄赳赳，气昂昂，跨过鸭绿江，为祖国为人民，为的保家乡……

指示的嗓音很好，他穿了洗得发白的军装，背一只掉了漆的军用水壶。他说他在部队是文工团员，合唱队员。他还会说快板，还会唱三棒鼓。城里来的学生和指示老田熟了，就问，田指示，文工团员怎么捉大鼻子？指示老田说，炊事员都要打仗，文工团员不捉大鼻子？革命队伍人人是战士，毛主席的儿子都牺牲了，我们还怕牺牲吗？

指示老田说的，我们不怕牺牲的真实性不用怀疑。黄继光牺牲了，董存瑞牺牲了，刘胡兰牺牲了，江姐牺牲了，年纪很小的王二小、刘文学牺牲了，雷锋、王杰、焦裕禄牺牲了，很多人的牺牲，是历史的真实，说明我们不怕牺牲。下定决心，不怕牺牲，排除万难，去争取胜利。

我们的墓志铭在我们活着的时候就被写好了。

指示老田后来死于一次事故。在人人能吃饱饭的日子，指示老田离开了三川半人们。他被子弹击中过，被蛇咬伤过，狩猎时跟野猪搏斗过。还被山涧的激流冲走几里路后得救，被荒火围困后脱逃；还险些被山上滚下来的木头砸破脑壳，生过几回致命的大病。死亡和生还，最终没躲过那样一次事故。

躲脱不是祸，是祸躲不过。

不是咒语。咒语咒不死人。守牛伢骂不死牛。一个时代可以被骂死，一个人骂不死。

指示老田没挨过骂，领导没骂过他，人民没骂过他，连四类分子也没骂过他。他在战场上肯定挨过敌人的骂，但被骂的是一个阵营，不是他一个人。他有一句骂语：王八蛋！这句话是在战场上学来的，骂敌人的飞机大炮和子弹，在三川半骂石头和坏天气。

在过好日子的时候，出了事故。在他回顾往事已不惊心动魄的时候，他坐在树荫下，看着年轻人往返城市和乡村，穿梭人世，把世界编成无穷无尽的故事，把岁月写成没完没了的剧本。

出了事故就是出了事故。枣子红了，苞谷香了，人死了。

好日子容易出事故，不是空难，不是动车，那次事故很小，却可致命。

在没出事故之前，他要人们唱万年好歌。

牺牲这个词，在公屋，在六位城里来的学生当中，成为一出生活剧的台词。

熬了一锅粥，翻滚的粥像要爆炸。老号把大家拦在身后，快让开，要牺牲就牺牲我一个！

在他们以后的乡村生活里，下田遇上蚂蟥，走路遇见毒蛇，狩猎遭遇受伤的野猪，他们都会用上这句台词。

说完这句话，就准备当英雄。先练好一颗英雄心。这颗心能装下无限的未来，能装下很多东西。很多年以后，画家林朴在东京，在巴黎，在纽约，在新德里，在莫斯科，一路演说，他说他在当知青的时候，在一个叫三川半的地方，就发现了自己的艺术天赋，命中注定他是个画画儿的。他从三川半人那里学得一个道理，就是自始至终把一件事情做好。把一件事做好就是英雄。那个时候，他每天画毛主席像和写标语。画毛主席像是一件一丝不苟的工作，练好了画家的笔力。后来，那些画像由县文化馆收藏。林朴成名以后，有人把那些画偷出去卖了大价钱。后来，一部分人先富起来，三川半有一个人果然先富起来，怀疑他是卖毛主席画像起家的。这个人叫向东方，他捐了一座桥和几十所希望小学。

后来，省里管希望工程的李克时来到三川半，看了那些希望小学，认为那些房子是乡下最好的房子。他对身边的人说，我们要为三川半盖一千所希望小学。样式要好看，要像学校的样子。身边的人问，领导，什么样子像学校？李克时说，看起来不像民房，不像宾馆，不像办公楼，不像厂房，不像养猪场，那就是学校。我要你们长个脑壳不是舀水的，是想事的。什么是学校？采光、通风、防震，选有水有树的地方，选在平地莫选在坡上，学生打篮球滚下坡不好捡，不安全，影响学习。身边的人说，领导想得周到。李克时说，你这个同志，我见过许多吹牛拍马的，吹牛拍马也要有创意。身边的人说，领导，我可不可以提个意见？李克时说，有话就说！他没说有屁就放。那样对下属说话不太好，说出后半句就不像个领导了。领导要自律，首先要管好嘴巴，才能管好下属。身边的那位说，领导，不是吹牛拍马，是溜须拍马。李克时说，哎呀，不错，有文化。有文化还要有脑壳。有个好脑壳，领导讲什么你都听得懂。

李克时说，我们盖的学校，一定要比私人捐的学校好。不是好看，是道德榜样。道德，你们懂吗？身边的人说，懂。李克时说，我怕你们不懂，道德，要从孔夫子，讲到马克思，从春秋时代讲到共产主义，你们懂了？身边的人说，我们要好好向领导学习。当领导不一定要好的容颜，但一定要好的眼睛，好的耳朵。好耳朵能够察言，好眼睛能够观色。当然，容貌也重要，有疤有麻、缺唇、独眼、歪脖等，不能当领导，起码不能当大领导。当官讲德才貌三全，缺一不可。眼耳尤为重要。好眼能察，好耳能听。眼耳比较，耳更重要。逆耳顺耳都要听。偏听兼听复听，为人之重，一耳之重。如魏征逆耳忠言，如海瑞之骂，要听。那些阿谀奉承的话，也不可不听。李克时开始当然不是领导，一双耳朵听平常的话。一双耳朵把话分成蠢话和聪明的话，好话和坏话，废话和有用的话。上级的话叫指示，下面的话叫群众意见。李克时后来当领导，多了个挖耳朵的习惯，很多话不舒服，耳朵难受就挖耳朵。

身边有个叫尉迟来来的同志，爱和领导说话，经常给领导汇报思想，汇报工作，一有空子就找李克时说话。谈着谈着给李克时添茶水，也给自己添茶水。李克时挖耳朵的习惯就是这样形成的。

领导英明，向领导学习，当然是陈词滥调，叫多了就成了习惯语言。叫就叫吧，挖挖耳朵也没什么了不起，不会短命，不会死人，不算大的牺牲。

尉迟来来，你过来，帮我看看耳朵里有什么东西？

尉迟来来瞧耳朵深处，什么也没看见。就说，要不去看一下耳科医生？

医生看了，耳朵没病。

自己用挖耳勺掏，也没什么。

自言自语，开会多了，听话多，耳朵痒。不断掏耳朵，想把听进去的话掏出来。

最后真掏出一根线头，拉出一串一串的东西。

耳科专家还不如挖耳勺。那只银挖耳勺是文物市场淘来的，很精致。

老物件真的有用，交尉迟来来管好。

别丢了！

指示在三川半风华正茂的时候，李克时还是个孩子。上体育课的时候，李克时发明了一种叫打飞机的东西，一按机关，篮球就飞到半空中，然后砰的一声落下。他经常搞一些奇怪的东西，在枫树上嫁接橘子，想让橘子结在枫树上。他把南瓜挖个洞，填上泥巴，种上萝卜种，不久长出一棵萝卜，让村里人奇怪了好几天。城里来的学生喜欢这个聪明孩子，让他玩收音机。他把收音机拆散，要装成收发报机，这样好当特务。城里来的学生费了很大的劲才把收音机复原。他们对他讲，不能当特务，当特务要坐牢要杀头的。李克时说，要当特务也要当个好特务，是不会被杀头的。

体育老师是位武术高手，山东人，抗日战争时从北方下来的难民，解放后一直当体育老师。他和指示很有交情。指示老田经常来看他上体育课。体育老师叫朱飞。指示老田叫他朱师傅。他教指示老田太极拳和长拳。打猎时，朱飞老师和指示老田生擒了一头三百多斤的大野猪。

体育老师正在教大家擒拿，做示范。李克时把身边的一个胖子摔在地上。体育老师走过来，指着李克时说，你，你这个所谓的李克时！李克时一脸茫然。不知道朱飞老师说的是什么。

所谓的李克时？

李克时长大了，参加革命工作了，当了领导，他还是没弄明白当年体育老师的话是什么意思。李克时是所谓的李克时？所谓的领导，所谓的好人，所谓的聪明人，好多所谓的，所谓的，要加引号，这是语文知识。一个体育老师，不教语文，也许是措辞不当。也许是别有深意。

所谓的一个人，真有意思。

所谓的人生，所谓的生活，好像一切都跟所谓的有关联，都要加引号。

指示在一旁看朱飞训斥李克时。指示老田说，朱师傅，你说对了，他是个所谓的坏孩子。我看他比谁都聪明。三川半的孩子，一个是聪明，比如你的学生李克时。一个是实实在在，比如说那个叫使劲的小伙子。

这些孩子啊——

李克时同样没明白，指示老田的那个“啊”字是什么意思。啊——声音拖得很长。后来人到中年，李克时还时不时听到那声啊——

有几次搞诗歌朗诵会，一听到啊——他以为是指示老田来了。

身是客

中秋节。

村长的女人在明朝的朱家花园，看天井水池的月亮，如一叶秋荷。

满庭桂香。

来这里的日子很久了，当年领她来的男人已经死了。男人临终时，要她守着这个院子。男人在时，她想请个假回三川半。她是要看望村长和她的女儿的。

她现在要回去，她不认得回去的路，太远。还不等回到家，人可能就死在路上了。人要死了，就不能再见面。

她一直这么犹豫着。她离开埋在菜园子的洗脸帕已经很久了。朱家花园的桂花开过十几次，桂花开时吃月饼，芝麻，冰糖，还有桂花。雨把月饼掰开，让天井里的鱼来吃，那条大金鲤是丈夫村长，小花鲤是女儿露。过节，多吃点月饼。月亮很圆，天井里满是月光，桂花树，池水，全成为月光里的事物。

明朝的夜晚，秋虫低吟。有谁在低语？细听，枕头下那只绣花鞋在同另一只绣花鞋说话。像冬天的雪花同春雨说话那样，是相见甚欢又伤离别的细语。人有人的命运，鞋有鞋的命运。鞋的命运也必定是人的命运。一双芒鞋，必定江湖；一双绣鞋，必定闺房；一双朝靴，必定古代；一双皮鞋，必定今朝；一双铁鞋，必定费尽功夫。鞋子人生，行走人生。所以说，所以唱，草鞋是船爸爸是帆。一鞋人生，边走边唱。

行走很远，很久，就忘记回家的路。

在某个地方安身，身是客身。

雨一直犹豫着。回家的路变成犹豫。

雨还是少女时代，听过杨二哥唱的情歌，听外婆讲七仙女配董永，讲梁祝，讲望夫成岩。那些故事和情歌，长成人性。那些故事和情歌，像千年活着的鸟，成为不死药。

爱情稀缺，却是真实。像绣鞋那么真实。在爱情和绣鞋的时代，爱情是故事和歌谣。在爱情和高跟鞋的时代，爱情是电视相亲节目和征婚广告。红娘们一个个张皇失措，手工作坊式的婚姻制作被工业流水线打垮了。

雨在明朝的朱家花园坚守她的爱情，长久地思念让她芳华永在。

公屋，城里来的六位学生在月光下吃月饼。月饼是村长从县城买回来的。村长本可在二十多里的漫水小镇买月饼，县城的月饼会好一些，城里来的学生吃过好月饼，挑嘴。村长鸡叫三遍出门，在星月下走了三十多里，天亮了又疾走了四十里，到了县城，铺子刚好开门，买了月饼往回赶，来回一百四十多里路。路上渴了，趴在泉边牛饮。很饿，想吃块月饼，一共六块月饼，吃了就不够那六个孩子分了。本来想给露和使劲买两块月饼，只是那么好的东西，乡下人吃了是浪费。他给露买了两只发夹，有蝴蝶的那种，给使劲买了件汗背心，红的，年轻的颜色。到面馆，村长想吃碗面。老板娘过来，要牛肉面还是鸡肉面？村长吞了一下口水，说吃过了吃过了，把剩下的一块钱买了一包糖果，带给村里的孩子们。

月亮升起的时候，村长赶到村里。回家喝了一瓢凉水，拿了只熟红薯，边吃边往公屋里跑，把月饼分给六个人。

六位城里来的学生在月亮底下拿着村长买的月饼。

老号把月饼掰成两半，一半递给村长。

村长说，你吃。

村长说，我吃饱了。村长拍拍肚子，吃多了肚子胀，爱放屁。

小君从月饼里挑出一粒冰糖给村长吃。

村长吃出了甜的味道。这中秋，这月饼，真有味道。

老号说，村长，我这一辈子，只喊过毛主席万岁，我老号要喊一声村长万岁。村长，你就是我们几个的亲爹！

村长急得连连摆手，号子，你乱讲，天下只有毛主席万岁，我们都是他老人家的学生。

任蓉蓉给村长沏了杯茶。城里来的学生学会了识茶和采茶。这茶叫倒钩茶，野生的藤本植物，味道比家种的毛尖还好。这种茶只有三川半有。

彭家婆婆给城里来的学生送过一包茶叶，就是这种倒钩茶。彭家婆婆还教他们认识倒钩茶叶是什么。清明时节，倒钩茶叶正好。任蓉蓉记得那时的阳光和茶叶，那是世界上最好的景色。

老号吃完月饼，帮村长卷了喇叭筒，点火。问村长，你爱人呢？那个时候，老婆叫爱人，父母兄弟姐妹夫妻之外的叫同志。所有关系之外加个括号，是同志关系。

村长说，我爱人在过苦日子那会儿去了明朝。

明朝？六位城里来的学生一齐疑问。他们学过历史课本，知道明朝是古代。明朝有个朱元璋，有个李自成。

明朝？你爱人是古代人？

村长问，我是古代人吗？

不是。

我爱人也不是古代人。

她怎么可以去明朝？她可以去美国也不可以去明朝。她是神仙啊？怎么能够去古代？

明朝是个地名，听人说的，好像是在云南。彩云的南边，有美玉的地方。那里的月亮又大又圆，像今晚的月亮。今晚，她一定看见了这又大又圆的月亮。

所有的教科书，明朝只在历史课本里，不在地理课本里。城里来的学生，不知道明朝是地名。

明朝是村长认定的地名。村长有很多想法在常识之外，要不，他怎么会是三川半的村长？

那个地方其实叫建水，从昆明骑马走三天，坐轿走七天，旧公路慢车走一天，高速公路走半天。西南边地，昆明以远。

建水有座城楼，风貌古朴，气象高远。在这座楼前，让人觉得置身古代。

与这座城楼相邻处便是朱家花园。三川半的朱姓小生意人来到名叫明朝的建水，靠当地的矿业赚了大钱，花些银子建造了一处大宅，叫朱家花园，气象比得《红楼梦》的大观园。村长的女人进了这座宅子，哎呀一声说好大一座屋！让女人惊喜的是大屋，是花轿，是红红绿绿的衣裳，让女人满足的是精细的食物和舒服的床。生活的条理，是由女人清理出来的。一条又一条，清理好了，她就去做许多奇奇怪怪的梦。

幸福的女人和不幸的女人都会做同样的梦。村长的女人在朱家花园吃饱了就绣花，有时候也看小说。朱家花园人多，除了吃饭，也要读书识字的，也就一定要有教书先生，教书先生都肯教漂亮的女人识字。村长的女人认识了很多字就会看小说了。她读到一本老托尔斯泰的书，她记下老托尔斯泰的一句话：幸福的家庭都是一样的，不幸的家庭各有各的不幸。

她认为这句话是讲女人的。

幸或不幸就是住在大屋里回不了家。

中秋节第二天，乡邮递员来了，乡邮递员的解放鞋上沾满了泥土。他从绿色的邮包里拿出一沓信来，一封一封地查看了，交给几位城里来的学生。乡邮递员没有一日千里的本事，他不停地在乡邮路上奔走，要三五天才来一次，他一来就会捎一堆信来。

城里来的学生各人取了自己的信。谭谦还得到了一大包书，几本鲁迅文选，还有几本旧小说。

任蓉蓉一边读信一边流泪：妈妈呀，你的信怎么才来？

这是任蓉蓉最早的一句台词。她后来成为影视明星，过人之处就是不要眼药水也会流泪。会流泪的女人都会演戏，比不会流泪的女人出名要快一些。后来的任蓉蓉每戏必流泪。总会有悲欢离合的故事，总会有国破家亡的故事，总会有英雄落难美女沦落的故事。总会流泪的任蓉蓉有演不完的戏，她有两行泪，就有千行泪跟着流。一个人，一个故事，把很多人惹哭了。一直到很多人不再会流泪的时候，任蓉蓉成了一个大腕，在京城买了别墅。她不再演戏，当嘉宾，当评委，做慈善。当然，她还会流泪。在很多场合，她都会哭。把任蓉蓉的哭连接起来，就是把人生当哭，把欢乐当哭。读过很多书又写过很多书的谭谦对任蓉蓉说，蓉蓉，你呢，总是哭，我呢，总是笑。动物植物也会流泪，只有人会笑。任蓉蓉笑了。好啦好啦，我是只会流泪的植物，你是会笑的人。笑着笑着又流泪。哎呀，蓉蓉，你就是孟姜女了。任蓉蓉又笑，你怎么不说我是长恨歌的那个。谭谦说，都一样，女人嘛——

在天井望月亮，村长的女人叹了口气。

铁的大嘴巴

铁嘴讲硬话，是的。

全村人，一个铁喇叭。一张铁嘴说话，几百只耳朵听。

听天气预报，听开会通知，听村长喊话，听歌。

大家会唱《大海航行靠舵手》，会唱《东方红》，铁喇叭教会的。

那张铁的大嘴巴说话，向茂林这个光头孩子比谁都听得仔细，听得认真。他是地主的儿子，听那张大铁嘴巴说话就能进步。受教育，学英雄，做好人，听铁嘴巴的话，入了少年先锋队。他还要入共青团，入共产党，表现得好，还能当干部。

那张铁嘴巴讲的话，他能一字不漏地背下来。

谭谦后来写了一篇叫《小小雷锋》的小说，就是向茂林。向茂林读到小学三年级，留了一级，到四年级，又留了一级，读到五年级又倒回来读四年级，这样来来回回成了大龄小学生。老师讲的课，他总是记不住。向茂林的爹，那个老地主分子说，儿啊，老师教你的，你老退给老师了，你就不能留下来一点儿？儿啊，我们一家人种地，只让你一个人读书，你负担重了些，人是苦了些，人要能吃苦，勤耕苦作，能过好日子。你爹一辈子勤耕苦作省吃俭用买田置地，一家人有吃有穿，有酒有肉，这样成了地主分子。以前叫大户人家，不叫地主分子。好日子过多了，喝酒吃肉，天天酒里困肉里眠，是罪孽。现在要改造，要像穷人一样吃饭，一样吃苦。你要好好吃苦，好好读书，好好改造，有文化，有进步，地主的儿子也一样搞建设，有大出息。

向茂林听着听着就打起鼾来，口水从嘴角流下来。

老地主分子说，儿啊，听见了吗？

向茂林用袖子擦了擦口水，嗯嗯，听见了呢。

他听惯了铁嘴巴的话，别的话他听不到，老师的话，老爹的话，他都听不到。

听铁喇叭的话，要照着做，这样才会成为好人，不照着做，就会成为坏人。坏人像地主分子老爹一样，会成为专政对象，会被管制，会没完没了地挨批斗。

老爹的话，听多了是危险，一种隐隐的不祥，一种尚未降临的灾祸。铁喇叭的话和老爹的话，没有任何共同的地方，如果有一点点相同，那也是一丝光明啊。

老地主家的女儿叫向朵。

姐，爹怎么不去当红军？要当地主！向茂林对向朵说。

傻呀，你！红军是穷人的队伍，爹怎么能当红军？

红军，红五星，八角帽。英雄和荣誉。敬意和神往。不是往事是故事，不是传说是历史。讲述，唱歌，演义，纪实。井冈山，瑞金，延安。雪山，草地，大渡河，万里长征，红星闪闪。

再说，我们的爹要是参加了红军，也可能被反动派打死了。向朵接着说。

我宁愿爹被反动派杀了，向茂林说。

要那样，不会有爹，也不会有我们。

我们会在别人家出生。

你怎么那样想呢？老爹把我们养大不容易，老爹疼我们，爱我们。娘在过苦日子的时候饿死了，我们没饿死，是爹救了我们的命。

反正你迟早会嫁出去，嫁个好人家。我呢，会一辈子待在这个家。我要好好进步，才能像别人家的孩子那样。

到反反复复地读到四年级，向茂林成了大孩子，剃光头，得了个鲁智深的绰号。那个时候，有《三国演义》《水浒传》的连环画，和红军的故事摆在一起。

夏天，南方的太阳暴晒。向茂林一个人在操场上扯草，用大竹扫把打扫操场，尘土满身，像泥人。

老师要他休息，他说他要学雷锋。老师不好说什么，怎么能不让学生学雷锋呢！

谭谦后来在小说里是这么写的，班主任老师有些悲悯地看着太阳底下的这颗光头，要他去睡午觉。光头不肯，他不肯放弃任何一个进步的机会。体育老师朱飞上去，一把拎起光头，把他扔在教室里，在这儿坐着。进步？不是晒晒太阳就能进步，慢慢来，孩子，慢慢来。

老地主分子其实不老，解放那年，他刚满十八岁，他本来是要去当志愿军抗美援朝，报名参军时，土改工作队不让。他就成了地主分子。他后来娶了夏家富农的女儿夏云，生了一儿一女，向茂林和向朵。夏云怀向朵的时候，地主分子被批判斗争，理由是他想变天，他反对建土高炉大炼钢铁，把几百年的古树砍了去炼钢铁，人真是疯了。没有钢铁就没有机器和武器，反对工业和军火不就是帮敌人的忙，不就是想变天吗？

地主分子好几次想自杀，他舍不得夏云和她肚子里的孩子。

夏云问地主分子，孩子生还是不生？

地主分子说，也没说地主富农不让生孩子，生吧。不生孩子，不就断子绝孙了？

生下来是个女儿，三天就会笑。是个好兆头，以后的日子会很美好。很美好的是村长送来了一只母鸡和十几个鸡蛋。彭家婆婆接生，杀了那只母鸡给月婆子熬汤。村里有人送米，送甜酒。

地主分子对村长说，村长，这女崽就拜你做干爹，算是您的女儿吧，沾您的光，她长大会贵气一些。村长说，罗五爹当过红军，拜他吧。罗五爹答应了，做了向朵的干爹。地主分子在县城读过中学，会写会算，写得一手好毛笔字，柳体颜体，还会翻四角号码词典，让他当民办教师。“文化大革命”时，罗五爹死了，地主分子还是地主分子，儿女还是他的儿女。

后来怀了向茂林。这回是地主分子问夏云，孩子生还是不生？夏云说，生了一个还怕生第二个？生两个有伴。

向茂林生下来，没有干爹。向茂林七岁就懂事了。他在铁喇叭下跪着，叩了几个头，听铁喇叭说话。铁喇叭，你就是我干爹，我会做那个有出息的孩子。铁喇叭说：是的，是的……世界是你们的，也是我们的，你们年轻人，就像早上七八点钟的太阳……

那个时候，太阳正在升起，又大又红。向茂林站起来，朝着太阳，啊了一声。他扯着向朵，姐，上学去。

向朵给向茂林一个书包，她用旧被单缝的。

弟弟，你好好读书。将来考中学，读大学，高飞远走，姐要帮爹娘种地扯猪草。

向茂林就这样进了学堂，领了课本回来，新的。向朵拿了语文课本，有毛主席像，彩色的，有五星红旗，首都北京天安门。向朵第一次看见这些图画，她非常喜欢，她喜欢百合花、画眉鸟和锦鸡。那些东西为什么不画在书上？她喜欢这画在书上的东西，和喜欢百合花、锦鸡、画眉鸟不一样。书上画的是最好的，上了书的东西就是神仙。

向茂林说，姐，你也去读书吧。

向朵说，你一个人读书就好了，你读书，帮姐长见识。姐是嫁人的，读书也是帮别人读书呢。

向茂林进了学堂，进步不大。老爹忍了八年，说，儿啊，你进学堂就像熏腊肉，越熏越黑。

向茂林不黑，不蠢。他要变红，他要变聪明。老爹是亲爹，亲爹是地主分子，地主分子是人民的敌人。做人民的儿子，还是做人民的敌人的儿子？他天天在想，天天听铁嘴巴的话。他有精神上的弑父情结。他对向朵说过，他宁可老爹当年当红军被反动派打死。他还有个情结，就是希望老爹是人民，不是人民的敌人。百分之九十五是人民，百分之五是敌人。他希望老爹是百分之九十五。

向茂林后来学会了分数。那百分之五是多少呢？这样用乘除法。那个时候中国六亿人口，百分之五是三千万。全村人，全乡人，才几百人，几千人，三千万是多少？那些人在做什么？藏在哪个山洞里？他们在干什么坏事？干多大的坏事？为什么不把他们赶出中国？为什么不抓他们关他们杀他们？

铁喇叭说，那些与人民为敌的人，该杀的杀，该抓的抓，该管的管。这里要用减法，减去杀的、抓的，就是管的。管，就是像一头牛，管得像一头牛，鼻子上拴一条绳子，就老实了。

三川半出了一件凶杀案，一个人用锄头把生产队长挖死了，生产队长就是村民组长，比村长的级别低。杀人凶手不是四类分子，是个贫下中农。杀人的原因是生产队长偷了他的老婆。后来的布告是阶级报复，凶手是地主分子。

向茂林听大人讲这个杀人故事。他认为这个杀人故事不真实，漏洞百出。生产队长怎么会偷人通奸？贫下中农怎么会杀人？他相信布告上说的，那样才真实，才符合百分之九十五和百分之五那个数学公式。

大几岁的向茂林问小几岁的李克时，杀人的人是什么人？李克时说，你问这个干什么？你想杀我是不是？你学习成绩那么差，还能杀人？你那练习作业本上，老师都打了那么多红叉叉，你都被杀死过多少回了？我告诉你吧，杀人的是老师的红墨水，被杀的总是你做错的那些题目。

向茂林摇了摇头，说，老师怎么讲的？老师讲牛头不对马嘴，你就是牛头，我就是马嘴。

大龄学生向茂林突然发现，他同这个世界的关系，完全是牛头马嘴的关系，同学，老师，老爹，还有那些练习题，全牛头不对马嘴，全和他想的不一样，和他这个人不合适。石头是从高处滚下坡的，水是从高处往低处流的，太阳是从东边出来的，为什么别人就不懂这个道理？向茂林是天天有进步的，人们就是看不见。铁嘴巴讲的话他都能背诵了，他不想给任何人证明这一点，自己明白就好。别人不会相信，他这个地主分子的儿子就是人民，就是比人民更好，他就是活雷锋，他在南方的烈日下扯草，他不是要这么做，是只有他能这么做。什么叫慢慢来？体育老师朱飞很可疑。

老爹不可疑，他本来就是地主分子。哪怕他的毛笔字写得再好他也不算人民，因为没有要求人民一定要写好毛笔字。

过苦日子以后的某一年，老爹在深山里挖了一块地，种了一些南瓜，后来结出很大的南瓜。向茂林很喜欢这些南瓜。他问老爹：

这些南瓜不算是我们家的，这里不是分给我们家的自留地，这些南瓜是公家的。爹，这些南瓜怎么办呢？他希望老爹把这些南瓜交出来，分给大家。

老爹说，南瓜啊，也不是鸦片烟。

向茂林说，我饿死也不吃这些南瓜，这不是自留地里的南瓜。

后来，这些南瓜让野猪吃了。向茂林没敢把南瓜的事说出去，这是老爹的罪，也是他的罪。向茂林把南瓜当成了一道思考题。人的灵魂就是一个南瓜，很小的青皮果子，长成大的、黄皮红心的大南瓜。南瓜的味道有些甜，有南瓜的香味。到了秋天，遍地南瓜。

那些种在森林里的南瓜被野猪吃了，向茂林和老爹一样沮丧，再怎么说，那些南瓜不是供野猪吃的。

向茂林对老爹说，老爹，以后要多听听广播，喝水啊吃饭啊，听听广播有好处。

老爹说，广播讲话太快，记不住。

向茂林说，是你没听进去，听进去就记住了。记住了就会变成自己的想法，就知道南瓜该种在哪儿，不该种在哪儿。老爹，我是你的崽呢，什么藤结什么南瓜，广播里说的。老爹，你是好藤，我是好瓜。

向家的地主分子笑了。人总有笑的时候，他也会笑。他的儿不傻，很聪明。

老师出了一道作文题《我的父亲》。

我的父亲是地主，我是地主的儿子。我娘是个穷人，我是吃穷人的奶长大的（向茂林从谭谦那里读到了艾青诗选）。他接着写，父亲是要参加解放军的，后来没去成，他会写毛笔字，天天写大标语。写着写着，父亲的思想变好了，我要进步，父亲也要进步……

老师给他这篇作文打了个优。这是他得到的一个重要的奖励，他后来一直珍藏着这篇作文。

《我的父亲》这道作文题，后来成了经典的作文题，被一次又一次地拿出来，写出我的父亲死了，我的父亲患了大病等文章，那些单亲家庭的孩子，写我的父亲在少林寺。没有一篇写成朱自清的《背影》，也没有写出画家罗中立的那个父亲的形象。只有向茂林写《我的父亲》得了个优。也许这道经典的作文题还让许多孩子得了优，这说明，父亲是个很好的写作材料，所以就有了经典的作文题目。

老号跟着铁喇叭练嗓子，跟着铁喇叭唱《国际歌》。唱着唱着不唱了。他问谭谦，《国际歌》唱从来就没有什么救世主，《东方红》唱他是人民的大救星，是哪首歌唱错了？

谭谦说，你唱呀，唱错了我负责！《国际歌》唱的是救世主，《东方红》唱的是大救星。什么是救星？救星就是一个人要渴死了，给他一碗水；一个人要饿死了，给他一口饭；一个人要病死了，给他一粒丹；一个人掉到水里要溺死了，把他救上岸，这就是救星。救星只救人。救世主呢，是救世界，一个世界要垮了，去救它，用泥巴糊起，能救吗？所以，从来没有什么救世主，世界要垮让它垮，《国际歌》是一支旧世界的垮歌，垮吧垮吧垮吧，有谁来救世？

一头牛很悠闲地一边吃草一边朝大屋走去，在挂着铁喇叭的杉木杆子那里，拉了一堆牛屎，在杉木杆子上擦痒，铁喇叭掉下来，断了一只角。

断了牛角，很疼，狂奔。

见到路边嫩草，它停下来吃草。它饿了，饥饿大于疼痛。

对一种味道的遗忘，并不要很久的时间

从吃到品尝，经历了多少岁月？把一些东西吃进去，填饱肚子。生的，熟的，能吃的就吃。历经岁月，出了味道，酸甜苦辣涩腥咸冲，由舌头辨认；有香气，由鼻子辨认；有色有形由眼睛辨认。眼鼻舌并用来吃，就叫品尝。吃是劳动，大汗淋漓。品尝是艺术。说吃饭是为了活着，活着不是为了吃饭。为和不为，由吃饭来判定。一个人的能力也由吃饭来判定。你吃哪一碗饭？讨什么生活？吃官家？吃生意？吃笔杆子？吃脚力？吃泥巴？官吃运，民吃粪。粪是肥料，肥料养庄稼，出粮食。能吃，叫吃衣禄，衣禄好，寿命长。廉颇老矣，尚能饭否？餐食一斗，日食一石，是能力。

谭谦的肠子是越来越细。在三川半的时候，谭谦和城里来的几个学生看过乡下杀肥猪。乡下人养肥猪，让猪崽长大，越养越肥，到后来肥猪不能进食，肠胃长满油水，肥而不能咽食。开膛破肚，猪油长满，肠子变细，肠腔变窄，好好的一条管道，给肥坏了。人

的肠子变窄，就不能吃，就食不甘味，不能品尝。谭谦已出大名，满世界摆遍他写的书，到处请他演讲，演讲是要吃饭的，吃遍东南西北，吃遍世界。京菜、粤菜、湘菜、川菜、中原菜、东北菜、西北菜、云南菜、新疆菜、西藏菜、内蒙古菜、海南菜……中餐、西餐，日本料理，什么都吃，什么都没味道。什么好吃？饥饿最好吃。没有饥饿，吃什么都一样。

谭谦忘记了所有食物的味道。味道，要不了多久就会忘记。

有一种味道，谭谦还记得，那是花椒的味道，麻。一种同饥饿无关的味道，是三川半的味道。

麻，让他回忆，让他记住三川半的味道。

很多味道都会忘记。唐诗的味道，已经淡忘。青铜的味道，屈原的味道，项羽的味道，都已淡忘。肠子太肥了，一肥就不灵。

肠子会把许多事情搞坏。一些食物进了肠道，积压起来，让肠子变成一个积压器官。岁月是肠子的岁月，流失或者积压。肠子是一条河流，把一些好的味道带走了，变成屁，放走了，消失了。若有幸，便有如苏东坡的情怀，唱大江东去，浪淘尽，千古风流人物。从情怀到肠胃，从吃到味道。大肠滔滔，淘千年食物。谭谦拍拍头，拍拍胸，摸摸肚腹，拍遍身子，万事此身，一堆食物。

此身，要好好地累。三川半，和村长、使劲，和那些男女老少，和城里一起到三川半的伙伴们，累。身子很累人就舒服了。踩泥踩粪，犁田挖土，日晒雨淋，霜天雪地，一双手冻得发红，十指像十根红萝卜，千人万人修公路，修水库，天寒地冻，谭谦给大家说要发挥胡萝卜精神，他把这句词写进了黑板报，写进了广播稿，写进了小话剧。他这句词也上了省报，有篇小言论，叫作《胡萝卜精神》。谭谦快乐地欣赏自己的语言天赋，从那个时候起，他有了当作家的梦，他要写一部《青春之歌》那样的书。身子累了，做梦也会笑。是吃，也是味道，可在回忆中品尝。那个时候，肠胃和情怀在一起，长出胡萝卜精神。

村长，你和你被太阳晒白被雨水洗白了的蓝衣服，在时间里飘扬，上海的知青作家陈村写的小说《蓝旗》，就是写那件蓝了白了的衣服。如果要写你的味道，是爹的味道，神的味道。那种味道，和你的蓝了白了的衣服在一起，村长的蓝衣服就是旗帜。

村长捉住了谭谦胡萝卜一样的手指，握了许久。

村长带领许多人，把三川半的锣鼓都敲响。送行，送上坡，绕过坳，从小路到大路，过桥，走很远。

三川半，很远了。

回城了，不是学生了，不再回学校。再进学校是大学，大学不是一辈子，出来了，身子就闲了。身子闲了就会长出两样东西，牢骚和怨气，就像冬天会长虱子一样，不用播种，它们就会长出来。虱子是一种寄生虫。寄生，借别的生命生存、生长。一种没爹没娘没根没种的东西。有生，是天理，有寄生，是不讲理。不讲理也是天理的寄生。万事万物，就是这样的纠结。寄生现象是从有生开始，人、动物、植物都有，神、鬼、妖也各有寄生。庄稼的寄生有种叫菟丝子的，吃庄稼营养而不能结实。一些乔木长了寄生，可当茶，喝了长记性。三川半人信这个，记性寄生谐音。动物也长虱子。牛虱子很大，若豆。鸡虱子很细，让鸡掉光羽毛，成秃鸡。猫狗生跳蚤。虫也有寄生虫。生连寄生，无处不寄生。人长虱子，人居长臭虫。穷生虱子富生臭虫。虱子不分贫富，臭虫嫌贫爱富。无论是金栏玉砌，雕梁画栋，缎被朱床，臭虫都爱钻。三川半人说长臭虫是败象，有了臭虫，富家会败落。长虱子要两个条件：一是经年不洗澡，不换衣服，最好是衣服补丁多；一是一年四季只一件破棉袄。这两条，不是人人经受得起。扪虱而谈，是古风，不痒不痛快。

虱子是一种积习，就像情绪也是一种积习一样。

人要丢掉积习很不容易，谭谦想要减掉那些情绪的虱子。情绪也是痒，那痒，在肌肤之下，抓搔不着。

痒。谭谦到三川半的岁月，患了一种痒，是他离开三川半的时候才发现。三川半人敲锣打鼓地欢送，他觉得很痒，在肌肤之下，奇痒。原以为是暂时的，后来许多时候，失恋的时候，失意的时候，生气的时候，伤心的时候，肌肤之下就奇痒。

那年谭谦骑了一辆永久牌自行车飘过五一大道，那是一条以劳动者命名的大街，他经过省人民政府，市人民政府，人民银行，人民医院，人民小学。在人民宾馆大门口，他见到一辆奔驰车，一位美女拉开车门，屁股挪进去，两条玉腿留在外面迟迟不进去。这个时候，他肌肤下奇痒，他从永久牌自行车上翻下来，满地打滚。别人以为这个人身上起火了，叫来消防队员用水龙头喷他。

谭谦一跃而起，骑上永久牌自行车跑了，风一样。下边的东西桅杆一样，除了痒，别的器官都正常。

被人用水冲过之后，他写了一篇《大禹治水》的小说交出版社，他改了个名字，叫《禹治大水》，再被编辑改过来，叫《大禹治水》。他这本小说成为当年年度畅销书，接下来就是获大奖。刚好那几年的社会主题与水有关，洪灾和干旱。洪灾，旱灾。旱灾，洪灾。不安分守己的水循环，一齐说水，谭谦的书就走俏。书也长虱子。

恐龙死了，虱子不死。恐龙的那些寄生物已经活得长久。谭谦到很有名的时期，他想写一句关于虱子的格言，像俄罗斯那句格言：播下龙种，收获跳蚤。他终于想到一句，三川半的民谚，虱多不痒，债多不愁。他还记起“文化大革命”大串联的时候，路上几个月，长满虱子，虱子和红卫兵一起走天下。在红卫兵接待站，被子里外都是虱子。

谭谦带着情绪写作，出书，终于出有车，食有鱼；有话语权，有玉腿，肠子一天天变窄，肚腹隆起。

有些情绪，没有虱子。

蛙　眼

鳖和蛙说话。鳖是东海人，蛙是井中人。海谈和井谈。庄子这个人爱扯，后来人说井底之蛙，也未必就是庄子扯。也未必是蛙谈和鳖谈。海之大，井之小。天下巨细，各自处所，各自观感。

很高远，得细微。以时间丈量，千年寿。取生命长短。时有蛙，时有鳖。

小君和任蓉蓉看到池塘里的蛙头伸出水面，大眼凸出。她俩问谭谦，那是什么？谭谦说，问村长。

蛙眼，村长说。

蛙眼看什么？他们问。

看天气，村长答。

蛙眼望天。

蛙眼看日头正好，云正好，会多看些时候。或者也看月色。月亮很好，蛙眼多看。云淡风轻，蛙眼也会看。蛙眼不看雨雪。

那只蛙跳上一片大荷叶，蹲在那里，看天色。一塘蛙群，这只蛙看天色最多，它的蛙眼比别的蛙眼大。从三月清明节到五月端午节，它从小蝌蚪渐渐成蛙，它喜欢看东西，望天，练成好的蛙眼。

先看，后鸣。有蛙眼，才有蛙鸣。有旱情，它先跳出池塘，在草丛中鸣叫。蛙腹鼓起，蛙腮一张一缩。一声一声地慢，旱情会久一些；一声一声地短，旱情快过去。若有雨情，它会在荷叶上打鸣，引起一池蛙声。若在平时，蛙在水中，紧一声慢一声。

三川半人不吃蛙肉，蛙是雷公的鸡，吃蛙肉会遭雷打。蛙腿似人腿，人不吃人，怎么会吃蛙？

三川半人不吃蛙。村长说，吃蛙不是三川半人。三川半蛙多，死不见尸，那些蛙哪里去了？蛙隐于寿中。

这种蛙活过经年，蛙眼有神。

公社，这头叫公社的牛把头伸进池塘，像要把一池水喝干。这只蛙见过很多次，公社喝水始终是这个样子。

使劲在不远处打量公社，它喝水的时间很长，它靠喝水打发时间。喝水是牛的娱乐，吃草不算娱乐，吃着吃着就睡着了，它很累。它是在人民公社最后的日子里出生的。后来是乡政府。公社是公社的最后一头牛。公社把头抬起来，胡子上的水往下淌，它用舌头舔胡子上的水滴。那只蛙看着它，池水这么近，它可以不断地喝水，一点也不用吝啬胡子上的几滴水。

蛙眼看牛，真是奇怪。牛越大尾巴越长，蛙自蝌蚪成蛙，就没有尾巴了。蛙没了尾巴才是蛙，牛有尾巴还是牛。蛙牛同饮一池水，生态各不相同。牛很有气势，牛角如雷。牛喝水也很有气势。也有羊，有狗，有猫来喝水，但都是小动作。人，一般不饮池水。他们的池水是用来种莲种藕养鱼鳖。用池水，人与蛙一样，蛙也是用，居池养生。有眼有识才会用。人用工具蛙用池。人用功，蛙用自在。蛙眼四顾，那时天旱三年，东海之水不盈，池水过埂四溢，蛙命常在。

三川半如蛙伏，四足如天柱，蛙背高低，驮天驮日月，泻年岁，吐纳气候。

那年三川半冰雪封冻，杨二哥大年初一出行，一池冰凌，冰面上有一只蛙。蛙向前跳了几跳，又退了回去，不见了。蛙冬眠，这时怎么会有蛙？能说会道的杨二哥讲不出个道理来。

村长谣

村长在女儿露嫁给使劲之前，他是个好人，露嫁给使劲以后，他是个大人，岳父大人。做了岳父大人，使劲还是叫他村长。村长是个大人，大得像一本书。村长是个好人，好得像一句诗，好得像一句民谚。人人都说村长好。地富反坏右分子也说村长是好人。坏人说一个人是好人，那个人必是坏人，逻辑上是这样的。村长给了坏人一个理由——坏人有说好的权利。

坏人不可以说坏，也不可以说好。他们没有表态权。分得一块臭肉，分得一斗霉玉米，说好是假伪，说坏是不满。说村长好那就是好。说说无妨。什么人说什么话，早就立了规矩。三川半鸟鸣虫鸣，书生朗诵。读完李杜，又读什么藤结什么瓜什么阶级说什么话。溪流潺潺，游鱼头尾相衔，连成一串，水清无深浅，鱼可数鳞，虾可数须。这时三川半的心境和血液，清静且鲜活。

东边是高山，西边也是高山。两边山给河流让出一条路，任它缓缓地流，任它有一个好的前程。三川半的河流不大，这里的山河，只是山河的细节。不能在山上居住的鱼虾，在小河里有个好世界。不能在水里居住的鸟兽，在山上有个住所。人与它们为邻。水通情，山知理，人在情理之中。

云层把阳光筛下来，村长似一处斑驳的影子。一只大鸟在新翻耕过的土里啄出虫子。村长掀下头上的斗笠，盖过去，大鸟逃过斗笠，斜飞出去，惊掉嘴里的虫子。那虫子跌在村长的头上。

那是一只金甲虫，在村长的头上，一弹便又飞走了，好像不曾有过适才的劫难。是的，劫难并不留下痕迹，虫鸟鱼兽，草木山河，本无文字，不会写历史，不会重读劫难。阳光和风也没有痕迹，花会开，草会长，树会发芽，种子会变成一年的收成。那只金甲虫的名字叫作阳春。那种七彩的飞翔的虫，细长的叫阳春，蛋圆的叫凤凰。村长的思想和阳春一道飞起，把思想飞成文字，把炊烟和云层飞成一本书。村庄也飞起来，河在天上流走，鱼在天上游。三川半成为那些，那些……

村长再没什么要担心的。把那些放在高处，不怕盗贼，不怕偷窃。村长一直担心，那些会被盗窃。村里没有一把锁。村长说，锁是什么？只锁君子，不锁小人。小人也是君子，叫梁上君子。小人到了高处，也是君子。村里有了收成，把玉米棒子堆在木楼上，挂在梁上，豆子装在桶里，红苕放在窖里，稻谷装进仓里。怕偷，怕鼠来偷盗。鼠是惯偷，成群结队，偷村里的粮食。家鼠偷家粮，把衣服拿去做窝，咬桶，咬仓。野鼠偷地里的粮食。松鼠叫刁粮子。野猪偷红苕。乌鸦偷玉米棒子。麻雀偷谷物。黄鼠狼偷鸡。老虎豹子偷狗。鹰鹞偷鸡和小猪崽。甚至有人熊偷人。三川半有条告示，写在三川半人的心里，防火防盗。

火与盗，是生活手段。盗为偷吃，见好吃的流口水，贪吃，生盗。盗再往前，偷吃之前，是英雄行为。人去偷虎鹰的猎物。有虎鹰得食，人们结群驱赶，盗食虎鹰的剩余。火与盗，本是人的手段。别类得了人的手段，再来害人。它害，又为人害。

火是人的胆，人的亲情。一炉火，一炷香，薪火相传，子孙永葆。三川半关于火害的故事，如火一样久远。天降三天棉花，降三天油，再降火。

村长的女人走后不归，村长大醉。梦见贼人，偷走粮食和女人，把三川半偷走。卖吧，把三川半卖掉，干干净净。村长有他的见识。女人信神灵，所以女人比男人更忠诚，她们把背叛当成耻辱，当成心灵的惩罚。女人还有男人不会有的技能，不停地缝缝补补，生儿育女，很有耐力地老去，慢慢地不计较时日。三川半的小径，是女人用纺车纺出来的。男人出了门，走过小径，行走四方，把别处踩成大路，把小径留给女人和孩子。小径不断，一根线牵扯大路。十个男人九个回来，一个会耽搁在远方。路边有几处泉水，女人一生记得，取一个名字，一碗水，凉水井，滴水洞，半瓢饮……男人们喝了水走路，去时喝，回时也喝。远处的水一定不好喝，水土不服，拉肚子。三川半最早的远路是水流，穿山透地，驰作大海波涛。河床宽窄，两岸肥硕。有微风，水波似鱼鳞，大河成鱼，头朝东海，尾扫群山。冬雪至，群山若白马，饮大河，驰骋三川半，不见狼烟。草屋或瓦房，白色一顶一顶，炊烟如柱。三川半有个叫木子的诗人，写了首雪诗：下雪了，山是白的，水是白的，风是白的，一群女护士风一样，在雪地起舞。他后来把诗题改作岸边医院。三川半人读了这首诗，说护士白就白了，还要跑到雪地里跳舞，谁来伺候病人？

村长踩过雪地，像孤独的猎人。孤独其实也意味着很多别的可能。猎人的伙伴是群山，是村庄，是草木，是整个地上、空中和地下的猎物。

村长叩门，洞房花烛夜，叫醒他的新婚女婿，起来，起来。女儿听到叫声，对男人说，爹来了，就急忙穿衣下床。女婿一开门，村长说，你小子得换一杆枪，我们去打猎，下雪天是狩猎的好时机。

使劲是大人了，使劲的个头比村长还大。使劲爱猎枪的时候还没有枪高。使劲问露，枪呢，枪呢？露说，我帮你管枪呢？你问枪吧！枪说我挂在板壁上呢。

使劲和村长出去，雪地上留下两行脚印，写下两个人一天或者更久的故事。

梅花的兽迹，大朵的是虎豹，小一些的是狐狸和狼，或者野猫。梅花兽迹是凶残一些的猎物，蹄印是野猪或者麂子，吃草的野物。

他们跟踪梅花兽迹，大朵的。没有猎狗的狩猎很安静，完全是雪地一样的沉思，人的想象很完整，不会被打断，直到猎枪响起才会有大动静。最好的狩猎是没有猎狗的，鹰犬的狩猎完全是多此一举。

村长告诉使劲，雪地上的兽迹，要能分辨出冷的和热的。冷的兽迹结冰，猎物已经过了几道山几道河，热的兽迹还没有结冰，猎物在不远处。兽迹可辨公母。公兽前脚迹重，母兽后脚迹重。脚迹沉稳的是壮兽，脚迹飘浮的是稚兽。兽迹还可辨物的情况，它们行走的速度。足迹拖沓，必是病兽，病兽不可猎杀。不是猎，是虐。

使劲有些渴，折了一枝冰花树枝，又给了村长一枝。冰花树枝结有蝴蝶花纹一样的冰花。三川半的雪天，也不是处处可见冰花树，只有狩猎的拾柴的可以遇上。那冰花可治烫伤。冰雪把草木的药性融在一起。三川半的彭家婆婆有许多妙药妙用。

人和兽隔着一些距离，在雪地逐走。一座山，一道沟。人与兽，相互闻得着气息。

村长对使劲说，看不见的才叫猎物，等你看见能射杀的，叫肉。

过大堡，过辣子坡，过雷打沟，过半边土，再过和尚顶，过王家屋场，一路热的兽迹。

到必渡河岸，腾腾的一河热气，不见兽迹。英雄末路，狩猎就这样结束了。

使劲朝天放了一枪，像是礼炮。

村长和使劲的狩猎，猎到了一半兽迹。

村长说，这条河，这是一条河，再好的狩猎，再成功的狩猎，也不能猎杀一条河吧。

使劲说，岳老子，你一大早叫我起床，杀一条河吗？

留 贼

三川半纪事载，人祸有三，战争，纵火，投毒；人害有四，贼，盗，匪，骗。贼害为首，小偷鸡狗，中偷钱财，大偷指窃国。三川半人简略为小偷窃家，大偷窃国。有前科的，一般为小偷中偷，窃国大偷在国法之上，没有犯罪记录。

村里没有偷盗记录。村中房屋，为三川半固有范式，有窗，有门，有缝，有孔。门有大门、耳门、后门，窗有前窗、后窗、东窗、西窗。内窗房门，楼洞壁缝老鼠洞。一屋四通八面，风光如漏如泻。门是放心门，窗是开心窗。门不闭不锁。

村旁有座老庙，男女菩萨慈眉善目，世人善念，交由菩萨管理。菩萨脚下一堆善钱，多少朝代的钱币成堆，积尘寸厚，无人伸手。三川半门户开放，偷贼不好意思进来。这样的人家，哪能起贼心？

粮食熟了。果子熟了。你站在一个地方，顾眼四盼，绿色的，黄色的，红色的，银色的，像惊叹号，像句号。三川半的大地铺满美好的话语，像问候，像细雨，像祝福。摘一个瓜不算偷，摘一只果不算偷。给别人，添些许快乐。

在这个时候，村长是瓜果的村长，是粮食的村长。

村里有条黄狗，像小牛犊一样大，金黄色的毛。凡·高那有名的《向日葵》色调，就是这条黄狗的色调。村里人不知道凡·高，也不知道这色调的昂贵，一幅画能值多少钱？一块石头一条狗一捧成熟的玉米能值多少钱？谁是一块石头的缔造者？谁能构思一捧玉米又能让它成熟？三川半人不算计不估量不猜想，比天空永远低一些比大地又永远地高出一些的三川半人，他们调出了三川半的颜色，画狗画牛画庄稼，画草木山川。看三川半人，像一群与生俱来的画工，用汗水搅拌泥土，把天空当巴普的斗笠，永远地世代地盖在上头。

村里的一位老巴普死了，嗯嗯几声说什么也听不清，他费劲地指了指，嫁了的女儿问他，斗笠吗？他又嗯了一声，死了。老巴普叫六公公。在六公公的坟上盖了一顶斗笠。

村长的那顶斗笠用桐油油过，长久不坏。村长的斗笠不叫斗笠，叫村长帽子。一样的东西在不一样的地方，名称不一样，用法也不一样。吃饭，三川半人叫吃饭，吃，搞饭，逮饭。有身份的人叫用餐，皇帝吃饭叫用膳。村长和他的女人赶集，女人要尿尿，村长把斗笠摘下来作遮挡，说你尿吧，斗笠是女厕所。村长也要撒尿，自己遮挡，斗笠是男厕所。全国大炼钢，大跃进，人民公社那个时期，过苦日子那会儿，中国成了非洲，缺粮，人人吃公共食堂，粮食定量，孩子老人一天二两粮，劳动一天半斤粮。村里那个右派没口粮，右派学问大，但没饭吃还是要饿死。村长装了一箩筐红苕，用斗笠盖着，偷偷送到右派家里。右派没饿死，后来回城里做了他的老行当，农业研究，他写过一本《三川半农事》。他成了大科学家，工程院院士。他谈三川半的土壤如何如何，种红苕，种魔芋，长得奇大，按他的办法，萝卜长到几十斤，出口日本，日本人叫大根。

村长的斗笠等于院士加大根。后来，三川半博物馆要收藏村长那顶斗笠。

斗笠旁边还有一顶斗笠，是六公公的斗笠。六公公死后多年，他那顶斗笠也进了三川半博物馆。

日本人在三川半修飞机场，像在金矿采金一样，民工进出只穿条短裤，头上让戴顶斗笠。六公公和一个叫秀才的人一起抬石头，秀才给六公公一张纸条，让他藏在斗笠的竹叶夹层里，要他送到常德国军某师的夏师长手里。六公公走了三天，见到夏师长，给了他纸条。后来打了一仗，日本人吃了大亏。解放那会儿，六公公帮解放军抬伤兵，路上让土匪围住，解放军的一位排长也塞一张纸条在六公公的斗笠里边，让他出去搬救兵。六公公认识土匪头子，说是解放军抓去的，跑了出来。六公公领来救兵，捉了土匪。土匪头子被拉到河滩上公审，枪毙。一串机关枪子弹射过去，土匪头子被打成了筛子，倒下又爬起来，拿一块卵石扔过来，打中六公公的脚。土匪头子骂，我日你娘，我要杀了你！六公公后来对人讲，厉害，机关枪都打不死，还要杀我。六公公的脚疼，天天包上草药。脚好了，人不再威风。六公公年轻的时候猎野猪，一头受伤的野猪冲他过来，他就势骑上野猪，抓住野猪的两只耳朵，直到把野猪累趴下。脚被石头砸了一下，人就不行了。他打算活到一百六十岁，结果九十九岁就死了。

六公公死了，村长说，开个大会吧，让右派写悼词。右派翻了半天书，那个时候没什么书让他翻，只有毛主席著作。某某村上的人死了，开个追悼会，寄托哀思，某某或重于泰山，或轻于鸿毛……

把毛主席的话念完了，下边不好念。六公公的故事不好讲，对这个人不好评价。六公公做过草药郎中，做过算命先生，当过阴阳先生，还当过道士先生，人死了，给做法事，土匪来了让他供酒饭，国军来了说他通匪，解放军来了，有人告他为国民党的乡长做过法事，请土匪吃过饭，给日本人修过飞机场。

村长说，你就接着念，右派把一篇《为人民服务》的文章念完了。接着吃饭喝酒。没一个人哭，六公公是个快乐的人。他把村里比他先死的人送走，给人做完法事，送人入土，最后会说一句，我给你做法事，你没陪我喝酒，你欠我的，到那边摆好酒菜，等我来吃。

那天，来了个过路人。一起吃过六公公的饭，那人自说姓冉，酉阳人。村长说，把我们这里当客栈吧，留他过夜。留下是客，一酒一饭，夜好安眠。村长拿了条新被子给酉阳人，红色绣花缎面，村长新婚之夜用过的，女人走了，这条被子再没用过，还是新被子。这样一条被子，可以换粮食，变钱，同楠木家具一样，是硬通货。像金马桶，又实用又珍贵。

第二天早上，村长叫酉阳人吃早饭，人和被子却都不见了。东方的太阳很红，群山如焰，沃野染金。草如金线，露如珠宝，一串一串。村长望了望太阳，走了，女人走了，那条被子也到底是走了。晌午时分，两个民兵押着酉阳人来到村里。酉阳人肩上披着村长那条被子。酉阳人拿了那条缎面被在漫水街上换粮食，有人见那条缎被生疑，这么好的绣花缎被怎舍得出手？一诈一审，酉阳招了，就遭民兵捉拿了回来。

村长上前，说冉兄弟，我送你一条被子，害你受屈，人家把你当贼，实在对不住了。村长款待三人午饭，又送了三双鞋，他们各自走路。

村长又拿了块油纸，一种用桐油油过的厚纸，让酉阳人包好绣花缎被，怕路上被雨淋湿了。

冉姓酉阳人，后来是远近闻名的弹花匠，他做的被子，十年八年不用翻弹，松软如新。后来有家弹花匠被服公司，在三川半修了一座桥，治了一条河，建了一座庙，捐赠碑留名：红缎被冉氏。

六公公死了，四公公帮他入殓，一边摸他的头，一边说，老六，你先走吧，在那边开个铺，热好床，等我来，你年轻，才九十九岁，比我小呢。

满园香气

三川半有一块香土。在三川半许多传说中，香土是块抹不掉的传说。香土是村长的菜园子。菜花，瓜花的香气飘散过后，留下香土的香气。茶香酒香都不是那个气味，淡淡的凝重的，泥土似有女人的脂粉气。一年四季，每个季节，每个时辰，香气满园。

村长上路，要洗一回脚，穿鞋，上路。他不想沾了香气满世界行走，不想让人把他当成个拈花惹草的人。在菜园子久了，香气从他的身子各个地方渗透进去，让村长神清气爽。他会出许多汗，把香气逼出来。男人留香，会得软骨病。村长总会被香气追逐，不停地逃跑，不停地出汗。

彭家婆婆见识三川半许多草木事物，说桃花运可解，香命香运不可解，是命。彭家婆婆很少说错话，什么是药，什么是毒，彭家婆婆尝过，用过。香不是毒，是女人的命，男人的病。彭家婆婆对村长说，你那香土是个很香的麻烦。天下事，有生有克。你有茴香，我有臭牡丹。你在你那园子里种几株臭牡丹，那香气就会消除。彭家婆婆挖了几株臭牡丹，种在村长园子里。臭牡丹很臭，那臭味难闻，苍蝇蚊子都不近那臭，猫狗也远避臭牡丹。这草臭不过园子里的香气，臭牡丹很快就被香死了，那枯死草反留下许多香气。彭家婆婆直叹气，我用了一辈子药，半神半仙的功夫，叫香土给破了。

六月，三伏天。农家的六月就是三伏天。蓝天，稀薄的白云，没一点雨的兆头。落下细雨，满打脸上，很凉。一抹，很香。香雨。村长说，雨来了。

村长的女人叫雨，留一只绣花鞋，走了很远很久的雨。

女人走了，就像一片云，一滴雨。女人来了，就像一片云，一滴雨。有些感觉，有些挂念。

彭家婆婆不治香气。许多人是不在意的。人的生存，与空气有关，与香气无关。村长有香气，还是村长。右派没有香气，后来还是院士，他研究三川半的土壤，他临走时，到村长的园子里要了一撮香土，带到了快乐星城，那土已无香气。一个院士跟香气无关，他的工作跟香气无关，他的成就也是香气。有麝自然香。右派就是右派，他有本事。

快乐星城，有一个叫作五华的酒店。这酒店在快乐星城不算什么大酒店，但像快乐星城所有的酒店一样，它有一个快乐功能。它是一座机器，不停地制作快乐故事。住店的人都是快乐的人，一毛钱有一毛钱的快乐，一块钱有一块钱的快乐。

快乐星城，大街小巷满是快乐。三川半人到了快乐星城很是惊讶，这座城市什么都是钱，哪来那么多钱？

钱多，就是贵。一瓶水，两块钱。三川半一桶水，也不值一个钱。三川半的山泉水，不停地流着钱，留到快乐星城或者别的什么地方。在火车上，两个不相识的人聊天，一个说我们那地方好，有石油。另一个人说，你那地方的石油，是我们三川半流过去的。隔了几条大江大河，隔了几重大山几千里路，你们的石油怎么会流到我们那里？我们偷了你们的石油？三川半人说，那就是，你们偷了我们的还不认账！两个人在火车上打了起来。乘警过来问为什么打架？两个人说，为什么？为石油！警察不高兴，你们俩是中石油还是中石化？是美国还是中东？打什么打？警察把两个人叫到餐车。三川半人喊，拿啤酒来。三个人喝酒，喝出一堆空瓶子。喝，喝，石油，我们要去打仗。

石油从哪来流到哪里，三个人谁也不清楚。快乐星城两块钱一瓶的水一定是从别处流过来的。作为三川半的优秀青年，跑到快乐星城，花两块钱买一瓶水喝，实在不应该。三川半的牛羊和山泉水也从来不花钱。什么叫贵贱？人比牛羊还贱。一头牛喝了一肚子山泉水，装了一肚子两块钱的钱，像有钱人喝了一肚子茅台酒，装了一肚子一百块钱的钱。人和牛，各有各的快乐。

村里的金妃子喝了一肚子的山泉水，从茅草路走上大路，沿着乡村公路往前走，一直走到高速公路入口。车上一头花公牛很不负责任地叫了一声金妃子。金妃子冲过路卡，上了高速公路，追着拖牛的汽车跑。高速公路收费员哎呀几声，他们从未对一头母牛收费，要缴过路费的是汽车。所有的收费标准没写一头母牛上高速公路要收费。金妃子是一头母牛。

要闯祸了，收费员说。

金妃子往快乐星城方向飞奔。

几个三川半人，时不时要去五华酒店。有瘾，烟有烟瘾，酒有酒瘾，他们有五华瘾。他们不在五华，就在去五华的路上。快乐星城的酒店，有所有的快乐功能，吃喝玩乐一条龙。

好玩，是三川半优秀青年的天性，他们是玩大的。他们从吃娘奶的时候玩起，吃奶是玩，含一下又吐一下，没吃娘奶，就吮手指头玩。大了，玩山，戏水。水里捉鳖捞虾捡螃蟹，游泳，打氽子。山里捕鸟打野猪，烧蜂子捡蘑菇，摘野菜野果。

玩物玩人。躲猫猫就是玩人，躲藏和寻找就是玩人。使劲和棉花姨躲猫猫，然后发现棉花姨白嫩的身子。那个时候，使劲才十六岁。

那个时候，李克时大概和使劲一样的年纪。他说，这些都不好玩，要玩就玩大的。玩有多大？谁也说不清，无非就是玩法不一样。把乡村变成街市，让水从低处流向高处，把山堆在海里，把地变成无。

那个暑假，热。蝉鸣一夏，蛙鸣一夏。锦鸡啼夜，到处是蛇。夜晚，有月或者无月，下到白河捉鱼，捡螃蟹。村里人说棉花姨要嫁给漫水街上的一个裁缝，传说好久了还没嫁。又说棉花姨心里只想使劲娶她。春节，漫水街上裁缝来村里拜年，村里人老远就看见他了。村里的婆娘们互相通知，看看，行市人来了，穿毛领大棉衣，一边走路一边抽烟，好行市呢。行市，就是后来被三川半人改为时髦的那个词。漫水那个人同棉花姨一起荡秋千，做出男女的空中动作。村里婆娘们直喊好呀好呀！

棉花姨被荡了几回秋千，还是没嫁。漫水那个人说夏天里还要来荡秋千。村里婆娘们等着他夏天来荡秋千，空中的男女动作才有个看头，衣薄如纸，一捅就破。村里婆娘想玩，自己不玩，看别人玩。做姑娘的时候，她们也玩过。做了别人的婆娘，不能疯了。夏天里漫水裁缝没来，说他到别人家做嫁衣，和那个准新娘荡秋千，在秋千架上做了那个事，把准新娘的肚子搞大了，被准新郎砍了一斧。准新郎被公安局抓走了，一个美男子，因为斧头问题，成了杀人犯，这是三川半的一次小事故。

夏夜下河，很凉爽。燃起杉树皮的火把照螃蟹，光亮一照，在石头上凉快的螃蟹一动不动，伸手可拿。

棉花姨叫使劲，过来，一条鱼，一条大白鱼。使劲过去，棉花姨脱光身子在石头角落里。使劲摸棉花姨鱼一样光滑的身子，在月光下，很久。

李克时说这个夏天，不好玩。他做了两个好玩的东西：一个叫公器，一个叫公平。公器是一个大斗笠，或者叫大风筝。费了十几根竹子，百十张纸，编织成几丈长几丈宽的大东西，用了几根粗大的棕绳子拴住一头大牯牛，再用几十架风车一吹，那大东西飞起来，把一头几百斤的大牯牛吊在空中。后来又做了更大的东西，用更多的风车一吹，能把一个村子吊上天空。村里人可在空中睡觉吃饭和做各种事情。又给大东西安下了一个升降开关，晚上升起白天下来，人们下地干活。这大东西为什么叫公器？公共食堂，人民公社，天下为公，这大东西叫公器，好理解，顺口。那叫作公平的大东西，是几百只猪尿泡做的皮筏子，又叫作公平猎船。把猪尿泡割下来，用火灰滚，再穿上草鞋踩揉，把猪尿泡变薄。这得说明一下，猪尿泡不是猪尿的泡子，是猪膀胱。经过处理的猪尿泡，吹胀，一个个用麻线扎牢，再连接起来，放到河里，就成了公平猪船。这船很结实，放到海里也不会沉没。李克时又发动了三川半的猪尿泡运动，每个孩子捐一个猪尿泡，做一只猪尿泡军舰，配上竹矛竹炮，猎杀大鱼和海盗。

后来，这两样东西陈列在三川半博物馆，在民俗陈列室。李克时参加联合国教科文组织的一个会议，他还提起这两样东西。那位联合国的金发女秘书连连称奇，她用不太好的中文说，三川半吗？三川半人会搞事。

三川半的棋牌游戏，能入地方志的，有打三棋，四字棋盘，得三为先，灭杀对方棋子，似围棋，不分黑白，拈来不同的两种短棍为棋子，随时随地可以对弈。还有五子飞，五子连为先，又称裤裆棋，牌是上大人，九十六张字符，和牌为胜，似麻将牌。“文革”破四旧，不准打上大人，这是赌博，三川半人好赌。有书《非常良民陈次包》写了赌人陈次包，打上大人高手，很多人入局，连老婆都输掉。输掉老婆，岳家人不服，用祖屋赎回。不准打上大人，三川半人用扑克玩上大人，两副扑克，去掉王牌和A、K，剩九十六张牌，叫九十六，和上大人一样。洋化土，三川半人有办法。洋教入三川半，也化为土教，上帝变菩萨。抗生素用来治脚气。很灵的不是洋教，是三川半的配方。拉肚子的药，改变配方治脚气，包治包好。

三川半把四副扑克牌合在一起玩一种叫作五百二的积分游戏。出牌技法如桥牌，又如同斯诺克台球。出错一张牌，全盘皆输。到五华的几个三川半人，给这个游戏取名叫斯诺克扑克。来这里玩斯诺克扑克的人，经常是李克时，刘凡，老伍，秦副厅长，田副专员，画家老蔡。九十六有一种和牌法叫作满元滚，又叫满园香，这和法路宽，一局香气，若村长的菜园子一般。

这斯诺克扑克没这种香气，只是让输家生气，一副好牌，被对手拆得稀烂，去分输钱，秦副厅长常有感叹，一个月工资几个钱？送弟兄们买春，天理不容。偶得一手好牌，对手失误，赐良机，胜券在握，又叹，天赐良机，巧遇贵人。田副专员多是观察局势，并不入局，局内妙手多多，所有牌局，并无公平。不公平方可成局。刘凡，老伍，画家老蔡，只图个玩，也时有叹气，叹气也是玩，不叹几个气不好玩。李克时说，公平不公平不怪我，我念小学就做过公平，现在摆在三川半博物馆，现在只有扑克没有猪尿泡，哪来公平？刘凡连呼讲得好讲得好！他说好不好，不是判断是好玩。老伍是个税务官，半个三川半人，他在三川半当税官，抽税给国家，私人没赚钱，他是属于政治地位高经济地位不高的税官。钱多钱少也是好玩。画家老蔡鼻子坏了，流鼻涕无数，服务小姐一身香气进来，他自是闻不着，一副不闻不问的样子。刘凡问老蔡，这姑娘漂亮吗？画家老蔡正少王牌，得分的可能性不大，一分难取，回答说，光头光头！一边玩牌一边看凤凰卫视，那普通话，国语不像国语，英语不像英语，多用英语的发音说国语。李克时说凤凰卫视的李佳佳——平上去入，不是汉语味道。

不远处在唱歌，彻夜嘶吼。很高的电子音乐。风声雨声雷声乐声，皆难入耳，隔玩如隔山。

姑娘一身香气进来又出去。

鼻子坏了，香气成为记忆。满世界香气，弥久不散。

夜夜思君

村长是一个人？一个名字？一个带长的人物？

他就是村长。

村长一副好品相，南人北相，男人女相，国字脸，一米七九。龟背，口阔鼻直，双耳垂肩。算命先生胡八字说，这样奇人异相，要么成佛，要么为相，位极人臣。

他还是村长。

村长很小的时候，看别人家板壁上的画，十张美人图，大概是《诗经》里的三位美人和后来的几位美人。他反反复复地看壁上美人，只有一位对他笑，柳眉，桃花脸色，樱桃嘴，象牙雕的手臂，凤眼纤手。看迷了。走吧，快走！离开这儿，别看了！叫谁呢？快离开，别在我身边。我在看美人呢！怎么还不离开呢？快走！直到别人揪他耳朵，他才离开那美人。

那笑美人画上还有几行字，他不认得。为认得那两行字，村长后来上夜校扫盲，再去认那两行字：曾因醉酒鞭名马，生怕情多累美人。村长会心一笑。雨走了，村长养了一匹马，村长从不打马。

从四川来了位逃荒的姑娘，就是那画中人，只是不笑，只是没那桃花颜色。村长把姑娘留下来，过了半年，姑娘笑了，见桃花颜色。姑娘说，我要嫁你。那个晚上，姑娘上了村长的床。她把村长脱光，自己去洗澡，一丝不挂上床了。

姑娘叫雨，村长的女人。雨走了，村长没去买一张美人画挂在板壁上。

为了吃饭，女人来了。为了吃饭，女人又走了。万事有因果，女人来去也是因果轮回。雨走了，省下一份口粮。这份口粮，让露熬过了三年。三年自然灾害，一份口粮一条命。露熬过了这三年，就长成了后来的露，她长得像娘，很饱满，使劲是见证人。他见证了一份口粮。一份口粮，一窝鼠的一冬，一群麻雀的一季，一个人的一生。口粮是女人的强壮和生殖能力，女人比男人更喜欢食物，不吃太饱，喜欢零食。瓜子一类，是为女人准备的。一粒一粒的，让女人不断地吃下去。女人能吃，就有旺盛的生命力和生殖能力，在三川半瓜果飘香的季节，容易产生爱情和婚配，村长是在吃饱饭的季节里，来了雨这个女人。食物的香味让雨走进了村长的木门，一起享受食物，一起睡觉。某一次受孕，生下了露。村长和雨在一起的一千多个日夜里，产生了共同的信仰，他们要做一生一世的夫妻。信仰，也要靠食物滋养。信仰可以很坚强，也可以很娇贵。用酷刑对付不了信仰，诛杀也对信仰无可奈何，缺乏滋养，信仰就会变质。

三年大旱，三川半的信仰变成水和食物。雨这位仙女走了，走向有食物和水的圣地，朱姓这个男人成为导师，引领仙女走向另一个遥远的地方，那个叫朱家花园的地方。那座园子经千年风雨，宅子还好，花还常开，坛里的鱼还在游。千年暗香依然。

这边菜园子里的绣花鞋，金丝银线还闪闪发光，香气四溢。

另一只绣花鞋，行走在路上，一只脚印，一行脚印，一串省略号。

思念女人能让男人更像男人。村长的眉尾生出几根眉毛，长成剑眉，像关公庙里的英雄像。村里的杨二哥说，想一个女人想久了会长几根眉毛，想几个女人会掉眉毛。公蛙没有眉毛，是想和很多母蛙交配，眉毛掉光了。其实所有的蛙都没有眉毛，暗指男人会变成公蛙。如果说真有那么回事，两栖动物是人类生成的一个环节，这会是多少万年的变化？在《封神榜》《西游记》里，人蛙之变，只需吹一口气的工夫。在快乐星城的时代，也就是吹一口气的工夫，大街小巷尽是人蛙，蹦跳成为一种时尚。一只蛙人常常能驮几个女人或者十几个女人，像一只很大的热气球，个个嬉笑，飘荡花枝招展。五彩斑斓的夜空像三川半的星空一样灿烂。天空裙袂飞舞，莲藕一样的肢体在夜空中乱飞，红嘴唇夜莺一样地歌唱。无数的夜莺和蛙人成为情侣，一个酒吧，一个舞池，一个剧院或者一个风景区都是唐天子的皇宫。三川半的杰出青年拾得一截莲藕，这种不能生吃也不能熟吃的东西，他们站在快乐星城的十字街头傻笑。

村长在每一个时刻每一个地方，在路上，在河里，在石头上，在树上或一棵草那里，想念他的女人，那个叫雨的女人。那个女人在他小时候看板壁上的美人画那一刻，就植入了他的灵魂和身体。把一样东西植入灵魂和身体，是一件不得已的事。一支歌，一句话，一张美人像，一个声音，一种味道，让人不得已，让人成为某些事物的一部分。所谓使命，都是因为植入了一些微不足道的事物，生命有了些变化就有了使命感。那些野樱桃树，刺莓，不知道季节时令给它们植入了什么？它们开花，结果，生出一些颜色和味道。没有人问一棵树一根草的使命感。为什么开花？为什么结果？是因为要开花要结果。三川半的草木，不怕缺使命感，怕缺水，天旱两个月，再好的草木也无所适从。村长说到底也只是个草木的村长，在天旱无雨的时候，他无所适从。南瓜怎么长大？牛怎么饮水？给国家怎么缴税？后来，三川半不要给国家缴农业税，村长像很多三川半人一样，有些不习惯。自古以来，皇粮国税总要缴的，缴税养官养兵养教，养天下太平，怎么说不缴税就不缴税了？一时间不缴税，好像偷盗了国家的东西，让人心里不踏实。日不关门，夜不闭户，三川半人不防偷，三川半无小偷。读书人偷书不算偷，窃国不算偷，要去掉偷字，偷是禁忌。三川半无这个禁忌，没有偷字，在禁忌之前就把它拿掉了。

天下有多少村就有多少村长。村长是选出来的。三川半这个村长是天生的，他生来就是村长，到后来也是村长，没人和他争。他和村民们一样，把树种成森林，把石头垒成堤坎，把日子连成日子。种植和狩猎。村民像村长那样，村长像村民那样。

不能说村长没有女人，他不能有这个缺点。没有女人的男人让人不放心。男人没有女人是个大缺点。村长的女人在远处，把月亮放在天上是为了观望，把女人放在远处，是为了想念。当然，月亮掉进了家里的水缸里，女人会睡在你的枕头上。在近处，你会觉得什么都没有，在远处却很实在。

天旱了很久，到处喊抗旱。抗病，抗日本人侵略。抗病，有医药；抗敌，有枪炮。抗旱怎么抗？诗人彭努力的后代也是诗人，组织上要他写抗旱诗。这位有名的诗人的后代就叫彭大诗人。他写了一首有名的抗旱诗：大雨落，细雨飘，公蛙抱着母蛙腰。远看在做操，近看在性交。

这是一首有希望和乐观主义的好诗。他这首诗获得了抗旱工程奖。一时间传颂，武有彭大将军，文有彭大诗人。他的许多诗，成为经典。比如：书记炉，真要得，又出政治又出铁。铁姑娘，一出山，敢教日月换新天。心想毛主席，不吃油盐也有力。活着干，死了算，做出马长角牛下蛋。他把自己的诗句用石灰写满山坡，三川半的山山岭岭都是标语墙，一副气壮山河的大气象。他把报纸社论编成快板诗，把红头文件编成打油诗，把种植和收获唱成大歌，把行动喊成口号，把领导讲话吼成三川半的号子，把故事念成三棒鼓词，组织上渐渐认识和发现了这颗无比耀眼的诗星，天开文运，让他担任诗歌协会会长，月月俸禄。衣食无忧，不事稼穑，多产诗歌。组织上给了他优越的诗歌创作条件，让他搬进文庙写诗，日夜与孔夫子为伴。书桌是金丝楠木条案，座椅是紫檀木太师椅，笔是上等狼毫，纸是上等的宣纸，墨是错金香墨，砚是唐朝大诗人用过的红丝砚。这样的条件，可写可画可书，是可以出大师出精品的。日日见孔夫子，难免思圣贤。圣人七十，弟子三千。时下这样的条件，活百岁不难。孔子当年竹木书写，得论语不足一筐，时下彭大诗人好纸好笔产诗万担，传授千万人。

文庙是祭拜孔子的圣地，心诚则灵，三川半出过状元，举子无数，文豪三五人。彭大诗人入驻文庙，把文庙当成讲诗堂，想得诗人无数，借孔子神力，多出好诗！

村长来到文庙，带来一个大南瓜和一个猪头。南瓜给彭大诗人，猪头祭孔子。孔子门生也有人头猪脑，有教无类，教化顽固。猪头祭过孔子，留给彭大诗人。猪头煮南瓜，健胃补脑，有诗有灵。

右派来看彭大诗人，带了些书，文庙清静自在，要他多读书，著书立说，不读书不行。比方说，不吃饭怎么拉屎？有进才有出。过了几天，右派再来，彭大诗人说，不得了，我看了那些书，确实看进去了，连撒尿、扫洒出来都是文字，大的如蛋，细的如芝麻，这如何是好？

彭大诗人端出一钵尿来，果然是字大如蛋，细如芝麻，奇臭无比。组织上安排几位专家会诊，有文字学专家、诗学专家，还有中西医专家。这样的疑难杂症，那些有丰富临床经验的专家闻所未闻。中医专家勉强诊断为郁结，西医专家诊断为尿结石，文字专家掩鼻识字，诊为字节，诗学专家诊为块垒。那个时候正是批林批孔。右派说，前有秦始皇烧书埋人，今有彭大诗人尿臭。文庙之臭，得彭大诗人一人之力。彭大诗人这病日久，领导关心了他很久。多少年以后，他再去找领导，没人认得他。他的病也好了，不再尿字。他看守一群牛，在山坡上念毛主席语录，念报纸，念文件，满山坡是吟诵之声。那些牛安静地吃草，那吟诵之声像催膘的音乐，那些牛长得膘肥肉满。彭大诗人有时候站在一块石头上，对牛群说，到单位去，领导都认识我。那些牛停下吃草，抬起头听彭大诗人说话。

彭大诗人搬出文庙，很多时间在山坡上，和牛群在一起。右派有时候会来看看他，跟他说一会儿话。有一天，右派告诉彭大诗人，他要回城里去了，城里来了人，说他不是右派了，摘帽子了。说真的，一个戴了很久的帽子，摘掉帽子就很不习惯。右派有位朋友，一平反就自杀了。补发了很多工资，请人喝了很多酒，自己关在房里自杀了。不是右派了，是什么人呢？糊里糊涂，人就死了。

右派临走时，彭大诗人说，回去吧，回去吧，找到组织，领导都认识你。

几年以后，送走右派，村长在路上停了很久。人走了，会回来。他在等他的女人。她可以不走，很快就会有饭吃。她留下一份口粮，走了。没那份口粮，也许会饿死一家三口。像一条绳子悬吊着三个人，绳子不能承受。一个人先松手掉下去，另外两个人就得救了。一个人掉下去了，是一个有缺陷的故事。全掉下去，故事就悲惨地结束了。

雨离开了三川半这个星月下的戏台子，没有她的唱词和舞蹈。她在明朝的朱家花园。明朝不是一个王朝，是一个地名。朱家花园是一个老院子。门楼和庭院像一座皇城。郑和下西洋从这里启航，这里离海那么遥远。那个时候，郑和还是位厨师，皇帝来到这偏僻的远处，吃过郑和做的酸辣味菜肴。这大西南风味的山珍，让皇帝吃出了一个念头，他把郑和带进了宫，然后又让他成为远洋水手。

天下的所有故事都是从吃饭开始的，多少饭事成为历史的大事件，多少饭局成为结局。朱家花园这座远地空城，有过很多故事，它的老主人是三川半人氏。老主人把三川半人的性情种植在这里，生长了许多钱财，建了这座宅院，成为三川半的一块飞地。那块云中之地，历经数百年，像一只飞翔的绣花鞋。

那朵五彩云缓缓地移动，一只绣了兰花鞋。村长拿竹枝拂那朵彩云，像拿竹枝去打捞漂浮的流水一样。

人不是流水，去了还会回来。

你的女人走了，不是因为别的，是因为饥饿。

那次饥饿，死人超过很多大灾害。三川半没死那么多人，庄稼粮食不济，有草木可食。这次饥饿，没有卖儿卖女，谁买？没有口粮喂人。全体的生理紊乱，男人浮肿，缺少蛋白质。女人子宫脱垂，缺少脂肪。有病有医。粮仓变医院，把粮仓密封，底下置一口大铁锅。锅内盛水，添猛火，粮仓成大蒸笼，把浮肿病人关进粮仓出汗，以消浮肿。女人子宫脱垂，又称掉茄子，头顶上贴膏药。这些治疗手段，让彭家婆婆称奇。这疗法久已失传，煮炸煎熬炙砭，刑亦为疗，手段极致，手手相通。一样手段，罪则刑罚，病则治疗，无痛无罪是娱乐。苦乐相生，百般受用。

满天星辰。一滴露珠。香风四溢。

碗盏响。无人移步。有微风过壁。

村长起来，桌上有一碗热面，盖了个荷包蛋。

人呢?

找过米桶，水缸，碗柜，找过厝屋，柴屋，不见人，不见影子。

声　音

鸟鸣，虫鸣，季节里的风雷，高音喇叭四季有声。

几个城里来的青年弄了个红灯牌的收音机，四季歌唱。三川半的山歌不响，三棒鼓不响，从山谷到山顶，一腔京剧。

三川半好多好歌传得久远，山有回声，水有回响，是个练嗓子的好地方。

有回声，人回来。人比声音走得远。人走很远，在三川半听不见也看不见的地方，带了一口袋的声音走四方。

城里来的几个人，个个有出息的相。村长看城里来的几个孩子，个个有君子相。村长割牛草拾得一窝画眉蛋，绿色的宝石一般。村长对老号说，你把它生吃了，嗓子会更好。老号后来成了歌唱家，三川半这个地方的名气就是老号先唱出来的。村长和老号同过了几个四季，村长爱听老号唱歌，老号爱听村长说话。村长说蛙说蝉，要老号春练蛙声，满塘蛙叫，只有一只蛙是唱。那蛙气鼓得足，等群蛙噪过，它放声慢唱。你听见了？听见了！那好，你好好学，好好练。夏练蝉鸣，群蝉声音急短。只有一只蝉，声音悠长，把日子装在声音里，把声音化进时间里。听见了？听见了。那好，你好好学，好好练。秋听山音，秋高气爽，群山发音，听见了？再听，再听。冬听石音，万籁俱寂，唯石头有声……晨听鸟啼，晓听虫鸣……声声入耳入门，可发金石之声。若再得草木山川之气，天气之范，四季流变之风，可骋风雷。老号心记。

世界上没有比声音更有趣味的东西，跟声音有一比的是颜色。因为声音和颜色，才长出了耳朵和眼睛。产生颜色的条件很简单，有阳光就行，产生声音的条件要复杂得多。

村长还教给老号一种治嗓子的秘方，若嗓子不畅，用一种叫地口袋的蜘蛛网烧成灰冲水饮用，地口袋是最结实的蜘蛛网，撕扯不烂，状似一条口袋。不能说话，不能唱歌，喉中似有蜘蛛结网，用地口袋饮用必好。若嗓子有火，用草药开喉剑，此药难吃，一用就灵。

百草都是药，凡人识不破。

彭家婆婆治百病，识得草药多，百草治百病。彭家婆婆识药凭一双耳朵，人老耳背，勉强可闻鸡啼，捉耳可得草音，三川半百十里，能懂草语的也就彭家婆婆一人。人来看病，能治不能治，先听草语。听草语把药凑齐。不能治的病，百草无声。治病是治个限数。草木枯荣，人有限数，人死如灯灭。治病不治命。病也有音，音强过草，可治。草音强过病音，不可医。人系草命，草连人命。

这个冬天，开始冷。冬至，小寒，大寒到节令天更冷。突然就下起雪来，下雪时已是立春。立春在腊月，两冬夹一春，十个牛栏九个空，这混乱的时令是要冻死牛的。大朵的雪花搅成一团团在空中打滚。世界很快被冰雪冻住，声音冻住了，云冻住了，炊烟冻成了青紫色，风在冰雪中，跑起来像牛拉犁一样吃力。

使劲和村长约好去狩猎。露拉开木门，黄狗箭一样到了雪地上，在风雪中看着使劲，汪汪叫了几声。黄狗记得，村长和使劲约好狩猎的事。那些猎物多是长蹄的，黄狗是结实的有毛有爪子的脚掌。在冰雪中，蹄敌不过掌。蹄子会打滑，会让冰块割开成两瓣，在这个时候，黄狗就十分怀念过去把蹄子们捉住的日子。黄狗把这个场面想了几遍。

回来！使劲叫黄狗。黄狗又箭一样地回到木屋里，狺狺了几声。

使劲看了看挂在板壁上的猎枪，一支老火药枪，以前是一个老土匪用过的，好枪。

木屋里热气腾腾。火塘里硬木火很旺，三脚架上一锅好肉，炖得恰到好处。露装了一瓦罐肉，再把瓦罐放进饭篓子里，再装上一竹筒苞谷烧，挂在黄狗脖子上，扯一下黄狗的耳朵，去，送给大哥！大哥是黄狗的大哥，村长叫黄狗老弟。黄狗乐意这个差事。到大哥那里，肉分着吃，黄狗不喝酒。要是喝酒，就追不上那些蹄子了。

黄狗办完事回来，门关着。冰雪天，把一条狗关在门外真不好受。没有贼没有盗，关门干什么？

到黄狗等得不耐烦了，门开了。露披着衣服来开门，使劲还躺在床上。黄狗再傻也明白，这冰雪天，两个人在热气腾腾的木屋里还能做什么呢？

黄狗望着板壁上的猎枪，汪汪，我吃过肉了，你们俩也吃过肉了，枪还没吃肉呢。

黄狗没趣，趴在火塘边打盹。使劲穿好衣服，穿上麂皮钉鞋，腰上挂着装火药的水牛角和一小袋铁砂，取下那杆猎枪。露送他到门口，两个人紧抱了一回。黄狗早蹿出门在雪地上摇尾巴。

两个人和一条狗走出村落。村长没带枪，带枪会吓着猎物，村长不是去狩猎，像是去和野兽谈一笔生意。雪地上没有一点痕迹，群山如白色的马群，在风雪中狂奔，涌动，森林飞扬四起。茅草结成晶莹的冰，像一支支出鞘的玉剑。人和野兽都在均匀地呼吸，在远或近的地方，遭遇突如其来的动静，追逐和逃跑。雪地上有点滴血迹和一些羽毛。村长说，这是猫剩。山猫猎杀一只鸡或者一只鸟，把吃不完的埋在雪里。黄狗上去闻了闻。再有一处血迹，零碎的内脏，是狼剩。再往前，见几块骨头，刨开是半头牛，是虎剩。虎狼之食，捕杀凶残，却不贪婪，把吃剩的就地埋藏，饿了再吃。有可食之物，就不会去劫食别的性命，不做天理难容的事。能知足，莫如虎狼。

发现兽迹，雪地上似开一朵梅花，大如盘。捋上去见粗毛，一只豹。捋着毛就捋着尾巴。

跟踪兽迹来到河边，不见兽迹。一只大龟在浅处爬行，缓慢得像是爬过整个冬季。白色的群山，巨大的倒影，一只虎走出山影，搅动大河，群山舞动，像一条白龙。

回去的路上，拾得一根木柴，硬木，可烧成炭火。村长和使劲抬上硬木柴。黄狗记着那虎剩、狼剩，鼻子在雪地里嗅着，冰冷，没有血肉气息，很是沮丧。

村落，像每次回去的那个样子。村路像女人的手臂，伸过来，一步一步挨拢来。

雪地深处有声音，像是虫鸣。那声音越来越响，像夏日的蝉鸣。那声音带着香气，从村长的菜园子响起。

这是地吟。

莫开玩笑

领导要来，把知青屋整理好.

老号想屙屎，要是领导到了，你在那里屙屎，不像话。村长说过，领导是专门来看知青屋的。几个城里来的孩子，今天可以不出工，在知青屋等领导。领导来，一定要唱歌。

憋着，再等一下。等一下，再等一下，很急了，快来了吧？要不要先屙屎？很是为难。领导终于来了，上来就同每个人握手。然后又四处打望，才对几个人说，我代表县里来看你们，你们还好吧？好！几个人回答。他先看了几张脸，又看了几双手。黑脸，手长了茧，人还结实。领导说，你们像我们的孩子，我儿子也是知青，他那里的条件比你们这里差，石头多，地少。农民犁田，收工时发现少了丘田，怎么少了丘田？原来是让斗笠盖住了。大家啊一声，还好，田没丢。我儿子在那里三年多了，入了党，还是党支部书记。谭谦问，他要在那里结婚生子了？领导说，孩子还小，先锻炼。小君说，要锻炼好了才能结婚。任蓉蓉问领导，要是你儿子不小了怎么办呢？问得领导一脸茫然。领导停了停说，看发展吧，一切都要看发展。大家有些茫然，看发展？

老号急了，再这么发展下去，屎就屙在裤裆里了。

林朴在画画，一声不吭。领导离开时，林朴把那张画送给了领导。那是一张领导的画像，领导看了很高兴，说，画得好，有些像焦裕禄。大家鼓掌，唱歌——焦裕禄啊——俺们的好书记咿——你关心俺的冷和热呃——唯独没有你自己——

领导走了，老号蹲上茅坑，拉不出，接连好几天不屙屎，吃了几粒巴豆，才稀里哗啦屙了一推。后来的日子，几乎是老号便秘的日子，一开会，一过节日，一听领导讲话，老号就会便秘。便秘是一种感觉，让人头昏眼花，便秘占去一个人许多的好时光，让人少了许多幸福感。领导到知青屋里打个转，出了这么一点小事故。出事故不能怪领导，领导是个好人，他从不犯错误。他总能做出正确的选择，能做出正确选择是天性。知错能改，一日三省，圣人的话都不是对他这样的人说的。他从娘肚子里出来就是个好孩子，不哭不闹不尿床，上学了是个三好学生。身体好是肯定的，学习好是天赋，思想品德好是爹娘给的。后来去当兵，雷锋是他的班长，当兵回来也是半个雷锋。好人总会碰上好事，有时候好事从天上掉下来。空降特务掉在八面山，铺天盖地的人喊抓特务。领导当兵回来是民兵营长，领了民兵上八面山抓特务。一个很壮实的中年男人向他招手，这人是三川半打扮，像个抓特务的民兵。这个民兵向他招手，领导以为是这个民兵向他要水喝。领导走过去，把水壶递给那个民兵。这个人咕嘟咕嘟喝了半壶水，然后放了个响屁。领导开玩笑：你这个人，放屁怪腔怪调，外地音，不是本地人？那个民兵一听，撒腿就跑。领导一个箭步，上去拿住。你跑什么？像个特务。领导就这样抓住了这个空降特务，还是个少校。领导问特务，你是什么特务？少校，特务说。领导说，难怪你放屁那么响。

领导扯了把青藤，把少校绑了。漫山遍野还在喊抓特务。领导把少校交给警察的时候，他还在笑。

领导立了功，当了干部，成为一名警察，吃皇粮。领导后来当了县领导，别的地方饿死人，这里没饿死人。田里地里也放着卫星，虚报产量。山上种红薯，种南瓜，也能当饭吃。没饿死人，老百姓说他这个红薯官、南瓜领导当得好。

领导带回林朴给他的画像，没装相框，用四颗图钉钉在办公室的墙上，怎么看怎么有些像焦裕禄。好，就当个焦裕禄吧。焦裕禄治风沙，治盐碱地，种泡桐树。人一辈子做好一两件事就很好。那个兰考县，风沙、盐碱地，一个有肝病的人。人会死，大地还在。这里青山绿水，一个身强体健的人，要做出一个大事业来。

三川半日报发了一篇文章，领导来到知青屋，还配了插图，领导和几个知识青年围着火塘说话，板壁挂着农具和中国地图，文章是一个叫周涛的人写的。

三川半没几个人能给报纸写文章，记者也不会写他这个级别的领导。写文章的人是谁？平生第一次名字登在报纸上，做了什么大事一样。报社的主编老马是他的战友，领导打电话找到了马战友。马战友说，老战友的大名见报了。领导说，惭愧，这么点事，值得登报，这把我当人物啊！马战友说，很多知青点搞得不好，出问题，有的知青偷老百姓的鸡，还有的地方发生强奸女知青的事，这都是当地领导不关心知青，我们要正面典型。领导说，拿我当材料，好啊，这报道是哪个写的？马战友说，周涛。其实不是周涛，周涛在我们报纸副刊发表过诗，别人冒了他的名。我们查过，是一个叫李克时的人写的，小学六年级学生，我们用了周涛的名字，他是你们那里的知青。领导说，老战友，这个事有点不认真。毛主席说世界上就怕认真二字，我们共产党人就最讲认真。马战友说，下不为例，把电话挂了。

领导找到李克时，你小成这个样子，就做这样的大事？以后还不当个宣传部长？李克时说，我是学校的宣传委员，毛委员那个委员，比部长大。

领导意味深长地说了一句，好啊，莫开玩笑。又补上一句，你这个人，长大了麻烦。

领导麻烦，没事我就走了。

几棵古柏，几棵樟树。古柏枝丫上有个鸟巢，鸟在斗蛇。蛇偷吃了鸟蛋，雌鸟啄蛇，一下两下三下，蛇被啄了几下还没离开。蛇不痛，偷盗鸟蛋被鸟啄是蛇的经验。豆大的雨点打下来，李克时赶到长途汽车站，三十五里算长途，他要赶回去上课，要读书，要考试，要上大学，上了大学功课算做完了。李克时做完功课还要杀几头肥猪过年才行。一年杀一头肥猪过年，还有几头肥猪在娘肚子里。世间万般事，都是胎中事，是雌是雄，是祸是福，还在猪肚子里嘀咕。

几毛钱非常要紧，李克时有了很要紧的几毛钱，买了一张长途汽车票。学生买半价，他买了一张全价票，钱给足了，坐在车上才安稳。

雨打在铁皮的车棚上，砰砰响的铁皮鼓，雨没了世界，没了车厢里的七嘴八舌。带多了行李不要加钱，带多少闲话废话也是免费的，这就是公共汽车的好处。在公共汽车上，讲许多废话不加车票钱让讲话的人得利不少。车开多远话就有多长，这是一个商业现象，也是让人忽略的商业秘密。

下雨好，只能听雨，不需听人。

车行途中停下，有雨中候车的人上车。上车价格公道，只收路程钱，不收避雨的钱，得的这个大好处，人不知。上车的人拧衣服，抹一把脸，哎呀呀几声。

四公公最后上车，问几多钱？四毛，售票员说。四公公说，莫开玩笑，退一步下车。四毛钱买一顶斗笠，能遮一年雨。花四毛钱坐一回车，真是开玩笑。

车在山里转，人往山里钻。出去又回来，总倒着走，一次不情愿的旅行。李克时骂了一句，怎么回事，像荡秋千，飞出去，荡回来。秋千像拴住的翅膀，飞出去，荡回来；秋千像拴住的翅膀，想飞也飞不起来。

一个麻烦，一个玩笑。

四公公成了斗笠的玩笑。

村人多了

雨走了，村人多了。一个女人走了，多少影响一个族群的繁荣。

雨留下一园子的香气，留下村长和露。

露长成一朵花，成了使劲的女人。

村里人当然多了。雨走了，来了知青，来了右派分子。人老了，死了，又有新人出来，来的人比去的人多。

村里年年种植，又多了电线和高音喇叭。铁喇叭尽情地呼喊，把所有的人都呼唤成人民，所有的耳朵都呼喊成人民的耳朵。所有人，三川半的土著人和外来人，都可以公平地倾听一个声音，在农舍，在山坡上，在路上走，在地里耕作，都像在会场，都能听到，没有场内场外。铁喇叭一响，公鸡就开始打鸣。后来铁喇叭响了，公鸡不再啼鸣，肉嗓子斗不过铁嗓子。公鸡们晚上睡觉，白天找虫子吃，除了不会下蛋，它们跟母鸡差不多。强大的声音，确实会让动物产生生理变化。植物也渐渐改变形态，彭家婆婆采草药时也会看走眼，人的辨别能力也很成问题。铁喇叭经常讲的就是问题。问题像豆子一样从铁喇叭里掉出来，斑鸠啄食一地豆子，然后带着问题满天飞。村里的歇后语，斑鸠吃豆子，不和屁眼打商量，吃得进，屙不出。豆子囫囵在腹，内热湿胀，豆子成栗子，斑鸠满天乱飞，成了很急的问题。铁喇叭划了声音的界限，半径十里之外是鸟的声音，人间烟火让鸟们有些人间烟火的语言。阳春鸟叫：快种苞谷；杜鹃鸟叫：归归阳；画眉叫：紫檀香；做饭鸟叫：煮饭——水，煮饭——米。煮饭鸟中午时、傍晚时各叫一次，劳作再忙，也要吃饭。吃饭时间到了，人和牛都该休息了。

村人，人间烟火，鸟，声音。

村人的故事，人说，鸟也说。樱桃鸟唱：樱桃刀刀，打落弯刀，公公打了，婆婆骂了，一索子吊了。夜深人静时，樱桃鸟叫，声声紧满。猫头鹰叫，挖坑，挖坑。挖坑埋人，说的是村人鬼患故事。日本人来了，猫头鹰叫三年不停。猫头鹰睁一只眼闭一只眼，睁眼看无情，闭眼看无奈。

四公公为省一顶斗笠，没坐汽车，冒雨回村，淋得全身没一根干纱，发烧，浑身滚烫，像一块烧红的石头。睡得迷迷糊糊，牛在叫，它饿了，四公公起来给牛添草。刚躺下又听猫头鹰叫挖坑挖坑，有人要死了。村里上岁数的人，先后死了，这回挖坑是自己了。真不该省一顶斗笠钱，人死了，斗笠有什么用？碗筷没用了，锄头没用了，柴刀没用了，千般想念也没用了。人要死，淋雨不淋雨一样要死。村里先死的人，在别处起屋盖房，到那里去跟他们喝酒。不要去和大菩萨喝酒，那个从来不洗澡也不洗碗的头号懒人，一身汗臭，碗里黑得像锅底。他靠国家救济活着，还夸口说吃政策饭，吃政府旱涝保收。不知道人死了，还有不有政府和政策？还有不有救济？像大菩萨这样的人，死了也会有人照顾。二癫子是个好人，吃一碗饭也会分半碗给他。也不要同夏胡子喝酒。夏胡子其实没胡子，下巴光得像个后脚跟。不长胡子的人小气，好东西独食。把好吃的挂在腰上，一边屙尿一边吃，屙完了也就吃完了。要喝酒，和常家几个亲家喝，好酒好菜。

村是两个村。一个死人村，一个活人村。村人过两个日子，活人的日子和死人的日子。

发烧七天，四公公叫人从必渡河边提来一壶泉水，喝了一大碗，又擦一遍身子，病好了。盛水的是红色的保温瓶，从知青那里借来的。这东西好，四公公卖了两只老母鸡，买回一只保温瓶。这东西比葫芦和竹筒好。东西好就成了村人公用的东西，村人下地干活，都能喝一口凉水。人多壶少，凉水不够喝。一人买一只保温瓶，是一头牛的价钱。使劲对村长说，我们找个好脑壳来解决这个问题。好脑壳找来了，好脑壳拿起保温瓶一摇，找出妙处，然后弄了许多大竹筒，又找了许多小竹筒，把小竹筒套在大竹筒里，用抽水桶的办法抽掉间隔里的空气，再密封起来，试了几次，竹保温桶就做成了。在人民公社大跃进的年头，好脑壳算放了颗卫星。好脑壳是个木匠，只要是木头，在他手里都能变出一件好东西来。好脑壳发明的保温桶让三川半人惊喜不已，村村寨寨请好脑壳做保温桶，做了几千个。好脑壳赚了些酒饭还赚了些钱。赚钱，是坏事，要整。搞个发明，是好事，不能整。下面的干部头头不知道是整还是不整。县里的那位领导说，整什么整？整三川半的好脑壳，你们还不够蠢啊？要奖励！公社发了条毛巾奖励好脑壳。

村长陪好脑壳到公社，公社开大会。给好脑壳披红挂彩。公社书记对村长说，大喜事，比红白喜事都大，公社杀了头肥猪，请大家吃大餐。钱归好脑壳出。好脑壳说，没带钱，钱都交给老婆，放在枕头底下。公社书记说，先吃肉，再去从枕头底下取钱来。好脑壳看了村长一眼，村长看了书记一眼。好脑壳摸了摸，从裤腰带里摸出一卷钱交给书记，说，感谢关心，饭就不吃了，还有几个村寨的事在等着，拉着村长就走了。

学校师生都参加了奖励大会，等着散会了吃肉。好脑壳不吃肉走了，公社书记没把煮熟的肉摆出来，留在公社食堂吃了一个星期。那几天厕所很臭，公社干部吃多了肉拉肚子。

听老师讲了发明创造的好处。李克时对同学们讲，发明一个保温桶不怎么样，看我的家伙。过了几天，同学们问，有什么好东西拿出来，李克时笑笑。到星期天，李克时往河边走，后边跟了一些同学。他找了块大石头，李克时说，现在，我给你们做一个国家。他把一只屎壳郎一摆，这是黑甲国的国王，又摆出一只金甲虫，这是皇后。然后摆出一只死蚂蚱。兵呢？大家问。就来了！一会儿来了几只蚂蚁，接着来了一大群蚂蚁，抬起死蚂蚱匆匆移动。热闹不？大家拍手欢呼，黑甲国万岁。李克时比好脑壳厉害，以后要当国王。

发明不是一头牛，不算劳动，劳动是另外一种品质，使劲就是劳动的品质。使劲力大，抬不起扛不动的，村长说让使劲来。最美的女人露是使劲的，最重的活当然也是使劲的。劳动分配，最好的配最重的。

端午节发大水，是放木排的好时节。河水涨过一河石头，漫成山里山外的平坦通道，木排在水上畅行无阻。村人把去年冬天伐好的木头从林子里抬到云口，再从云口把木头撬下坡。大头朝下，尾巴朝上，蛇窜般下坡，直溜必渡河边。先由小河一根根放下，到了两河口，扎成木排，过娃娃潭，到百福司，再把小排拼成大排，经白河，过卯洞，下沅水，到常德，一根木头就变成一栋屋的价钱。到百福司不往下河走，就卖给百福司木材公司，或者造船厂、木器厂，一根木头只得一间屋的价钱。三川半的树长了脚往山外走，越远越值钱，身价十倍。走运水路的木客，带了钱和见识回三川半，把醉和花花心留在下河口岸。花心花钱，一边往回走一边把心收回来，回到家差不多已把心收回。睡一夜，早上起来，打个哈欠，像要把太阳衔在口里。打完哈欠，太阳照样升起。梦在阳光里融化，蓝色的，金色的，绿色的，露水有了七种颜色。露水经过早晨，变得透明。

清凉的早晨，露和女人下地给庄稼除草、除虫，使劲和男人上山抬木头。露在早上有个念头，为了给使劲留一些力气，她什么也没干就起床给使劲做早饭，干的香的好味道的结实的伙食。

抬木头分成几个组，村长带着几个力气小的，使劲也带着几个力气小的。村长带上右派，使劲带上知青。村长抬大头，右派抬小头；使劲抬大头，知青抬小头。大头前，小头后。下坡路，木头的重量几乎压在前边一个人肩膀上，后边的人只搭一点力。说是抬，实实在在是一个人扛着。右派说，村长累了，我们换，我抬前，你抬后。村长说，你在后边搭点力就够了。一只公鸡四两力，你有四十斤力，够了，帮大忙了。

右派说，村长，这违反政策，让我永远改造不好，你还违反人性，让我永远不能自食其力。

村长说，你不是吃这碗饭的，你走稳点，你后边有人闪失，我俩都会死!

右派不说话了，拿命搏木头，这是古战场，搞不好兵败如山倒。汗水如雨，几只蚂蚁落在村长的背上，被汗水冲掉了。

劳动让人记忆深刻，二十年后，右派回忆三川半的劳动改造，他的结论是：劳动是一种品质。劳动的品质冲淡了苦难的记忆。

使劲有的是力气，先是和谭谦两个人抬，谭谦走得慢，你往前走，他往后扯。使劲脱光了衣裤，让谭谦拿着，他一个人扛木头。四五百斤，大力神也吃力。使劲扛着大头，把木头尾巴拖在地上。

谭谦当了市长的时候，他叫人四处打听三川半那个和他一起抬木头的人。在他的记忆里，劳动是智慧和技巧，干得好可以省下一个劳动力，事半功倍。

右派和知青，一个理解劳动，一个欣赏劳动。

许多木头堆在云口，用撬棍一根根往山下赶，这叫赶木，意思同三川半人们说的赶尸一样。十里长坡，木头蛇行下必渡河，粉身碎骨的当柴火，完好无损的是木材。放羊赶鸭再扎木排，那千百根木头，有的是酒，有的是肉，有的是风情万种的码头女人，有的是回头钱。

端午节收水放木排的是职业木客，庄稼人要到七月半，赶在中秋节水凉之前下河。这是个放木排的档期，田里地里忙完了，等待秋收的档期。三川半人一年四季只有这个档期，冬天也不闲。冬天是来年的开头，冬耕，积肥，准备好来年的收成。农家生活，就是转圈。

仔仔和黄狗在后边走，盯着河里的木头和人。河里的人时不时看一眼岸上的仔仔和黄狗。仔仔的爹叫喊城，不太会水。仔仔喊，爹，小心点。他怕水深，爹淹死在水里不见了。水里的七表舅喊，仔仔，不怕，你爹淹死了，我就是你亲爹。仔仔喊，七表舅，我长大了当你儿，我要你的女儿做我的婆娘！七表舅是个好人，在过苦日子饿饭的那几年，七表舅偷人民公社大食堂的粮食给仔仔，要不是七表舅做贼，仔仔一家人早饿死了。

七表舅也不会水。他是要告诉仔仔，你有两个爹，淹死一个还有一个。

仔仔和黄狗在岸上跟着。他要一直跟到百福司。百福司有多远？比云还远，比月亮还远，在木排停泊的地方。

那个地方是郑和的南洋，是哥伦布的新大陆，是行者的非洲。

百福司有个卯洞，白河千万年击穿比一座城还厚的石头山，穿山透地，一身疲惫地流向大海。卯洞的崖壁上，有个仙人洞，洞里的老神仙守着金碗银筷和皇帝畅饮的青铜。仙人洞本来有座桥，红白喜事可向老神仙借金碗银筷。一个财主借了金碗银筷，还了铜的铁的，雷公就把那座桥炸断了。安静的夜晚，还能听到老神仙说话和叹息。

日晒水浸，黄皮肤晒黑，回到林里。女白男黑，一村黑白，月和夜。

大木床。露说，你变成鱼了，一身鱼腥味。你一身毛呢？让水泡脱了？使劲在露身上，两条鱼在水里舞蹈。

露说，你力气大，搬块搭脚石，垫在我爹的菜园里，我娘穿绣花鞋，不能沾泥巴。

娘会回来。

如烟·影子

太阳照过的地方是历史。

太阳照着的地方是地理。

明朝是历史，也是地理。朱家王朝是历史，朱家花园是地理。

也是灾年。要晴不得晴，要雨不得雨，是灾害。灾害接力，冬天大冰雪，冻死牛羊；春天三个月暴雨，田土洗得只剩下石头；接下来大旱，必渡河断流，庄稼像插在地里的香火。树从梢上死，一节一节往下枯。树根没死，给三川半人留下一个念头。还有一种叫晒不死的草，在石板上绿着。

鸟飞着飞着就掉下来了，摔成粉末。蝌蚪刚长出脚就和泥巴粘在一起，等着有一天变成琥珀。

朱家人就是那一年迁徙的，老人和孩子死在路上。朱家夫妇在一个叫明朝的地方停歇，再往前走一步就死了。在这个地方，田好，有水和食物。在这个地方发现了银矿，靠银矿修建了朱家花园。明朝的这块地方，成了三川半的飞地。大明王朝还没来得及向这块飞地征税的时候就灭亡了，朱家花园一直兴旺下去，时常有银鞍的马队到三川半来，驮来茶叶、布还有盐巴，驮走桐油和烟叶。

明朝来了——明朝走了。明朝是远处的地名，明朝是过去的一个朝代。地理和历史，时常是含混不清的，像铁喇叭歌唱的延安，井冈山，瑞金。

朱家花园的大门敞开，游人如织。十元人民币一张门票，卖票的不是朱家的人，是一位明朝装饰打扮的姑娘。雕栏玉砌，盆景池鱼，桌椅碗盏。主人在哪一张帘后，车水马龙泊在哪里？画中美人不老，脂粉气扑鼻。

雨，那个从三川半奔袭而来的美人，隐在哪张画中？还是在哪间密室绣花？

露喜欢自己的手抚摸使劲光滑的身子，他那么壮实，他像一棵树，自己是长在树上的木耳。这个男人，一头好牛，无处不大，没有扛不动的东西。他站在山顶上，如果路是带子，他能把一座寨子提起来。

露摸过使劲鱼一样的身子，她问他，搭脚石垫好了吗？娘也许哪一天就会回来。使劲闭上眼睛任她抚摸。等听到遥远的声音回答，等找到好石头垫上。他将露举起，骑在他身上，像明朝来的银鞍子，在月色里疾奔。

露问村长，爹，明朝有多远？娘什么时候回来？

村长说，你娘走得急，没说回来，等爹到了明朝，就告诉你有多远。

使劲对你好吗？村长问。露说，好，什么是好？村长说，有了使劲，牛死了也不会荒废庄稼，你走不动了他会背你。

露嗯了一声，要是有娘，她会说些什么呢？娘会问，想吃酸的？有喜了。还会说些什么别的女人的私房话。纺纱，绣花，养猪。看男人，听男人。做女，做妈，做女人。听过私房话的女人和没听过私房话的女人不一样，女人的心是口池塘，私房话是水。池塘有水，能养荷，养鱼，养蛙，养一池春水。爹是什么？爹是守候池塘的人。

使劲找到一块白石头，晶莹如玉。他费了一身的力，安放在村长的菜园子里。村长浇菜园子，看到那白石，石头留下一双脚印，女人的脚印。村长把脚印洗掉，到第二天去菜园子，石头上又有女人的脚印。村长用手比画，那脚印如同雨的脚一样大小，他多少次摸过那双脚，他熟悉她的脚印。在路上看到这样的脚印，他就知道雨去了哪里，她是上山摘牛草还是回家。雨很会用摘牛草的摘子，木核桃一样的木托，安上剃头刀片，用条布带子绑在手上，梳出巴茅的嫩叶，鸡啄米一样一根摘断，再束成一把一把，一个时辰一大捆。村长家的牛很肥。牛长膘是主人的体面，牛瘦主人羞，牛是村人的生活质量。

人不现形，只留下脚印。人来过，又走了。男人死了，在峨眉山。女人死了，在扬州城。男人晚上乘阴风回来，女人白天坐云朵回来。村长看云头，下雨了。雨是妻子的名字，雨没来。一个炸雷，众多碗盏齐碎了一样，闪电像天空的一道裂痕。一顶斗笠在雨中飘摇，像浪涛中的一片叶子。一个穿红衣裳的女子跟斗笠一起飘摇，和斗笠一起，越飘越远。村长提了一张兽网，结实的捕过野猪和金钱豹的网，它要打捞雨中的红衣女人。

村长在雨中狂奔，衣服一片一片碎了扔进雨里，雨鞭子一样抽打黄色的剥了壳的玉米棒子一样的身子。双脚像奋起的马蹄，村长，温暖如棉花的人，这个时候，他像一头豹子，他猛扑的是自己的影子。

人无论多么绝望，总会有影子相随，山也有影子，夜夜有梦。

有或者没有。

没有梦，就没有夜，没有影子，就没有人。

没有烟火，就没有村庄；没有村庄，就没有三川半。没有兽迹，就没有猎物。盆可盛水，缸可装米。容器不能容，在有和没有之间。

必渡河是条界线，每次狩猎在那里止。话说打鱼不着喝口汤，打猎不着“光打光”，到必渡河，猎获的只是一些兽迹。

村长奔到河边，见河水中的影子，像个怪物，要吃人的样子，来吧，把我吃了。

雾岚落下复又升起，村长随雾岚到了山顶。彩虹如佛光，山如莲花。

影子吃人，走着走着，饿了就把人吃了。鬼没影子，人有影子。鬼不怕，人充满恐惧，早晚怕被影子吃了。影子无牙，吃人是囫囵吞下，免死最好的办法是扮鬼。

村长到山顶，影子随到。村长打了个哈欠，一副要吃影子的样子，影子就逃到雾岚里去了。驱影子的办法有几种：拍掌，瞪眼，马步，抿嘴，不回头，打哈欠。

村头枫树上的铁喇叭，唱起国际歌。村长发觉自己走得太远了，已看不见他的村子，也看不见别处的烟火。

烟雨漫漫，国际歌缓慢的调子，慢过走路或者劳动的节奏，像寺庙的钟声。

接着唱“三大纪律八项注意”。这两支歌反复唱的时候，一快一慢的节奏，预示要出什么大事了。

歌声和阳光催熟了庄稼。

大地依然安详。

一群孩子

时刻准备着，准备好了么？我们都是儿童团员……

时——刻呃——准备着，准备呃好了么？我——们。

一群孩子在泥地操场上列队唱歌，有的系着红领巾，有的没有，各式各样的衣裤，没有校服。

队列前方摞了张桌子和一条凳子，算是主席台，老红军罗伯伯坐在凳子上，校长挨着他坐着。这让孩子们想起童谣：排排坐，吃果果。这是一种跷跷板式的生活，一个人要起身，必须提醒另一个，要不另一个会人仰马翻。你必须找一个稳妥的人与你同坐。校长和老红军，这是最稳妥的搭配。

李克时在队列里咏咏地笑，捂住嘴不让自己笑出来。他想如果是自己和校长坐同一条凳子，不小心会把校长放倒。他忍不住大笑，整个队列大笑起来。校长突然站起来，老红军摔在地上，笑声戛然而止。一位女老师扶起老红军，让他坐好，问他摔疼了没有。老红军开始讲话，同学们看，我又从马背上摔下来了，战争年代，我从马背上摔下过几回，这不好笑，周总理也从马背上摔下来一次，手臂还留下终身残疾，贺龙元帅也摔过，革命哪能不摔？我们是穷人，没饭吃，参加红军，红军也是穷人，也没有饭吃，吃野菜，吃野菜也要革命，有时候吃大米饭吃鸡，吃饱了打仗。还讲了些什么，李克时一句也没听见，只记住了穷人，革命，吃鸡几个词，他好久没吃鸡了。

他希望老红军罗伯伯一直讲下去，直到放学，这样，校长就没时间找他的麻烦，不会问他为什么笑，为什么让老红军摔在地上。李克时不知道为什么老是犯错。上体育课，篮球在手里漏气了，在别人手里不漏气，一传到他手里就漏气，体育老师说，你这个所谓的李克时，球在别人手里是圆的，到你手上是扁的。还是这位体育老师，骑自行车连人带车掉进粪坑里，刹车坏了，第一个怀疑对象就是李克时。那个时候有一种叫永久牌的自行车，李克时正研究一种永动自行车，骑上去让车动起来就不会停下，他哪有心思关心体育老师的自行车？他找到一本古书，书上说的是木牛流马，设好机关，木牛流马行动，马推牛，牛推马，行动不停。体育老师不管发明，除了出操，就是骂人。

经年，李克时有了一〇八项发明专利，有钱无数。他在三川半捐钱无数，建一〇八所希望学校。一〇八所学校，搞了一〇八座大理石雕塑，造型是一个强壮的男人抱着一个大球，李克时题名：抱负。

加上抱球人雕塑，李克时有一〇九项发明。三川半的学校，都想要那样一座雕塑。李克时买了许多石头，请了能工巧匠，是学校就赠一座抱球人。后来三川半成为旅游热点，有人见抱球人有意思，同抱球人合影留念，于是抱球人就成为纪念品，一尊抱球人收费一百元，学校拿来做奖学金。据说买了抱球人的游客，孩子读书好，考上好学校，门门考一百分。有人在有文庙的地方，把抱球人立在孔子像旁，以昌文运。

一〇八项专利发明，像一〇八座印钱工厂。在李克时钱多得数不胜数的时代，所有的人都忙着数钱，数来数去，还是觉得钱不够。种地的，打鱼的，卖药的，教书的，当官的，做工的，人人数钱。与钱斗，其乐无穷，斗出许多老板和囚徒。此时盛行纸牌游戏，叫斗地主，拿纸牌当钱玩，拿钱当纸玩。秦造铜钱。铜少，汉造铁钱。唐盛，后金银作钱。帝王退位，位卑者上位，不讲华贵，以纸画钱。皆薄若纸，轻而薄，好玩。那个时代，是个好的时代，有很多好玩的，好吃的，好看的，好听的。让人所有的器官得到满足。有饱有好，永不厌倦。一切如纸上画出的东西，尽善尽美，生活像经过梳妆的美人。

三川半的年轻人，在那个时候走出去，先是一两个人，然后是一批人，再后来是所有的人。在别处可以数钱，也许能够数许多钱呢？他们在别处看到长满红指甲的女人和长满彩色头发的男人。后来，他们知道那不是长的，是染的。一切不是天生，可以改变。再后来的经历，他们也会有红指甲和彩色的头发。四姑娘春节回家，外婆见她一头绿发，她喊一声外婆，外婆说妖怪来了，吓晕过去。

他们回到三川半，发现的不是故乡的村庄，是村庄的遗址。韭菜、辣椒什么的，都退化成野菜。原来长存的是烟火，不是能工巧匠修成的木楼。王木匠造的，谢木匠造的，都散架了。椿木的，楠木的，杉木的，一地朽木。石磨上下紧闭，像一张不再说话的嘴。石碓盛满雨水，一碗青苔。村人最后一餐饭，未洗锅碗。石桥未断，石碾未转，像一枚巨大的钱币躺在那里。古时的钱就是这个样子，用麻绳串起缠在腰上，或者装在褡裢里斜挂在肩膀上，走过豪华客栈，买酒买宿买笑，剩余的买盐卖布，添置三川半的生活，于是就有了盐和花布。加一点盐，日子变得实在，添几尺花布，日子多些快乐。有盐的日子，慢慢过。

没盐的时候，必渡河的石头放在锅里能煮出些盐味来，这个秘密是一群孩子发现的。必渡河的螃蟹多，在夏天有月亮的晚上，螃蟹一只接一只爬上水中的石头。拿火把一照，它们一动不动，让孩子们捉拿。扯条蟹腿放进嘴里，有许多咸味。卵石舔一舔，也有咸味。水是甜的，石头是咸的。这里多少万年前是海，讲起来也有道理。关于盐的道理，关于咸石头的道理。有些味道是多少万年前的味道。

孩子们的秘密是关于事物的秘密。山里河里，是秘密藏有食物的地方。野山菌，竹笋，山药，他们在树林和草丛里藏好，等孩子们去找。鱼藏在深潭，虾藏在菖蒲草中，螃蟹在石头下面，约好季节，孩子们把那些秘密打开。

那个夏天再没什么秘密。李克时看见大枫树上的鸟巢，箩筐大。他爬上比云梯还高的树，里面是一堆花花绿绿的纸，满鸟巢一沓一沓，像钱。什么样的大鸟，攒这么多钱筑巢？

把花绿纸弄下来，折成三角形，玩游戏。

到识得这些花花绿绿的纸的时候，李克时已是一家上市公司的总裁，记起儿时的花绿纸，叫作美国钱。一定是解放的时候，哪家大桐油商把钱藏在哪个阁楼里，让鸟叼去筑巢。钱就是这样，哪怕最结实的钱，可以当钱，也可以让鸟筑巢。三川半的鸟笨，有钱也不会开银行。人有钱盖房子，鸟拿钱筑巢，拿钱当建筑材料，不计成本。有的鸟不会变得更笨，它会变得像人一样聪明。八哥鸟会讲人话，一种叫算命子的鸟能占卜，人学鸟能出口技，会跳孔雀舞。人借鸟的技能能成为超人，人要是变成猴子就成了孙悟空。仿鸟行，鸟似人行。鸟行嘴朝下，为谋食。人行嘴朝下，为接食。鸟嘴似笛，为鸣。人口似喇叭，为呼喊。鸟寿短，死无踪，新鸟如归鸟飞。人寿长，死有路迹，无故人能走新人路。人越长越痴，越来越傻。归于鸟途，称笨鸟。人傻是积攒太多，留作锈铜，或为鸟窝。难裹百丈锦，难食千石粟。人傻是积攒不够，天天着急柴米油盐，苦累如牛马，人会变傻。

三川半的孩子没变傻，山水养人，他们从小就喝必渡河的聪明水。

猎日子

人，黑有黑的理由。有些人黑，是太阳晒黑的，太阳是先把人晒成老铜色，经雨淋，再晒，经霜风，人成一块乌木。

四公公的黑，是烟熏黑的。一根发红的竹脑壳烟杆，天天烧旱烟。四公公两件器物，一顶斗笠，一根竹脑壳烟杆。竹脑壳烟杆用白铜包好，有模有样，看那颜色，也抽过成堆的旱烟，熏染过许多日子。四公公不离这两样器物，天晴落雨，头上一顶斗笠，坐站行走，口里不离烟杆。斗笠让人不变黑，烟火让人变黑。

问四公公，人总会变黑，你常年四季戴斗笠，什么讲究？四公公说，我这不叫斗笠，叫猎日子。猎日子头上一盖，不见星月不见日头，我这猎日子就是一顶天。人有几顶天？三顶。昨天，今天，明天，我只有这一顶天。铳打猎，网捕鱼，犁耕地，我这顶斗笠猎日子。前后不见，日子无长短，人在哪日子在哪，不忧不烦。

日子是从哪一天开始的？不好讲。大年初一开头，大年三十到头。一年过去，再是大年初一开始。日子是从一个人的生日开始的，从这一天开始猎日子，或者数日子。日子也可能从某一个日子开始，那一天，你发现自己站在一个地方，戴着斗笠，抽着旱烟，你至少有两件以上的器物，你眺望远处，打量自己思想的长度，远处总有一条线，像斗笠的边缘。

右派有他的器物，一支旧钢笔和几本书，他本来应该有文房四宝和书架。别的没有了，还剩下一支旧钢笔和几本书。旧钢笔是爱情的纪念品，一位才女给他的。爱情没有了，钢笔还在。那几本书，全是些思想政治读物，一本叫红宝书的《毛主席语录》，还有《毛泽东选集》甲种本乙种本，还有一本《共产党宣言》，还有一本是《资本论》。这些书他不是放在那里做做样子，他在读，读出些味道。他年轻时读过很多文学作品，在政治课堂偷看小说，多次被罚站。他现在读这些书，把它们读成文学作品。他还会受罚，再罚，也就是个右派，不会比右派再什么的了。读书读出了味道，人就神清气爽。右派把书读出味道，叫美读法，像人吃多了变成美食家一样。别人勉强能背诵老三篇，他能背诵他全部的政治思想读本。当然，《资本论》不能背诵，那样的书，只能多记住一些。美读法使他成为学习毛主席著作的右派先进典型，他出席了几次毛泽东思想讲用大会。读毛主席写的书，为革命种田，他改成为革命种玉米，三川半田少，种玉米多。理论联系了实际，听的人不打瞌睡。他在台上连讲带背诵，台下识得字的人对着书看，赞叹右派的记忆力。

日子一快活，右派忘记了自己还是个右派，人一放松警惕就会出大事。

秋天凉快，月亮又亮又圆。几个知青拉右派摆龙门阵，问他谈恋爱的事。他讲起相恋的姑娘，右派说那姑娘人好，又漂亮，像知青里的谁。知青问他梦见过她没？右派说经常梦见她。知青问右派梦里和她那个了没？右派不吭声。知青们就说那个了那个了。大家哄笑。那个谁谁谁的女知青哭了，一连病了好几天。这事上边也知道了，右派伪装学毛主席著作积极分子，思想没改造好，要定罪。那时候没有刑法，只有反革命罪，给右派定了反革命梦奸罪，要拉去坐牢，村长出来讲好话，说右派留在村里帮忙写写标语，念念文件，读读《人民日报》社论，村里人负责监督改造。监督，改造，是彭家婆婆给两种草取的名字，有毒。人吃了不能爬坡，牛吃了不能耕地，猪吃了不能长膘。这是两个有毒的词。村长淡淡地说，把右派留在村子里监督改造！当着右派的面骂右派。全村人监督改造，是重骂。骂，也是一种刑罚。铁喇嘛也是一种刑具，也骂。铁喇叭骂人不面对面，是冷骂。面对面骂人是热骂。

右派开始受骂刑，很难受，那个味道像是脸上喷辣椒水，心里像蚂蚁爬。受久了还好。一两年过去，不觉得骂是骂，不受骂刑浑身发痒，长虱子，生疥疮，人不知道自己是个什么东西。

右派留下来了，他有些说不出的得意，像一只鸡掉进池塘，又扑上岸来的那种得意。还有些惶惶然，还不敢太得意。

太阳可以出来，人不可以得意。日出日落，日子无痕。蛙在鸣，鸟在叫，鸡在觅食，人在劳动。

三峡玉米熟了，红苕的块根钻出泥土，黄豆荚饱满，南瓜冬瓜累累，青菜萝卜绿满菜园。老天见怜，日子就是这样的忠诚，厮守生活。有的人吃了三峡玉米，长力气，吃了红苕，长肉。秋收季节，使劲力气大，长了一身好肉，能扳倒一头大牛。有些人吃多了玉米、红苕，出毛病。吃玉米长癌，吃红苕放屁。这么好的季节，右派肚子胀，放屁。一样的人种，不相同的吃命。你能吃他不能吃，他能吃你不能吃。一样的食物，一样的吃法，一样的肠胃，吃有害，吃有益，吃百年寿，吃命苦命短。

右派在不愁食物的季节犯愁，吃红苕放屁。别人吃红苕放屁，是隔一段时间响一个，右派放屁是连环屁，村里的大嫂大姐说让他去打日本。右派先是采取忍屁法，控制屁响，忍不住，放出来更臭。后来就采取避让法，要放屁时离开人群放一通，惊飞觅食的乌鸦和斑鸠。

右派最为难的是睡觉时放屁。暮秋，睡觉放屁，不停地扇被子，冷风沁骨，自作自受。

凳子，被子，臭气不散，闻闻自己，也是臭气，人变成了臭虫。

被人骂久了，气味就不正常了。人靠气味近人，气味一臭，离人就远了。

右派在泉塘洗澡，秋凉，泉水温热。仰躺在石头上，伴一张蕉叶，裸蚕一般，忽然记起：天高云淡，望断南飞雁，不到长城非好汉，屈指行程二万。

二万，他又念了一句：二万，二万五。时间还是距离？多少年以后，右派学会麻将，出二万时会说二万五，别人不敢吃牌，把局面搞乱，牌伙们骂他神经病。不是神经病，哪会把二万说成二万五？二万还是二万五？后来有考据派与诗学派之争，争论与右派的牌局无关。

右派裸蚕一样在蕉叶上睡着了，胸脯上有蚂蚁爬，睁开眼，是女知青任蓉蓉挠他。任蓉蓉拿草抽他，你这个死右派，我被你梦过，就这么算了？任蓉蓉脱了，在泉水里泡了一回，摘了张蕉叶，躺在右派身边。右派连说，出事了，出事了，出大事了！任蓉蓉说，这日子，这日子，反正是这日子！我想和你好好梦一回，反正那个了。

风起，两张蕉叶飞起，落进泉塘，两条裸蚕。

秋天的桃花开成月季，时间总有秀色。

镰刀被草吃了，锄头被庄稼吃了，牛被犁吃了，太阳被昨天吃了。

毛毛虫吃树叶，树上的铁喇叭吃了许多骂人的话，然后一句一句地吐出来。

孩子吃娘的奶，一边吃一边用手抓住，生怕奶跑掉。女人不耐烦了，拍打孩子的屁股，好了好了，喇叭骂人了。

孩子惊恐地松开手，一串骂声子弹一样地飞过来，冰雹一样打在瓦片上，铁钉一样钉进板壁。女人从孩子那里脱身，到池塘边洗菜，别的女人也刚从孩子嘴里揪出奶头，在那里洗菜，丰硕的奶子在水边集结，葫芦一样排成一排。这是有奶水的年份，没断奶水就不会断了欢乐。女人们一边洗菜一边听铁喇叭说话。女人们边听边议论，那个江青，要吃砂糖有砂糖，要吃冰糖有冰糖，那福气还反对毛主席？

铁喇叭开始骂，女人不吱声了。她们以为铁喇叭听了她们的议论，她们不知道铁喇叭的耳朵在哪里？

铁喇叭有耳朵，是她们猜想的秘密，她们告诫自家的男人和孩子别乱说话，祸从口出。

菜洗完了，不急，还一起说些女人的私房话。不说张家长李家短，只说自家男人。说自家的男人骂一句夸两句，男人那个样，说不好，骂不坏，别人的男人再强，也强不过使劲，别人的男人再好，也好不过村长。自己的男人再不好，也要挑一处好来，他的草鞋编得好，脾气好。

青蛙逃到远处，爬上荷叶，望着洗菜的女人们，听她们的私房话。小鱼游过来，争吃散落的菜叶子。这小鱼叫千年鱼，一千年也长不大，像虾。这小鱼也叫鸭食鱼，也可以当荤菜，水里的东西都可以当食物，蚂蟥也可以当药吃，药名叫水蛭。

还早，一天还长，今天好像除了洗菜没别的事了。有人喊，猪跑到菜园子了！抬头一看，是田大姐家的猪进了自家的菜园子。田大姐说，你们看，我们家的猪就是聪明啊，就是懂事，不吃别人家的菜，吃自家的，省得我回去喂猪食。

日子慢慢过，别急，急了就乱了。

任蓉蓉不急，她也是女人。

右派不急不行，他不是女人，一天比一天的急，心里有事。

右派读过书，知道什么叫惶惶不可终日。讲的就是他的这些日子，一天又一天的熬。

仁宽书记见右派有小丁，讲过这样的话：有小丁，要是我读了你那么多书，要是你像我一样懂政策，那会怎么样？

那会怎么样呢？有小丁想。

在骂声中成长

周家二哥写了篇文章，在骂声中成长。

对骂，群骂，连环骂。真是一个口诛笔伐的时代。谩骂，辱骂，连吓带骂。骂得很凶，叫人身攻击。说是人身攻击，也不见动手，不见抓头发，扯衣服。开骂的在前面，动手的在后面埋伏，骂得太狠就会流血，头破血流的人就骂白色恐怖。

三川半人不在乎，守牛伢骂不死牛，牛骂不死，人也骂不死。一棵树会被骂死，前世作孽，后世变棕树，千刀万剐。人见两条蛇缠在一起，一条蛇吞另外一条蛇，叫蛇吞象，人遇见了会病死，人在这时万不可叫另一个人来看，让人当替死鬼。可指一棵树，念你死我活，那树不久会枯死。这骂，是咒骂。

村里人不骂人，也不骂牲口。村里人止骂，也大概是在明朝的某一年。那年腊月二十，村里那些爱打架的，爱搞女人的，争强好胜的，游手好闲的，赶在大年三十前两天，也就是腊月二十八，由武状元带领，到东海去打倭寇，一去不回，全部战死。村里再不骂人，骂人要一种力量，能做事的人死了，连骂人的力气也没有了。牛也变得温驯，像是教书先生教出来的，听话，懂道理。一头小公牛在它成为一头真牛之前，先把它的蛋蛋劁了，然后它再学会几个词做一辈子牛，做一辈子牛只需要几个字词：转，转弯，退，停，哇哇。叫哇哇，是停。耕地进行中，犁铧挂在一块石头或者树根上，叫一声哇哇，它就停下来，让人取下套在颈上的枷档。它会自顾自怜地喘一口粗气，一头会耕地的牛，是师傅，不会耕地的人，跟牛屁股几天就成行家里手。牛在成为真牛之前，还会一个词，它踩到不该踩的东西，比方踩了人脚，踩了自己的牛鼻绳，叫一声“抬脚”，它会把惹了事的那只脚抬起来。牛的脾气好，人的脾气也好。

不骂，要骂，去回音壁那里骂，每一句骂都会弹回来，骂一句回一句。这地方叫挨骂岩，又叫借骂壁。村人十二岁，父母领到壁前学骂。骂到天昏地暗，再去冷泉中浸泡一个时辰，这叫脱骂。人过脱骂，再去过清静日子。村人经历挨骂、能骂、听骂、去骂，一年过一骂。人到六七十岁，只能念叨，如诵经，人心慈。村里吴姓老人活得长寿，不对人说话，拿起任何事物，只是嘀咕。一天嘀咕不完，不知嘀咕什么？孙女秀秀能听懂，我家巴普是在骂，不停地嘀咕是不停地在骂。人活七八十岁，骂了七八十年，还在骂。人早已过耳顺之年，知天命之年，百骂该休而未休，骂得重重叠叠，心里块垒不散。吴家老人留清朝发辫，几经岁月，长发不便，挽成疙瘩盘在后脑勺上，从不见散开过，村人背后叫鸡屎疙瘩，也一叫几十年。这名号人人知道，吴姓老人一人不知道。人当面叫他吴公公，吴爷的意思。吴公公一生无病，无怨，无险。吴公公的父亲是清朝的流官，比知县小一点。他的辫子是父亲传给他的，一直留下来。父亲也从不带他去骂的石壁。父亲告诉过他，骂的石壁根本不在那个地方，在别的什么地方父亲没告诉他。说有一天你自己就知道了。吴公公爱种芋头，别人种藕，他种芋头。他不是爱吃，是爱看，一颗大的，围几个小的。芋头娘娘带崽，一窝。煮熟的芋头很滑，吴公公夹一个芋头崽送进嘴里，一下滑到食道，卡在那里，吐不出，吞不下。一生没病的吴公公算病了一回，死了。咽气的时候，他还在嘀咕。孙女秀秀一边给他拍背一边听他嘀咕，秀秀说，巴普骂人，日……日……日他个……

请了湖北的老司做道场，盖灯，解结，超度，吹吹打打送吴公公上黄泉路，过奈何桥，见阎王老子。吴公公躺在杉木棺材里，听外边哭喊敲打，过七天七夜，一副抬丧杠架起棺材，村里最强壮的男人们抬着棺材送往墓地。一个一间屋大小的土坑，放进棺材，往上盖土，埋人堆成坟山堡，一年黄坟山变青坟山。

抬棺材到墓地，解开棺材，棺材里的吴公公在嘀咕。又听棺材嘭嘭响，开始以为鼓声，再听响声是从棺材里传出来。穿了白孝衣跪在棺材近处的秀秀说，我家巴普还活着，快打开棺盖。众人赶快开了棺盖，吴家公公揉了揉眼睛，坐起，咳一声，一颗芋头喷出去老远，肉丸子一样落在地上。

吴公公自己爬出棺材，推开众人，走回村里，进屋找出玉米面熬成糊糊，喝了两大碗。一边嘀咕一边去菜地扯芋头，然后扔出去好远。秀秀让他休息，好好睡一觉。吴公公嘀咕，在棺材里睡了七天七夜，还睡，就真死人了。

树死发芽，人死复生。人没死，人没死，秀秀在棺材外边说。把死说活，把活人骂死。话说人活着是春雨，骂得人死若秋霜。

来了几路记者，还带了医生来，要把吴家公公带到城里大医院做检查，吴家公公死活不肯动，秀秀也扯着不让去。医生只好就地检查，量血压，把脉，还要抽一管血带回去化验。先是不肯，村长好说歹说，吴公公就肯了。医生一边做检查，吴公公一边嘀咕。

医生们在那里做检查，记者们在那里议论怎么报道，像一般的社会新闻，降低了报道水平，浪费了新闻素材，体现不出新闻质量，最后敲定了报道题目：人老心红勤劳动，死去活来心更红。拍了照片，采了血样，人走了。村里的黄狗黑狗白狗麻狗一路追出好远，欢送仪式一样。

人死复生，不算稀奇事，报纸写了这事才算稀奇。等了两个月，没见到写这件事的报纸，村里人就不等了。

出了这件事的变化是村里孩子不再怕棺材。捉迷藏时，人躲在棺材里，找的人没找到，藏的人在棺材里闷死了。

这孩子是被骂死的，要饭的瞎子骂的。这孩子给瞎子碗里放了一坨牛屎，瞎子吃了牛屎，骂该死的短命鬼。

孩子娘哭诉，儿啊，聪明的儿啊，不死就好了啊，不死读书当干部啊。

谁照应了你

村长，是个“照应”。饥有食，病有药，冷有火，行有路，卧有大地，是天照应。

村长照应村里人，村长照应全村人有饭吃，村人照应土地和牲畜。村长照应那几个地主富农分子，照应右派，他们也是村人，也同村人一样过日子。不让他们多挨骂。照应那些知青，不让他们饿着，累着。他们有一天离开村里，不缺手缺脚，带上好身子回去见父母。

村长就像村里的那棵千年古树，长在那里，不移不动。那年刮大风，别的树经不住，有翻倒在地，有拦腰截断，那棵树连枝丫都没折。那棵树的场地好，长在底处，风刮不到它。树有树的命，这树命好，长成千年古树，上接日月，下通地气。它还会长多少年，无人知晓。这棵树长满苔藓，还长了一种叫巴岩姜的寄生草，爬满常春藤，蝉和金甲虫也歇在树上。有只大的雀巢。马蜂不在树上做窝。树下可找到琥珀，树脂里有一只金甲虫和几只蚂蚁。

村人没感觉到村长的照应，天照应人，人照应家，家家要村长照应，他长四个肩膀八只手也照应不过来。

一颗鸡蛋放稳了就不要照应，一颗鸡蛋要放在落落实实的地方。一个人是一颗鸡蛋，一个家也是一颗鸡蛋。人是命的鸡蛋，家是人的鸡蛋，村子是村长的鸡蛋。

一个会照应人的地方，一个会照应人的村子，名声传播得远。千里之外有个稻州，当年太平天国练兵的地方。名为稻州，是因为此地为水稻发源地，在一洞中发现万年稻种。当年太平天国练兵，做什么？当然不是种稻子。磨刀霍霍，攻城略地，要杀大清王朝，取大清首级。车马萧萧，历史的故事变成历史的事故，真个是覆水难收，龙袍征衣，都随雨打风吹去。稻州古城墙，断残还在。入夜断壁残垣仍有喊杀声，稻州人常被梦中惊醒。在要人照应又无人照应的日子，稻州杀人，被屠者数千。有人逃脱，奔三川半来。一妇人领两个孩子，找到村长，哀求照应。村长问，妇人说是稻州来的，说那边凶得很，见人杀人。村长对稻州来的妇人说，你就说是从广西来，那边遭水灾，出来讨米要饭。这女的在村里留下，改嫁给村里的老光棍大聋子，贫农。贫农大聋子得了老婆孩子，还得了村里发的几百斤粮食。

稻州来的女人嫁了大聋子。娘三个到人民公社领了结婚证，娘三个就有了户口，算是三川半人，这几颗鸡蛋算是放落实了。稻州女人成了村里的女人，和村里的女人们呼姐称妹，扎一堆讲那边的故事。在那边先是一家人过人民公社一般社员的日子，然后是挨骂。男人出完生产队的工，晚上做木工活，叫搞副业，一个月能喝酒吃肉打两三次牙祭，和一般社员过的日子有点不同。公社的土地瘦，产粮少，吃不饱饭，喝酒吃肉是罪过，解放前的地主富农才喝酒吃肉，人民公社社员像地主富农一样过日子是可耻的。人民公社的红色武装队把男人捉了去骂，一家人骂成是人民公社新地主富农。铁喇叭骂新生的资产阶级。吃米饭穿破衣不怕骂，吃肉穿新衣要挨骂。给孩子做了新衣服，过年穿上，躲在家里走几圈，出门时在新衣外边罩上破旧衣服。新衣在旧衣的破洞处露出来，让人民公社红色武装队的人看见，把孩子的破衣服扯下来，指着问，你俩，哪家的？孩子一边哭一边往家里跑。红色武装队跟进了屋，四处打探，当时就抄了家，把刚添置的新被子、新棉袄，几条腊肉，几个保温瓶，一架缝纫机，一齐搬走，摆在人民公社展览。正好是开群众大会，人民公社的社员们看见了，人人愤骂，个个大骂。真不要脸，人民公社的好日子不过，偏偏要搞资产阶级，当阶级敌人！

稻州来的女人一边说一边流泪，我没照应好家，没照应好孩子，不给孩子穿新衣服，也不会惹出这么大的祸。

有好心人送来消息，公社的要来捉人，你们一家快跑。女人赶忙收拾，有百十元人民币藏在堂灰里没被抄走，女人取出来，用油纸包好，吊在裤裆里。一家人准备跑路。男人死活不动，在家里大声喊，我没犯法，不信把我捉去杀了！狗叫，外边大喊，屋里人莫动，出来投降！女人拉起两个孩子，从后门逃出，跳进粪坑里大气不敢出。蛆虫直往裤管里爬，不觉痒，也不觉臭。男人被那些人捉住，用绳子捆了个结实。男人在那里大喊，我一不偷二不抢三不骗，凭什么捉我？红色武装队的人警告，你再这么反动下去，就地正法！嘭，嘭，几声枪响，男人就这样被就地正法，男人死了，红色武装队的人走了。听了半天没响动，女人带了两个孩子跑了二十多里，在河里洗了，再赶着跑路，连夜逃出稻州。

稻州来的女人再嫁人了，日子久了也不说了，和村里的女人一样说说笑笑。说她现在的男人如何如何能干。稻州来的女人好像忘了以前的许多事，孩子在村里不被人骂，已经是很好的了。

村里多了一座空坟，夜里见一丝不挂的女鬼。

稻州来的女人用了两三天，垒起一座空坟，七月鬼节，领上两个孩子去拜祭。坟内无尸，坟前无碑。

夜有女鬼裸奔。风雪夜，雪地上有女鬼的脚印。女鬼是稻州来的女人，她有夜游症。梦中被大聋子剥光衣服，她突然跃起，夺路夜奔。月光冷照，村里人呼女鬼。

知青屋的几个知青也见过女鬼。他们小时候就读过鲁迅先生踢鬼的故事，不信鬼。亲眼见鬼，就议论鬼是白天不显的东西，夜里出来，是一种黑暗事物。世界上总有些东西看不见，看不见背后的东西。谭谦在知青屋画了很多女鬼，取名：看不见图。他要伙伴们见鬼莫怕，好鬼照应人。

铁喇叭又在骂人。有人被骂死，有人死了被骂。不是骂所有人，是骂给所有人听。死人活人混在一起骂，不知道哪个是活人，哪个是死人。有同名同姓的，连带挨骂。中学里有个老师叫宋江，学生对他说，宋老师，铁喇叭骂你。这宋老师闷了几天，上吊死了。人死了说是思想反动，开了个全校师生批判会，把人埋了。人埋了，名字未埋，这就成了遗留问题。活人开始担心自己的名字，名字不好的，偷偷改一个好名字。那时不时兴身份证，改掉名字容易。才出生的，爹娘赶快取个好名字。叫跃进，叫炼钢，叫文革，叫向东，也有叫批林，叫批孔的。麻家姐妹，姐叫批林，妹叫批孔。到了学堂，老师点名批林批孔，学生就笑。一个人叫麻批孔，总有点那个。麻批孔长到十八九岁嫁个男人叫常阳伟。两个人去公社办公室领结婚证，报上两个人的姓名，公社彭秘书一边写结婚证一边念两个人的名字，麻批孔——常阳伟——这婚还怎么结？这对新人后来生了一对龙凤胎。男的叫常暖，女的叫常批。后来龙凤胎双双读上大学，成了博士。名字好听不好听，跟人的成长无关。成了博士，常暖改名常日新，常批改名常月异。一个在东京，一个在南京。

照应这对龙凤胎的，不是南京，也不是东京，是缓慢又飞快的时间。

器　物

人类的所有器物，都来自对大自然的模仿。三川半人也不例外。不同的是，三川半人养出了一种能力，他们把大自然的所有物当成自己的器物。摘石为桥，碾地为路，取木为屋，搭火为伴。天高处为神宫，地深处为鬼域。所用器物，无非是方的圆的扁的伸的吊的，全是模仿现成的自然形成的。

河是过的，山是爬的。好太阳晒衣晒谷，好雨知时节，好风得人意。

把竹子划拉成篾条，织成筛子，把长的团成圆的。日月是圆的，日子是长的。日月也是筛子，日筛夜筛，筛筛落落，筛掉一些，留下一些。人到了筛子眼，就知道去留，有时知道，有时不知道。

向三妹拿了一把筛子，筛米。一把筛子摇晃中带一些旋转，这个动作让筛子有了两种功能，筛，团。细米筛下去，未完全脱壳带些谷衣的米粒困在米中央，用手把那些带谷衣的米捧出来，捧出来的带谷衣的叫米头子，是最好的米，放到碓臼里杵几下，是大颗的白米。

这个过程，不过是一个用筛子的劳动记录，不算别的什么。向三妹在这劳动记录里走了神。向三妹的脸也像是筛子，有许多筛子眼，麻子脸，出痘留下的痕迹。有疤有麻天生的，无疤无麻狗日的。有人敢取笑她，就会遭骂。

失神就失手，一切又混在一起。再筛，重复劳动。沙子缓慢地计算时间的小损失。大损失是大家叫毛五哥的人死了。肝或者胃，总有一样东西坏了。赤脚医生诊断是癌，在医生那里，治不了的病叫癌。毛五哥吃玉米，南瓜，红苕，从饭到菜，没有一样不是防癌的。没防住就得了癌症，死了。赤脚医生就是不穿鞋袜在乡村诊病的医生，不穿鞋袜在乡里让人亲近，西医中医都会一点，会一点就够了。再好的医生也只会一点，有用一点。赤脚医生这个名词同民办教师这个名词一样，都被时间筛掉，不管叫什么，他们还是乡村医生。

男人死了，儿子疯了，女儿哑了。人的命运就像一颗米，命中只有一颗米，走遍天下不满升。一颗米的福气，不会再少。太阳把小茅屋照成金色，把人的影子写上板壁。一群小鸡围着米转，啾啾唤食。向三妹撒一把碎米喂它们，小鸡们锄地一样啄满地碎米。哑女帮忙生火做饭，儿子在劈柴。儿子力气大脾气也大。夺妻之恨想报仇，仇没报成坐了几年牢，人就疯了。一天到晚劈柴，一边挥起斧头一边说劈死你。娘疼儿，叫他歇一下，儿子停下来，看着木头发呆。

小鸡仔很快长大，能下蛋了。哑女越长越俊，嫁到坪里，那里产好糯米，逢年过节送些粑粑甜酒。儿子劈柴，打成一捆一捆，挑到集上卖。集上有妇人，让他把柴挑到家里，先不给钱，只把裤子绾起，说你看你看，我这腿好白。半疯癫的他说，快把你的东西收起，我要钱买盐回去。一个半疯的人，这桩生意不能当那桩生意。要买盐就不管腿白还是不白。再白的腿，也是别人的器物，害得人坐牢。白米吃得，白盐吃得，白腿吃不得。猫吃鱼会挨打。妇人见这担柴好，多给了几块钱，说你下回再来。不偷吃鱼的猫才是好猫。买了盐，还买了一只鸭。娘对他说，等娘卖了肥猪盖大屋，给你娶个乖媳妇。半疯的儿子笑了一下，说，那就去找一个穿花衣服的来，帮娘喂几头猪。娘说，人家穿花衣服能喂猪啊？娘和儿子一起笑起来，好像穿花衣服的媳妇已经娶进门。儿说，娘，下回去赶集，买几尺花布，给娘做花衣服，当新娘子，把娘打扮好看了嫁人。向三妹说，娘老了，又是麻脸婆，还怎么嫁？向三妹后来嫁到湖北漫水，一个老实男人，人勤快，有饭吃，养了肥猪，有肉吃，这个男人不喝酒，抽烟。向三妹要把儿子带过去，那男人也说好。儿子不去，娘和哑巴姐都走了，我留下守屋，茅草屋没有烟火会坏。留下来还是整天劈柴，挑到集市上去卖，买柴的还是那个妇人。那妇人原来是个神婆，脚迹远，听的故事多，她当然也听过这卖柴人的故事。她也是个有故事的人，男人是个好裁缝，给别人做嫁衣时把新娘的肚子搞大了，被人用斧子劈死了。男人死后，她就做起神婆来，男人凶死，女人没人敢要，神婆也无人敢娶，得这个身份最合适。神婆是个白嫩的女人，半疯的孩子再送一回柴，就多看她几眼，这女人怕是豆腐做的。神婆有一天对半疯的孩子说，你挑柴辛苦，住到我家里来，帮我劈柴。疯孩子听了，放下柴就跑。

女人追出来，钱呢，钱呢！疯孩子头也不敢回，飞快地逃。跑出集镇老远，后边还在追，钱呢钱呢！路边的人停下来看热闹，这小子，和女人那个了不给钱。

卖柴的，钱——，后边喊。疯孩子估算女人追不上了，才回头应一声，大姐，钱不要了，送你一担柴。

疯孩子被惊吓一回，回到茅屋睡一觉，出了身大汗，人完全不疯了。他去赊了两只小猪仔，养成大肥猪卖了起栋大屋。村里人帮忙抬来木头，会木匠活的帮他造屋。肥猪没卖屋就造好了，杀了一头肥猪请村里人吃肉。到老爹毛五的坟头祭了一回，摆上刀头肉，烧了香烛纸钱，请来石匠把土坟修成石墓。找得一块大石头，怎么也破不开，搬回家里，那石头夜里能发光，像月光一样亮。远近的人看稀奇，说是夜明珠。有人出大钱要买，他不知道那个数字钱是多少，差不多百十担柴吧。他只是不卖，那是全村人的宝贝，要留着。

这孩子突然消失，大概是出走了。一年以后在天坑里发现一堆白骨，头骨裂开。一个下天坑找草药的人发现了这堆骨骸。少了一个人，多了一堆白骨。是那个人成了白骨？是毒蛇咬死的吗？那孩子从不怕毒虫，他几次被毒蛇咬过，没事一样。看那头骨裂开，像是被斧子劈的。是什么仇恨？斧子劈了又抛尸天坑。

村里人把白骨埋了，那块夜里发光的石头也埋在一起，还有那把劈柴的斧头也埋在一起。那盖起不久的新屋，突然倒了。到夜里，有人看见那屋场有人劈柴。第二天，村里人发现屋场里堆满一大堆新劈的柴垛，是鬼魂还是那孩子没死呢？

柴垛边有一把锈迹斑斑的斧头，有陈记的烙印。有名的陈铁匠的手艺，埋在坟里的那把斧头也有陈铁匠的印戳。陈铁匠去世已久，留的斧头不过两把。

童话，神话

一些稀稀落落的黑乎乎的屋，乡村的房屋没有编号，常家，袁家，夏家，吴家，田家，向家，彭家……乡村人家的编号是这样的。某一个家族的航船泊定在这样的现实里。

某一个家族的航行必定久远。一个神话泊定在现实里，在现实里隐现。

一些稀稀落落的黑乎乎的楼房中，必定有一处亮丽的房屋，木楼或者白粉墙；必定有一处不规则的操场，有个场合朗读，有上下课的铃声。

这是一个童话，一处乡村教育的童话集市。学校的老师是处集市的摊主，他们的篮子里装着方块字、阿拉伯数字、乐谱和一些别的东西，每一件东西都是金光闪闪的，像宫殿里的珠宝。这里的童话要拿一些别的童话作为交换，最初的童话是三川半人的童年。

在李克时第一天上学的早上，大黑猫偷吃了他刚提回来的泥鳅，一阵追打，大黑猫窜进屋后的竹林，消失了，再也没有回来。

以后上课的时候，他会走神，想起那只大黑猫，它变成了一只山猫还是变成了洞妖？一只猫在一个地方消失其实是在别的什么地方出现，它或许完全不是原来见到的那个样子，胖了或者瘦了，毛长了或者短了，更能捉老鼠了或者和老鼠一类了。猫眼还会像时钟一样随时间变化或者成了一颗不动的宝石？人也是这样，知青，右派，他们在村里出现，日晒雨淋，他们天天看到的是广阔天地，经历的是庄稼一样的季节、食物和劳动方式，把日子当成阶级敌人，狠狠地斗争。他们本来从一个地方开始，这个时候又从另一个地方开始。有月亮或者没有月亮的夜，知青屋的歌声响起：我的家在东北，松花江上，那里有大豆高粱，还有我老去的爹娘，唱着唱着哭了。接着唱从草原来到天安门广场，唱着唱着笑了。知青屋哭笑一阵，同夜色一样静下来，鼾声和梦连成一片。露水和虫鸣，池塘和蛙声，姓氏和门户，山峦和流水，由夜风调和，染出一个山村。

早晨，进了学校的孩子们不去管放牧牛羊的事，他们诵读，工人、农民、米面、豆子、棉花、布、衣服，世界是你们的也是我们的但归根结底是你们的，你们年轻人朝气蓬勃好像早晨八九点钟的太阳。一只大鸟飞进了教室，扑啦啦几下又飞出去了，落在远方的树上。这只突如其来的大鸟打断了朗读，老师愤怒地吼一声，朗读声又响起来。

进了学校都叫弟子，或者称为同学。不怎么公开的叫法，叫子弟。子弟，是个人身份。入学校报名登记，报上年龄姓名，民族，家庭出身。父亲是做什么的，母亲是做什么的，祖父祖母、外祖父外祖母是做什么的……让登记的老师填写清楚。然后，被登记的人就成了某某子弟，贫下中农子弟或地富反坏右子弟。这就是弟子和子弟的区别。子弟是私密性的，公开都叫同学，叫子弟不好听，像骂。在人民公社，在不搞批判斗争的时候，人人都是社员。不管什么人，该叫伯伯的叫伯伯，该叫舅舅的叫舅舅，不会叫地主伯伯，反革命舅舅。学校也一样，不会叫谁地主子弟同学，坏分子子弟同学。有些事情永远讲不清，不好讲。不好讲的意思往往比较复杂，就像当初成立人民公社，大家都是社员，社员都是人民。地富反坏右分子怎么办？要不要能不能入社？凡事不能钻牛角尖，不能地富反坏右分子另外搞一个公社，那还得了？

向茂林报名过后，就成了地主子弟。他爹是地主分子，不报名他是地主分子的儿子，报了名就是地主子弟。语文课本里总有几篇课文是讲英雄人物的。英雄一般都是烈士，不死不是英雄。当英雄，只得一个人去死十回。革命——英雄——死。向茂林学了这些课文，想我怎么才能去死呢？像英雄那样一死，就不算地主子弟就是个英雄了。他想到几种当英雄的方法。从河里把一个人救起来，自己被淹死了，可学校门口那条河水太浅，淹不死人。一个人被蛇咬了，给他把毒吸出来，把人救活，自己中毒死了。还有别的办法吗？

有篇课文叫《少年英雄刘文学》，一个叫刘文学的少年遇见地主分子偷公社的辣椒，为了保卫人民公社的辣椒，让那个地主分子用柴刀砍死了。下完课，向茂林找到老师，说能不能把他的身份改成社员，不要写成地主分子。语文老师也是个地主分子，瞪了向茂林一眼，说，这能改吗？向茂林大哭了起来，边哭边喊，我要杀了你！毛主席快来，把这个人杀了。老师是地主子弟，这样让学生大喊大叫影响不好，顺手关了门问，你要杀谁？杀我爹。向茂林撞开门跑了，消失了三天，他爹在一个山洞里找到他，快死了，他爹把他背回家，喂了一碗蜂蜜水，人活过来。问爹，你到底是好人还是坏人？你有没有偷公社的辣椒？爹摸摸他的额头，滚烫。请来神婆看了，说是中邪，杀狗杀鸡，用鸡狗之血浇遍全身。向茂林啊呀，一声坐起，去找了凉水喝。神婆说，你们看，人清白了清白了。洗刷干净，向家地主分子押送儿子到学校，见人打躬作揖说好话，请学校管教好这孽子。

学校对向茂林充满信心，人可以教育好。果然，向茂林加入了少年先锋队，打上了红领巾。学校操场是泥巴坪，时不时生草。向茂林大太阳底下扯操场的草。他还找来野棉花叶杀茅厕里的蛆虫。学校组织吃忆苦餐，观音土做的粑粑，他一次吃三个，几天屙不出屎，真是见了效果。到小学毕业，向茂林被评为积极分子。读完高中，考大学政审不过关，向茂林回乡当了民办教师，读了十二年书，练得一手好毛笔字，一边教书，一边写标语，成了远近闻名的标语人，闲时帮人写对联，写墓志铭。他不再是子弟，叫向先生。他后来的名字叫向日葵，取小学课文中的一句，向日葵，向太阳，时时围着太阳转。向日葵六十岁生日，一个人下河捞了些虾米，还捉得几条小鱼，一个人喝酒。一个人喝酒，是他爹传下来的习惯，老爹没等到摘帽子就死了，什么也没给他留下，只留下一个人喝酒的习惯。老父亲临死的时候，告诉了他的生日，你是解放后出生的，你没过一天地主的日子。你要跟党走，要无二心，路走好了就有前程。他拉住老地主分子的手，第一次为一个坏身份的死流下许多眼泪。这个爹一生有许多冤枉，他一点也不像个阶级敌人。

他记住了自己的生日，他是新中国的人民，他的名字叫向日葵。

他在这里读了六年书，又在这里教了三十年书。他对年轻人讲，他是这所学校永远的留校生。

有很多人可以陪他过生日，他的学生不少考上大学，在大城市里过日子。还有几个学生考上了军校，有一个是海军的一个营长，穿了海军呢子大衣来看他，还说等换了新军装给老师一件呢子大衣。

他的同学也有几个混得好的，有当记者当医生的。他记得最清楚的一个名字叫李克时。在充满骂声的时代，李克时带给大家一些笑声，李克时就是他们的快乐。他能跟大家一起大笑，只要想笑就能笑。人很多的时候不想笑，他一边喝酒一边笑起来。来，搞一杯，克时，搞一杯。李克时好像是在省里当了个官，还是个老板，好像很有钱，每年回三川半捐十几所学校，叫希望小学。我去找他，帮学校建一个像样的篮球场，在泥操坪上铺上水泥，再搞点钱把厕所修好，不要那么臭，起码不要生那么多蛆。还要点钱帮助交不起学费的孩子，已经要得太多了，老同学，喝酒！

一学期快完了，向日葵眼皮跳，煤油灯爆。

第二天，来了个大人物，县里乡里的领导陪着，校长领一班人迎接。大人物在学校到处看了一遍，说学校这个样子，早就该修新的了。

向日葵一边看着大人物，一边想这个人怎么像那个李克时，他想上前问问，又不敢。大人物终于看到了他，你是……向茂林？向日葵点点头，上去拉大人物的手，李克时，没想到你成了这么大的角色，给我们搞钱来了？李克时大笑，搞钱搞钱，不搞钱哪还有面子。

临走时，李克时对大家说，这是我的同学，他在这里教了几十年书，头发都白了，山村教师不容易，要好好照顾。

校长凑过来说，领导，你这老同学事业心强，以校为家，把学生当自己孩子，几十年没结婚成家。

李克时说，男人不结婚还行？牛都会结一两次婚，人不结婚？老同学，我要给你提个意见，找个老婆，人你自己想办法，钱我出！多吃胡萝卜炖肉，还能生孩子。

向日葵跟大家一起笑。

李克时又说，找个好的，找差了我不出钱。

李克时一行在笑声中离开了。

李克时给了多少钱，向日葵不知道。学校的木楼，变成了粉墙的洋楼。水泥操场，厕所也是白粉墙，比原先的教室还好。

向日葵住进新房，房间和校长的一样大。房间挂了些电影画报，电影画报是电影《羊城暗哨》的，最漂亮的女人是那个女特务。还有《钢铁是怎样炼成的》那个冬妮娅，资产阶级的女人。唉，好女人都被坏人搞走了，或者变成了坏人。向日葵，怎么也不像一朵金色的花，最多像一粒葵花籽。他不像那幅有名的洋画。向日葵是他童话的名字，他在打量女特务和冬妮娅的时候，忘记打量自己。自己好像是碎成几段的千足虫，每一段都是行走的一条虫。哪一段都是自己，哪一段都不是自己。

他打量老同学，大人物李克时；打量自己的学生，穿海军呢子大衣的年轻人。哪一个也不像自己。他想寻找失去的什么，却找不到一样参照物。

甚至没有过去的某一个日子。

他能打量的，是自己的毛笔字，写成的标语和墓志铭，是标准的国体字。

吃草长大

完全靠吃草长大的，是牛羊和别的草食动物。马和猪是半草半粮。

村里最强大的男人使劲，是吃草长大的孩子。直到露嫁给他，吃饭吃肉时，他还偷偷地去吃草。

露发现了，说，使劲，你对草那么亲，是你娘是你爹呵。

使劲扯了白白的茅草根子，让露去尝。你尝尝，蜜一样甜。他又摘了根刺薹让她吃，又脆又甜。露吃了，果然好吃。露说，以后我们不吃饭了，跟你以前一样，吃草。使劲说，吃草是骂人的话，草不能当饭吃。露说，我哪能让你再去过吃草的日子？我要天天给你做好吃的。

好吃的，是肠胃的选择。肠胃，是人体的独立选择系统。专门选择食物，饲养生命。养出性格，养出性情。恶肠胃养虎狼，人肠胃养人，狗肠胃养狗。肠胃也统为心腹，养大患，养大福，养大德，养人世。

露改变使劲的肠胃。和女人过日子，先入肠胃，再及肌肤。一饭一汤，喂养成那个女人的男人。羊被草吃了。狼被羊吃了。男人被女人吃了。女人被孩子吃了。人被日子吃了。

使劲和别人一样的地方，有爹有娘。爹娘养了一头好黄牯牛，很壮实。爹娘种的庄稼也很壮实。他们种的三峡玉米才叫三峡玉米，一片玉米地，选的玉石一样的玉米种子，没这样的种子怎么能叫三峡玉米呢？爹娘种的南瓜又大又甜，红苕结得多，一蔸红苕有十几斤。土地也很肥实，千百年的祖业，千百年的耕种。年年添肥除草，土地喂熟了像家里养的猎狗，听你呼唤，跟你亲热，把身上的肉给你吃。土改斗地主分田地，使劲家没分到地主的土地，他家的田地刚好够一家人的标准，也没分出去。后来搞合作社，成为合作社外的单干户。干部千动员万动员，使劲爹娘就是不肯入社。一入社，就变成了集体。肥牛混瘦牛，好地变贫地。使劲爹娘没加入那个集体，成单干分子。使劲爹名叫抬岩，抬岩不肯做人民公社社员，不去人民公社大食堂吃饭。公社组织入社宣传队来人动员抬岩加入人民公社，宣传队磨烂舌头，抬岩一声不吭。最后宣传队拉走黄牯牛，锅碗盆瓢和农具一概搬走。那黄牯牛挣脱牛绳，竖起尾巴冲走，跌落天坑。大家放下几十丈长的绳索把牛拉上来，公社大食堂吃了牛肉大餐。黄牛肉，放上花椒辣椒很好吃。

抬岩领一家三口住进岩洞。铁喇叭天天对着岩洞唱：单干好比独木桥，走一步来摇三摇，合作社是石板桥，风吹雨打不坚牢。人民公社是金桥……

抬岩领一家人满山遍野找吃的，使劲就是在那个时候学会吃草。抬岩被毒蛇咬伤，死了。女人给抬岩吸毒，毒死了。使劲认识山里能吃的东西，活下来了。吃了十二年草，长到十六岁。村长领人到山里砍树发现了使劲，把他从树上捉下来，领到家里。使劲很野，对村长却很顺服，村长把他养成了家孩子。几个月后能说能笑。使劲力气大，十七八岁能一个人扛两三百斤的木头。地里只长那么多，就那么多食物，你吃得多别人就会吃得少，你的胃装满了别人的胃就会装不满。使劲给自己定一个数，每顿饭少吃一碗。过了两三个月，胃渐渐变小，不嫌饭少，不再饥饿。不饥饿，可就是有点想吃草，时不时有吃草的念头，像人长大了还有吃奶的念头一样。又嫩又甜的草，是三川半的奶头，从母体一滴一滴溢出来，养肥长尾巴的和没长尾巴的。

村长要嫁女了，先要使劲去立户。立户不能住岩洞，要盖房造屋。村长嫁女，村里人一人伸一只手，把新屋造好，四根柱头，八根骑柱，前挑后厝，两间正房，一间堂屋，后厝为灶屋柴屋。嫁女连嫁儿，立了新户。

人民公社散了，公社食堂散了，使劲和露，要单独开火做饭了。草无烟火，村落里要多一缕烟火。

婚丧嫁娶，三川半的头等大事。破四旧把这些礼仪坏了，只那喜庆的心没坏。三川半的石头不会坏，水不会坏，寨落里的心，一代一代留下的心，不会坏。草药婆婆说，树无心可活，人无心要死。

村长摸出一铁皮盒子，打开红绸子，拿出一副吊吊银耳环，两只银石戒指。耳环，吊六重，银丝吊瓜子。戒指浅浮雕龙凤呈祥，不知哪朝哪代的银匠用心造的。“文革”破四旧立四新，村长为这几样银器做过几次梦。他梦见岳飞、秦桧。把这几样银器交出，就是岳飞。不交呢？就是秦桧。是忠是奸？二选一。要真丢了几样银器，把家传器物毁了，就是不孝。人到烦恼时，多被蚊子咬。一拍一巴掌血。到下雪了，村长的心平静下来，他留下了那些银器。要是这个冬天不下雪，那些银器怕是毁了。破四旧时一次小小的障碍就是冬天里的一场雪。一场雪改变了一个故事。很多事就是这样。是的，是的。当年希特勒打莫斯科，因为冰雪而败北。大小事，时有天意。

村长给女儿露戴上银饰。雪下得大，红喜事让一场大雪变得鲜艳。几位知青扎了两朵大红花给新郎新娘，右派右选左选，把一本四角号码字典拿出来作礼物，这是他百般不舍的东西，还是拿出来了。又拿出笔墨红纸写了副对联：新人新事新风尚；好花好果好运来。

想想没什么大毛病，便亲手挂出对联。这红纸和笔墨，是右派在风雪中赶了几十公里路，在小镇上买的。家里也有红纸笔墨，那是公家写标语剩下的，不能挪用。好事无瑕，才算好事。办事就像写毛笔字。

一笔不苟，写坏一笔，字就变形了。这个处处求好的右派，来到了好地方三川半，来到村里，成为一个好右派，没人训他不要乱说乱动，人成了右派，还要别人提醒你，那不成了坏人吗？右派刚成为右派的时候，他第一件事就是去翻字典，查出了右字，没有查出右派。右，出其右，右手，右边。右派是什么？字典上没有。字典上没有的，要慢慢学习，到别处去找。前人不是什么都知道。很多事没给你备好答案。从那个时候开始，右手抽筋，扭曲，再不能用，拿筷子拿笔用左手。走路靠左边。他甚至不看右边事物，没几年就成了左视眼。十年二十年以后，世界来了个大反转，天上掉一个词叫平反。老右派拾起这枚石头在手掌心把玩一句古诗的工夫，忽然想喊口号，终于没喊出来，只叫了声娘，我只能过半边日子了，让别人去喊。几十年低音，后发音器官说话，扯洪音不成。细流凶床，滔滔而来，深恐坏岸。坏一边再坏一边，半边日子也没有了。右派的左手书法不错，他用左手记下三川半草鱼虫，石木气候，百十万言，名苟残日记。后以此获名声，又饭局上结识乡党、著名心理学家张亚林博士，言半边日子故事，博士告诉他，你就看左边，老虎也看，狗屎也看，改右手拿筷子拿笔。右派也尽力，还是未能改过来，他已属于器质性病症那种。他就是寓言里的那匹骆驼，右边眼瞎，左边草寇。右边足蹇，左边足亏。

左手运笔，红联挂起，他咧嘴像笑，那些字若一口黑牙，坚实，上下对仗工整。

村里大喜事，就这样写在纸上了。三川半的事，不落在纸上，就不算有名分。

右派本来牙白，那个时候，他常用中华牙膏。黑牙是三川半的旱烟叶染成的。

三川半人叫喝烟，吃烟。吃烟，也是吃草，牛羊吃草长大的，人也一样。

巴普除了斗笠，还有喜事

酒真的不是什么大事。有粮食，就有酒。没粮食，也做酒，茯苓酒。救兵粮酒，草根树叶也变酒。三川半人做酒技，可为《齐民要术》补记。

村长的酒当然是粮食酒。

巴普喝了数碗，人来收碗，莫喝多了。巴普说，我才喝一碗，再来一碗。一席喝了几碗？记不清。一生喝了几碗？记不清。他永远要再来一碗。

他说一句去尿尿，出门去，摘了壁挂的斗笠，头上一扣。一个人去对门坡上，择块青石板，斗笠当席，一坐，便由斗笠上云端。以为地陷，先是屁股下的青石板被抽走，接着一座座山往下坠落，然后斗笠和人就到了云朵之上。入醉，一切就理所当然。耳边风响一刻，斗笠慢慢飘落，一处街市，人流如蚁群。巴普大呼让开让开，生怕砸着人。落地并无声响，人好像落在棉花上，也正好是人缝里。巴普钻进人缝里，不分前后左右，只管走，随便问一个人，这是哪里？一少妇答，是扬州，只朱唇微启，并无声音。那少妇若影子贴在街市，细看不见。

街市楼房幢幢连接，琉璃亮瓦，金柱玉阶，绫罗敷壁。糖果铺子，鱼肉酒家，洞箫之声穿凿。满街铜钱，大如斗笠，人皆匆匆，见金银珠宝，并无伸手拾钱之暇。这么大的铜圆，拾来也想必无甚好用。男人几近裸身，只长须遮着。巴普想，莫非满街市尽美须族？女人如蝶，自顾飞舞，白嫩如膏脂。街市美人流淌，香风熏人。美人只着薄纱，勾人邪念。巴普想随意成就好事，一捉拿却由指尖滑脱，嬉笑媚眼，疑是狐妖。妖女逐剥轻纱，如白莲朵朵，巴普也学样脱得精赤鸟胯，挥斗笠捕捉，却如捕风。便掷了斗笠，迎胸追背，终不得碰触莲花朵朵，就像暴雨中淋不着雨，尽在雨缝隙穿行，不得湿身，心急，碰触栏杆，痛得狼狈。

一痛醒来，正躺在青石板上，斗笠遮面。梦里翻身，阳物碰石板，人老肉嫩处，痛得钻心。听老右派念了那么多文件报纸，人听话鸟不听话，私心杂念太多，念经未成佛，遭此报应。

巴普把斗笠翻过来，像一重天，再翻过来，亦是另一重天；也像一口盆，翻来覆去没个新鲜。青山未度，阳光何多？其间也大，不如一碗面汤。

身下石板缓缓移动，渐露一口子，黑天坑。底下世界，原是一公国。公国十万里，由竹篱围圈，十万稻草人，一里一个。戴笠执仗，一个为一里长，也称里君、里事、里书。有大鸟飞过，一粒鸟屎落谁头上，谁就成为国公。有书《夏的公国》，记公国秘事，此书已失传。议公国事，其制其体，尽为此处。这公国必是夏的公国，编制国体无一不是。草人不得供养，戴笠执仗也是个形式，鸟不争食，兽不犯境。“老拾姓”无须赋税。夏公国姓不满百，不叫老百姓，叫老拾姓。姓氏为一、二、三、四、五、六、七、八、九、十，又一十、二十、三十、四十、五十、六十、七十、八十、九十，又个、十、百、千、万，共二十四个姓氏。

老拾姓生育不旺，种养不勤。也种植，也畜牧，种养漫不经心，牛羊自寻野草，禾苗共杂草生长，牛马不役，人挖土挖田。种养管一年食用，老拾姓各自逍遥。土地无界，四季有粮，熟时随处收集，粮无姓氏。三五里内，有一处供粮地，专供鸟兽食用，人不能采集。鸟兽们也自觉，供粮地觅食，不犯庄稼。狗也只是个六畜编制，不狩猎，不看家，无贼可防。狗越大越善，不吓人。偶有狗犯，恶吠惊吓，追咬野物，得罚三月不准交配，半饥一年。狗德也好，教养如善狗，就莫说老拾姓了。

行走间，有如蓑衣大鸟飞过，一粒鸟屎落巴普头上。鸟屎临头，毫光四射，众人八方拥来，拥巴普到一棵大古树下，树枝挂满红绸带，众人伏地，如一山野伏地庄稼。齐呼大公，百鸟鸣唱，百花齐开，金风浩荡，群山舞蹈，大河跳浪，水欢鱼跃。两只大黑狗立于前，想必是卫士了。有力士举方石一块，为公国玺。又两力士布长木为公国宝座。

古树后园为宫殿。有清流一泓，底可数沙，有鱼虾戏水。百草如百官，宫女为桂花牡丹，娘娘原为一芭蕉叶。

巴普掬水，原是美酒，拿芭蕉叶便是玉女偎身，抚花则是抚百十宫女，一唤草木即成百官。

巴普惊吓中奔走，在三川半的田埂上摔了一跤，浑身泥水。

幸好斗笠还在。

正鞋底

鞋原不分左右，为正底。后有了左右鞋，叫原来的鞋为正底鞋。正底鞋左右可替换穿，所以，鞋不偏废。一般来说，左右鞋是右边的鞋先烂，客居三川半的右派是个例外，总是先穿烂左脚的鞋。

三川半的鞋是自己的女人做的，全是正底鞋，自从有了解放鞋以后，改左右鞋。解放鞋，绿帆布，胶底，有标码，分左右。

巴普俗称四公公，早先是族长，改土归流以前，三代土司。联姻田彭向三大氏族，通官通匪通洋教，族内祠堂，名三不足堂，族内一秀才题匾，“三不足”原为土司训，官不足信，匪不足惧，洋教不足欺。

这是三不足堂的本义。

三不足堂像一句咒语，立祠堂两百年，人丁不足旺，先长毛造反，后有神兵、土匪，再来日寇，又三年干旱，一年洪水，再鸡窝症，最后两个埋人挖坑的人也没有。四公公命大，挨过一枪，又大病一场，都没事。解放那年，他身子骨还硬，帮解放军抬伤兵，一日随军百里。他得了一双解放鞋。四公公只把鞋收起，从此不穿鞋，赤脚走了后半生路。村里人都知道四公公有一双正宗的解放鞋。那双鞋一直未沾过泥巴。农历六月六，家家晒新衣，四公公把解放鞋拿来晒一次。

土改那年，工作队邵排长指着三不足堂说，这个匾好啊，记下黑暗印记，老百姓衣不足遮身，粮不足饱肚子，民不足安生。

那时候，四公公早已没有锦衣玉食，半床破被子，祠堂一角安身。四公公阶级成分是贫农。怎么就是个贫农？四公公不明白，我也是大户人家，贫农就贫农吧，这阶级成分不是随便定的，比富农地主好。四公公很快会明白，历书叫新农家历，除了节气歌，写法都不一样了，地主富农叫戴帽子，贫下中农就是戴斗笠了。戴斗笠好，稳当。这是天裁剪的一块，四公公顶在头上，从来没换过。斗笠上的阳光换过，雨滴换过，斗笠下的人换过，当然了，斗笠就没换过。

凡上好的斗笠，竹骨竹叶。竹叶，可包粽子的那种，用作斗笠，或知饥饿。也有竹骨粽丝的斗笠，遮阳，透风，比草帽凉快。斗笠也成日历，收敛万般日子。

斗笠是三川半日记，写满农事和季节。焦心，恐惧，善意，照看，斗笠是一部三川半辞典。当然，也是标记，戴斗笠的人是什么人？戴斗笠出门，差不多就是个成年人了。乘着斗笠出门的人，还会回来。把斗笠留在家里的人不会回来了。他们的头上有一圈斗笠印记，在别处的某一个地方，像几顶斗笠碰在一起说话。依凭印记，能叫出对方的名字，李克时，刘星，秦继红，张亚林，傅国……三川半的斗笠客，头上笠环在酒杯里飘荡。

米粒大一只红蜘蛛，从斗笠上滑下来，悠着一根丝，四公公手掌接住。红蜘蛛是自己的魂魄，看见就是告别，要离你而去了。四公公吹了口气，红蜘蛛不见了。很多东西都会转眼不见，很多人也会在梦中走失，很多事也会成为往事。不必去寻找，他们或者在某个地方，或者不在。魂不见了不是小事，无法淡定。四公公大半辈子掉了几次魂魄。第一次是五岁那年，天上响雷，他正在河里洗澡，上岸时软若棉花，双腿若灯草。不能吃饭，不能讲话，彭家婆婆看了他的耳朵、眼睛、舌头，确定他掉了魂。摆出一碗小米，让他吹口气，现出一条河，那魂魄是掉河里了。便拉他去河边喊魂，一边往回走一边喊，回去回去，彭家婆婆使尽法力，三魂六魄，只差一个未回。他第二次失魂是月夜见鬼，因为胆大，只失一个。第三次是洋人来了，给他照相，再失一个。第四次失魂是解放那年，一个挨枪的土匪死在他的脚边，咽气时吃了他一个魂。还有一两个魂魄怎么失的，他自己也不清楚。人的精气神，是越来越不好了。所剩魂魄不多，再走失一个，怎么不着急？四公公先看脚下，没有，再拿下斗笠翻看，也不见。

幸好，幸好就是有助，得救。幸好有一双正底鞋，把鞋脱下，扯根头发放在鞋里，再把两只鞋扣起来，这样就会找回魂魄。鞋子走动起来，鞋子记得一个人走过的路，一路往回找，头发变成斗笠，随鞋子移动，失散的魂会在斗笠下聚拢。

鞋子的记忆是这样的，它每经过一道三岔路口，拿鞋鼻子嗅一嗅，它的鼻子是长在后跟上的，它便往回走。鞋底印一串环形，一圈圈大，又一圈圈小，像投进潭水的石头，把静水激动，又扩散、收拢。

鞋子的记忆是环形的。

鞋子坐着回来，没有任何交代，便回到脚上。四公公长失魂魄，还可以活成影子。有光就现形，没光就悄悄活着。像夏天的一处积雪，或者，像竹子里的婴儿。

猫脑壳崔别名挖坑崔。月亮正好，夜风正好，竹影翩翩然。挖坑挖坑地直叫，万山伏地竖毛。四公公喷尿一丈，你挖你的坑，我只管不死。

某一天

某一天，别人也叫我老李。李克时确实对柳丛梦讲过这么经典的一句话。柳丛梦醉后再未醒来，从此没有证人证言。三川半人田瑛有本书叫《未来的祖先》，很铁地认为自己必是未来的祖先。这必定无可争辩。

某一天，别人会叫我老李，同样无可辩驳。某一天迟迟不来，某一天却突然来了。节气未来，雨天来了。毕业未到，考试来了。好不容易等到吃肉，叫花子来了。唐朝了好几天，赵天子来了。某一天，别这样，就成这样。过去的某一天这样，以后的某一天还会这样。一块石头在水里，翻过来，藏着另一块石头，或者一只螃蟹。石头在土里，翻过来藏着一只蛤蟆，或是一方土。某一天，就这样藏着。

要是某一天柳丛梦正在三川半的河里捉鱼，在田里捉泥鳅，他没有去远处，正好碰上酒坛子，他就不会长醉不醒。

李克时做过这样的假设。

假设，是对一个已失去的生命的唯一救治方法。

那个时候的救治方法，李克时找来最好的医生，最好的药。医生的救治方案也只能是个假设。一个三川半人，在假设中走失了，在远处，在一个人最后到达的地方。

假设的边际，最后总会到达。

很多高树，它们往上缓慢地行走，直到一只鸟停在树梢，它没有鸟的速度，它不会停下来，它看不见自己的行走。它把耐心长成年轮，砍伐也不会让树停止行走。落叶是它们长在路边的鞋子，看到那些落叶，就看到了树行走的气势。

一群孩子在树下找蘑菇，只有一个留了哪吒头发的孩子在捕捉一种叫凤凰的金甲虫或者一只蝉。一只凤凰在树脂里挣扎，李克时折了根树枝，搅些树脂让凤凰完全封闭在树脂里，他把这个工作叫作种凤凰，一万年以后它就是一颗琥珀。种红苕和土豆只要等一个季节。然后，他再去捉一只蝉，以手当网。最好的办法是一根竹竿插上一个竹圈，绕上蜘蛛网，捉蜻蜓和凤凰，也能治蝇。这东西不是李克时发明的。不是他发明的东西，他给取了个名字叫屁粘。很多屁粘的东西不拆就散。拿豆腐搭桥，拿屁当锣打，拿草灯提水，拿稻草当楼，都是拐场的事。豆腐好吃，和屁放在一起，就不成事，经不起拆。靠得住的是手，手工活靠得住。

蝉正在一棵枫香树上鸣唱，它用声音把日子拉长。这东西不大，声音不小，几只蝉的和声能把一座山抬起来。只是，还没有昆虫学家的时候，人们不知道它的发音器在哪里。它的五脏六腑全是声音，它没有声音的时候只剩下空壳，中药叫蝉衣。它的魂和声音一起飞走了，夏天再来，蝉歌又唱，它的魂魄，也和夏天走在一起。

手必须比蝉飞更迅疾，下手快，捉拿要轻。手作掬水状，扑下去不伤蝉翼。拿住蝉，一精灵，腹透明也如蝉翼。只是面目不清，真正的精灵都无面目。细看一会，便放飞。捉蝉，只为表现手法。蝉飞到另一棵树上去停下，继续鸣唱。

他看了一下自己的手，蝉鸣好像是从手掌发出的。

你来，过来——露在叫他。露在那边摘牛草。露手上套个摘子，摘草鸡啄米一样快。摘子木梳一样，嵌一叶剃刀，比割方便。这样的农具不见别处，后来右派在三川半风物篇中收录。

过来——露又叫他。有了男人的女人会变形，像棉花变布，糯米变糍粑。露还是棉花和米，没变。

汗湿的衣服贴在身上，几丝头发粘在脸上。老远有香皂味，混了野花的气息飘过来。

露的手没有被草染绿，像她的手臂上的白玉，那玉是使劲放木排从大口岸买来的，十几根木头换了这么一块玉。

她手掌上托着一颗蓝宝石，一颗蓝宝石一样的画眉蛋。

露说，你把它吃了，聪明会更聪明，嗓子会更好，又聪明又有好声音，你就会有最美丽的女人。舍不得吃，就放回画眉窝，你再扯三根头发放进画眉窝，蛇就不敢偷吃画眉蛋了。蛇吃了它，也不会变聪明，也不会有好声音。

他接过画眉蛋，托在手掌上。一颗夜明珠，在太阳底下也不失色。有阳光和花的气息，还有些草的药香。他闻了闻，最后小心地放进画眉窝，扯了三根头发一起放进去。画眉窝还有另外两颗。一只画眉在近处的树枝上扑打着翅膀，像一只发怒的鹰。

再过几天，小画眉从蛋里出来，长好羽毛，飞出画眉窝。

某一天，画眉蛋就成了画眉鸟。

比村长还大的人

外青砖、内粉墙、黑石绿檐的一栋屋，不知哪年哪月建在两河口的地方，那幢河边的屋叫洋房子。洋房子成为乡土的事物。洋房子还挂个洋牌子叫人民公社。以前的七乡八里一改名字就叫人民公社。右派大概知道公社一名的出处，来自巴黎公社，比苏维埃这个词来得迟些。

比村长大的人就在那个洋房子里，里边一定会有一间安置了手摇电话机的办公室，也一定会有一间放了条凳的会议室，一条电话线连接上面和下面，还一定有一枚公章。有这两样，洋房子就有了灵魂。从上面来的叫指示，往下面走的叫通知。那枚公章拍了部电影叫《夺印》，讲一个坏女人请书记吃汤圆。伙房的老宋学电影里的坏女人尖着嗓子喊——何书记，吃汤圆啦——这是叫洋房子里的人吃饭了。一边是木楼里的小学，百十来个学生，七八个老师加上校长。学生跟着喊，吃汤圆啦——后来，洋房子的一位干部受了吃汤圆的影响，把公社广播员的肚子搞大了，领导骂他俩乱吃汤圆。吃汤圆，成了通奸的代名词。再后来，老师不准喊吃汤圆了。

学生念课本：单干好比独桥，走一步来摇三摇。合作化是石板桥，风吹雨打不坚牢。人民公社是金桥……

认识应该有点警惕性的。公社广播员程思思来到公社报到，刚放下行李，公社书记老彭就觉得会出事，好像是来演电影来夺印的。她不像个坏女人，她演什么都会像个正派角色。她的不正确就是皮肤好，眼睛大，脸圆，还扎个小辫，人也太饱满了一些。一走路就像近处的那条小河，一浪接一浪。

什么名字?

程思思。

多大?

十九岁。

这些书记老彭都知道，他早看过她的档案材料，他把纸上写的再核对一下。

十九岁? 这太不正确。九，或者二十九。

老彭想以后的工作重心要转移，不是要抓多种经营，小苗带土移栽这种事。他要抓好这个十九岁。十九岁，在这野兽出没的地方，出了事，怎么向组织交代？

书记老彭总是穿一身旧衣服，不管什么颜色的衣服，在他身上很容易变旧，不是他出汗太多，是他衣服洗得太勤，下雨天也晾着衣服的人一定是他。

他每到一个地方，时不时会问一句，能不能不这么脏？他会屈起两根手指夹住一个人的鼻子，你看，你耳朵里快长出豆芽菜了，你那层皮长成水牛皮了，还不下河洗哈！牵着鼻子下河，鱼就围拢来，把那个人当成鱼饵，吃掉积垢的胞衣。

这个人叫衣胞。人说是彭家婆婆接生，把婴儿丢了，把胞衣留下，慢慢长成衣胞。爹娘死了，没人为他作证，是人还是衣胞。衣胞变人的事，多年以前见过。一个盗墓的，挖出个女鬼，女鬼长发红唇狐眼，当场迷倒盗墓的，坟地成新房，做成阴阳事。女鬼吸了男人魂魄，孕二十一天，母鸡孵小鸡的天数。左腋下一胞衣，一块手帕大小，有五官，七日后生长四肢，成人。四十天后能算数吟诗写馆阁体，画山水花卉。入林成鸟，潜水如鱼。得乳名山鬼，后中进士得名为隗。后差为长阳郡，除积案，兴阡陌，两百岁历三朝，后遁太平山为僧，兴佛事又百年。

洋房子逆小河上五里处，有洞叫拇指洞，洞为七穴，穴穴相通。洞口似猪鼻孔。洞口高大处，有奇字数行，经千年无人通读。若念通篇，会有仙人骑母猪出来。曾有人念出半篇，已闻洞内猪声。此后再无人识怪字，只作一景色挂岩壁上经年。任何一篇文章，做出来可能都是风景。它不为了风景，也一定还有别的意思。四公公或者更老一些的老人说过，读通母猪洞石壁上的那些文字，母猪出洞，山岭坍塌，山崩地裂，河水倒流，大山成汪洋，泥石沉底，人兽成鱼，鸟成虾。聪明的后世人，或有神力，识得石壁上的字，却不会触动让人惊心动魄的风景，收敛神力，闭上法眼，让山河安详，让草木自在。后世的聪明人推断那些文字的意思，可能与洞中母猪神有关。母猪神驼起山河。石壁上的字义可能是一两个名词，名词不怎么好猜，名词是特定的。那石上文字，或为史记，或为偈文，或为闲人心造。三必然定律成立。后有官人办案，不是内部作案就是外部作案，不是流窜作案就是本地人所为，不是惯犯就是一时兴起。也三必然定律。当年夸父过母猪洞，杖折三节，一节遗此地，先化河边麻柳，后化邓林，还有一节后为张天师执杖，也三必然定律。

母猪叫草猪，公猪叫牙猪。三川半人千年叫猪，授其命，知其性。公猪怎么牙，母猪怎么草，不知道。

母猪发情，叫走草。迷情女子，叫落洞。落洞女子采野草、编花环，挂头上，满头鲜花，见人便嬉笑。母猪发情厌食，烦时掀翻食槽。若不蓄崽，便请劁猪匠来。钢柄的三角刀，选母猪腹部一处，一刀下去，劁猪匠二指插入猪腹，抠出两朵花来，扔给狗抢食。后来搞计划生育，用的是劁猪匠这招。女的挨刀多，男的挨刀少。男的要干重活，结扎后留腰痛病，影响生机。男的有病痛爱呻吟，躺下呻吟，站着弯腰。女的不呻吟，有病痛咬牙干活，轻活扛病痛。女人的手掌能把时间磨成玉，把日子收拢到火塘，再散到漫山遍野，一生化炊烟，成长久的流云，不散的雾岚。从锅灶到圈栏，晴时路，雨时桥，栏瘦畜肥，把季节打点好，把衣食养足。屋檐下那张门，任由男人进去，女人是开门的。

女人是开门的，送男人出门，再等男人回来，听男人百步之外的响声，开门迎接。

灿子是在某一时间出现的，她的日子总是那么浓稠，像一盆温热的米汤。她像偶然落进汤里的飞蛾，十八岁嫁给了抽烟喝酒、坏脾气、狐臭和疤脸的男人。老天给这男人除了公猪一样的性爱和一身长毛，再无可数的东西。然后，老天把这个男人给了灿子。

屋外，时有阳光。入夜，也有月色和虫鸣。四季都有好景色，这都是灿子有的和她要的。她掀开锅盖，拿了一块红苕。男人骂，猪啊，就知道吃！还不出去扯草。

她把烫手的红苕放回去，背上背篓出门了。她要的就是这句话，出门，扯猪草还是别的什么。干活，就是人活着，有活力。阳光很香，露水先湿了绣鞋，再湿了齐腰的衣裤。绣鞋是自己当新嫁娘时绣的。底穿了，帮烂了，丝绒没断，花没褪色，舍不得丢掉。

爹娘把她嫁了这个男人，理由是这个男人会酿酒，五谷杂粮，这个男人放进缸里三天，就变成飘香的酒，再变成烧酒，醉了千人万人。他的酒药也是自己做的。总有一行，让一个人成为人精人怪。

闭上眼，把他当个酒菩萨。闭上眼，不看那不该见的，睁开眼看自己想见的。

有蒲公英，刺菜，牛舌草，嫩蒿，带露的嫩草，像戴珠链的绿妖，摘下来就变成猪草。灿子一叶也不忍摘。猪要吃料。天底下的事就是这样吗？就是这样。

有谁在树林里吹木叶？灿子弯下腰扯猪草，听木叶响起，直起腰听，又没声了。她坐在一块石头上，四下木叶声。又听到了，像蝉鸣，像鸟啼，像流水声。那声音像一张网，她本来是一条自由的鱼，她舞蹈着游进网里，鱼的舞蹈。那声音也像一根纱线，把肉体和灵魂缠绕成一个纺锤。那个男人在一棵樱桃树下，树上挂满红樱桃，像绿叶的红薹。男人躺在树下的青石板上，一张树叶浮在他的上空，他的气息让那片树叶颤动，让它歌唱，林子里的绿叶都成为和声。

男人用草遮盖了羞处，如半卧的铜像倚在青石板的底座上，他像多少年以后的后生使劲，那雄劲，似能把青石板翻过来当铺盖。

他就是多少年以后的使劲，一个人死去，那灵魂闲荡了经年，走过一些季节，又会在另一个人身上复活。

灿子撕开男人的遮羞草，这铜像就完整了。她用目光把男人变成子宫里的婴儿，他这样才好接纳她的柔情似水。她吻遍男人的身体，然后像鱼一样在网里挣扎，满山的树在颤抖，光流成河，云翻浪花。

女人的唇舌淌着血，青石板一朵一朵的唇印，石板绽放红花。没有木叶，也没有男人。背篓里没有几片猪草。天突然黑了。树林里的樱桃雀叫：樱桃刀刀，失落弯刀，知谁打了，知谁骂了，扯根头发吊了。

樱桃雀是女人变的，一丝头发把命拿走，在树林里彻夜吟唱，在春天花开的时候。

女人不能回家了，她挂念圈里的母猪和一窝猪崽，你们要挨饿了，今晚要翻天了吧。

她怎么也找不到那些熟悉的牛舌头草、香蒿，还有蒲公英、猪草，草与猪，各安其便吧。

她听到了木叶声，有溪流水响，像男女对唱，又似山里的混声。她循着声音进了一排房门似的洞群，她养的母猪带着猪崽在洞里等她。

公社书记老彭，久了，人叫他仁宽书记。仁宽书记见到母猪洞上那些文字，他一个字也认不出。是人刻的，还是天生的？没有官印也没有签名，肯定不是公文告示。

宽仁问身边的程思思：你看到那些字了？你认得吗？播音总要查你那本四角号码字典吧。

程思思只看见宽仁书记的指头和石壁，还有指头和石壁之间的空白距离。她没看见什么文字。阳光照在崖石上，阳光是太阳的手指，贴着崖石的距离，远近无端。

崖壁上浮现了很多人都见到的那些字。多少年以前，一百年？一千年？一万年？她从云上落下，一声惊叫，那声音击中石崖，有了那些文字。她认得，也知晓文字的意思。她不能说。宽仁书记是领导，领导当然什么都知道。他问，只是在等你回答，只是考你。

程思思说，书记，我看到那些字了，我一个也不认得。

宽仁书记说，回去翻翻书吧，年轻人，这也是学习呢。

是的，学习。

宽仁书记从来也没怀疑过，学习，学习，再学习。学习是一种好品质，学习让人进步，学习让人成为一个——一个大人。

学 习

学习为了让人记忆，也为了忘记。学习有两条路，一条是记忆，一条是忘记。

学习这个词，在一个时代里是流行语。去学习吧！好好学习啊！学习，学习，学习学习！举国磨铁之心。有了劳动模范，有了学习积极分子，有了典型、榜样这些名词。学习就是一只称职的母鸡，生了好多蛋，再生了好多鸡，再生了好多蛋。学习是个建群的好办法，学习了就不孤单。

右派是学习，知青是学习，宽仁书记也是学习。学习把人集结起来。光读书不算学习，学习是净化了的读书。

右派多次反思，是学习方法不得已的错误。先是学习，横竖撇捺点弯钩，再是工人、农民、米面、豆子、棉花、布、衣服、五星红旗、北京、天安门……如果记住这些笔画和汉字造型，就会是一个出色的书法家，一位纯粹的食字者。若食字者为识字者，吞下那些字词，是服药必服毒的不幸。把字做成方块，实为误吞误食。

有字为师，叫学习，无字无师叫体会，把学习和体会联系一起，是误用。

学习，是人群的技术。体会，是人群之外动物的本能。学习加上体会，能有些什么？学习，是一群一群，体会是一个一个。蚂蚁也成群，蜜蜂也成群，鱼也成群，鸟也成群。它们才不是因为学习成群的。蚂蚁一群，搬动一只死蚂蚱。蜂筑巢，鱼游鸟飞，这些本能，不是因为读了哪一本书，不是因为识得一些文字，也就不是共识，只是一个一个的行动，这才叫自食其力。蚂蚁当然是勤的恶棍，一群蚂蚁会把一只活物变成死尸。蜜蜂亦是口蜜腹剑的善物。最脏的鸟叫偷屎雀，专门到粪坑里觅食。最猛的野兽是野猪，它不吃肉，只吃熟了的庄稼。草蜱吃牛，蚊虫吃人血，菟丝子草吃树，蚯蚓吃土，蛙吃青虫，蛇吃鼠蛙，蝉吃露水，穿山甲吃蚂蚁，也有母猪吃猪崽，这是怪相。

动物吃法，不是书上学的。

荒草吃路、吃田地，乌云吃日月，也不是哪个先生教的。

只有人，经过学习，才能找到食物。

使劲原是要读书的。他见墨就呕，见字就晕，一进学堂就皮子发胀。他爹从三业，进山是猎手，走水是木客，下地是把式，十足的能者，且多劳，偏认为百艺百穷，无艺一条龙。又说养心不读书，不如养头猪。使劲正在搬石头垒寨堡，把个菜园子垒成寨堡。近处有几处寨堡，上寨堡，下寨堡，中寨堡，防匪盗打仗用的，打仗就叫打堡子。

喊使劲——把你的石头放一哈，去读书！使劲一进学堂，各种症状就来了。先晕后吐，皮子作胀，地上打滚，三天水米不进。再去搬石头，皮子慢慢不胀，慢慢复原，石头搬得越重，人就越爽快。

有搬不动的，喊使劲来。有重的，不喊使劲，他也会来。死人抬丧，使劲会来。起屋扛料，使劲会来，他一人扛四尺粗两丈长的中柱。一头牛掉下天坑，一寨人围着看，使劲下天坑，把牛扛上来。两头牛打架，使劲一来，不费力就把两头绞在一起的牛掰开。有这么一个狠人，不会有什么不放心的事。使劲力气大、脾气好，只帮忙，不惹事。只是没姑娘敢嫁给他，怕是哪天使劲一发火，还不把屋拆了？村长女儿嫁使劲，是想过的，嫁一个认字多的还是嫁一个力气大的？最后选择了使劲。

那个时候，使劲的娘还是姑娘，那个月亮夜闷热，姑娘做偷月亮的游戏，脱光躺在青石板上，捉月光洗身，一滴雨或是露滴落在姑娘的肚脐眼里，姑娘受孕了，后来生下使劲。彭家婆婆接生时直喊：使劲使劲，生下来了！娘给儿子取名叫使劲。彭家婆婆把他喊到世界上来了。

大力者有伍大神、吴敬风、彭努力……都不是彭家婆婆接生。他们是古人，力气用完，生命用尽，只留下些吓人的故事。力不大，心大也好。心大想法多，办大事。也有心大伤财、鸟大伤胎的讲法。心大一定成事，鸟大不一定多子。有叫大脑壳的，都说头大好当官，可大脑壳一辈子没当官，只是记性好，从尧舜禹到民国，大到皇上大臣，小到兵卒，书上有记的，他都能记下名号。还有大奶嫂，能掏奶搭过肩喂背上的孩子，能用奶拍苍蝇蚊子，有馋猫偷嘴，常被大奶嫂甩奶拍打，馋嘴猫见了大奶嫂的奶就躲。猫是虎豹狮，不是虎妈。

猫的缺点是不够大，它一生要面对许多比它大得多、飞得高的物种。只有老鼠比它小，老鼠是快乐的贼，猫常常忘记它们。一只老鼠常常有两种快乐，偷粮的快乐和偷生的快乐。

老鼠跳到桌上，桌上没有食物，一点溅出的残汤也没有。这是右派吃饭的习惯，他吃饭极用心，极细致，除了碗筷勺子，他把能吃的全吃干净，不能出错。吃不干净就是错，每个细节都是惩罚。

老鼠看着他，不是看见，是看着。老鼠白天看不见，就算是夜晚，老鼠也看不见他。他离老鼠不止一寸，鼠目不及。他看着老鼠，他不知老鼠为什么要看着他？识别他的身份和行为动机？考察他的思想，历史？也许什么都不是。老鼠不是看他，只是在不远处用小鼻子嗅他，闻他，把他当成一块红苕或一堆食物。右派连敌人都算不上，美帝才是敌人，苏修才使敌人，反革命才是敌人。

右派是有希望的，只需要学习，除了学习还可以干活。敌人不用学习，只有消灭。敌人只是个小事物，一点也不大。上级才强大。敌人不强大，也不复杂，打倒就行了。一过鸭绿江，敌人就完蛋。敌人，一长串连环画的现图，又丑又悲又坏，总会有子弹利刀等着他们，直到死亡。他总是站子弹和利刃一边，却忽然就成了右派，成了亚敌人。刚划为右派时，有些得意，有点荣耀。那么些有大成就的人，都成右派分子，他也成为一分子，这真是让人得意。没有点学问怎么当右派？中彩了。当右派的日子，不是特别不好过，只是要想着公子落难遇贵人的那些故事。

打雷了，下雨了。有人喊，田坎垮了！右派拿了钉耙，跟人去扶田坎。

这一年的春天就这样，在一个热闹的夜晚开始了。

打雷，敲钟。下雨，上课。

日子像翻书，一直重复，烦了。忘记学习，右派把记忆和进稀泥，一钉耙复一钉耙，把田坎扶起，稀糊糊的。

稀糊糊的

我们这些陆地生物，喜欢森林，喜欢河流，不喜欢稀糊糊之物。我们早已忘记，世界原本是稀糊糊的，只是久经时间后凝固成星星、月亮、太阳和地球，我们由稀糊糊的状态变成人，活着，而且活成世相百态。

剩下的一些稀糊糊，叫作湿地，那是生命的源头，久经风吹日晒，不干涸枯竭，为滋润万物。鸟和蝉还有别的生物在这里出世和生长，从水里到树上，是一条看不见的脐带。水边有一种草，叫菖蒲，驱瘟疫，治小猪仔白痢，端午节挂在门上辟邪。

右派搭田坎比村里人更精细，他干活速度也就比别人慢，他干活只记妇女工的劳动报酬，这点他不计较，人家不把你当男劳力要求，不要求你同别人比力气，不要求你像使劲那样扛重的扛大的，甚至不让你承担劳动的责任，男人之重对你来说一切都免了，三川半尽量让你舒服你就不必委屈不必叫苦连天了。

右派干活的质量是看不见的，那质量肯定也比别人好。他一边干活，一边听布谷鸟，听杜鹃，听风吹过竹叶；看樱花、百合花，看连天白云在稻田里的影子。这些都应该算在劳作的质量里，但不能记报酬。

钉耙抓起一块稀泥，糊上，做成子田坎，防漏，老田坎防塌，这些劳动术语是笔记，井田、大菜田是联想。如果联想有长度，右派的联想要长，村长的联想要短。从播种到秋收，使劲的联想更短。一根木头是一个人扛还是两个人抬？太短的联想不叫联想，叫估算。比估算更短的叫做事，也叫瞎忙。比瞎忙更短的叫玩，游戏。从联想到游戏，人就成了一把尺，一只量具。

稀泥里会有泥鳅、田螺、蝌蚪，有蚂蟥，还有种虫子叫虾婆，它其实是蜻蜓的幼体。右派把稀泥里的泥鳅、虾婆、田螺拣出来，放进腰上挂着的笆篓，把蝌蚪拣出来放进水里，把蚂蟥扔到石板上，让它晒死。蚂蟥还没死，会有一群蚂蚁围上来分食。右派会闪出一个念头，人在这个时候，不只是一个劳动者，还是个狠角色。哪怕你是个微不足道的人，一个右派或别的什么贱人。

事物总有某种相似性，在远离稀泥的地方难免会有稀泥的记忆。记忆像是一个巨大的祈使句，我们永远处在宾语的末端位置。就说在大食堂吃饭吧，说好是吃面条，给出的也是一张面条票，拿到的却是一碗稀粥。筷子排不上一粒米，比糊田坎的稀泥还稀。彩票换来的是一小撮盐和半碗白开水。右派那时不叫右派，他被人叫作有小丁。有小丁大叫，没搞错吧？一个低沉得几乎听不到的声音说，没搞错！有小丁说，饭菜票是白纸黑字写得清楚，不算？低沉的声音高了一点，不算！你那饭菜票是由饭菜来定的，不是由你有小丁来定的，你没有解释权。有小丁不吭气了，找个角落蹲下，把水、盐和稀粥搅在一起，一通灌进肠胃。他狠狠地对肠胃讲，你他妈也没有解释权。

后来，拿布票买袜子，肉票只能买豆腐的事也有过很多次，毕业证也不作用处，这些事，在这时间这一沃水里，都变成稀泥。

时间就到这一刻终止，这个正午，是用稀泥巴糊田坎的时刻。

把时间留给那些蝌蚪，蝌蚪变成蛙，需要一些时间，再把解释权交给蛙。

高烧四十二度，病后记忆起自己叫有小丁。我叫有小丁，他对村长和村里人说。人是应该有名有姓的，何况姓有。叫右派习惯了，慢慢改过来。右派这个名字不好，就像抱养儿，别人爹叫个名，哪有亲生爹娘取名好？日复一日，一个人忘记了自己的名字。那位学生也是恋人的她，指控他这个人假装老实。

有小丁真的生气了，日复一日地假装罪人，你来试试？

村长说，歇一下。有小丁没听见，不停地糊田坎，继续他拌流泥的记忆。

张口岩

火岩，在三川半，像美人脸上的一粒痣，长得乖，长得丑，就是那么一点。从乡村地名缩小再缩小，只是溪流中一块叫作宝塔的石头。宝塔石只如一间土屋大小，无奇。顶上有人凿石臼。传说此石为妖，又下河逆流而上，至终处堵水源头，三川半成汪洋。人凿石臼，注桐油十桶，焚石，妖死成宝塔石，有大小宝塔石两尊。因石得名，此地火烧岩，也就是后来的火岩，火岩公社，火岩乡，火岩村。

这情节，想来也是先人以火裂石的方法，为的是疏通河道，利走木排。三川半放木排到百福司，已有多年历史。

从火岩河上坡，就是牛趴着下，人趴着上的那条坡。快到坡顶有一块张口岩，一张大岩嘴，长年未合拢。有古训，祸从口出，病从口入。这张口岩看似危险，却经年不病，不生祸事，上下行人，长草祭拜，积柴供奉。

说是甲申年，久旱无雨，这岩石突然张口，吐万丈闪电，得降大雨，救苍生赤地，又吐彩虹，引千树万树花开。

张口岩为地穴入口，连接阴河，连接七七四十九洞，有飞狐洞、母猪洞、卯洞、惹迷洞、鲢鱼洞、风洞、干洞、穿洞、大雪洞、小雪洞、拖船洞、大鼓洞、小鼓洞、白岩洞、红丝洞、大水洞、小水洞、野鸡洞、千狗子洞、牛洞、黑洞、五马洞、仙人洞、落水洞、磨刀溪洞、燕子洞、万花洞、莲花洞、猫儿洞、日死麻麻洞、月亮洞、修女洞、观音洞、桃源洞、凉水洞、石膏洞、水晶洞、藏经洞、神兵洞、牛角洞，另有九处无名洞府，为张天师炼丹仙洞。

张口岩深处有千年积雪，治烫伤，退高热，洗平麻子脸，洗尽千疮百孔，雪煎和气草治人间纷争。自张天师七七四十九洞除妖，雪被岩封，不可再得。有蟒蛇十条守雪，盗雪人被取性命后，再无人取雪治病。只留歌谣：张口岩，张口岩，张口无言，有盐无盐，岩口先尝，有咸有淡，无事逛逛，天长地宽，老子是仙，提妖捉蟒，天师出点，出点出点，天师麻脸。

张口岩对山，有一石鞭，是张天师的神鞭。使劲年轻时，对人讲，有一天他会拿起那石鞭。那石鞭是七块巨石叠成七节鞭状，使劲用足力气推过，一丝不动。

人力气再大，也推不动岩石。

人力不胜天力，有神力附体才行。

写标语的任务来了，不要村长指派，有小丁提一桶石灰浆，稻草扎成大笔，这一回他要把标语写在张口岩对面的石鞭上。

使劲蹲下，让有小丁骑上，伸起身来，托住标语人，两个人接成那石鞭模样。

不断有石灰浆溅落，使劲染了一身鸟屎浆。

学大寨，学洛塔，学野鸡坪，学金线湖。

人心齐，众山移。

全民拿枪，人定胜天。

石鞭满身标语披挂，远看像一簇簇樱花。

有歌唱，人民公社是青藤，深远都是藤上的瓜。

天上没玉皇，海里没有龙王，我就是玉皇，我就是龙王。

……

童谣：书记炉，真要得，又出政治又出铁。

学堂隐在山凹，童音落入张口岩。

那回音，张口岩一吐为快。

天生的大嘴巴，吃进万年雨，吐出万丈虹。

渴望生活

在三川半渴望生活，才是渴望。地生泉水，为的是止渴。泉水一般生在路边，若无泉，也会有前人留一口井。无泉无井，会有凉亭，有人设一缸凉茶。无泉无井无凉亭，必有树有草，露生氤氲，为行者生津。人随草木，谓人生一世，草木一秋。所以，渴望，生活，生而活着。

三川半流年，六十一甲子，四季一轮回，风雨不计，日月不辞，死去活来，泉未竭，井未枯，露水未干。

人为胎生，爹娘生出一个儿，土匪兵痞，帝王将相，秀才知府，农工医商；爸妈生出一个女，娼妓老千，闺秀名媛，贤妻良母，女中豪杰。胎胚一样，生活渴望不同。

成匪，渴望打家劫舍，练神兵，刀枪不入，渴望枪林弹雨；学而做官，渴望权贵；做个牛客，渴望赚条牛尾巴；种地，渴望年年好收成。

那边山崖，一处叫眼睛岩，一处叫八字岩，一处叫尖刀岩。那位县城一中读书回来的高才生说，那三处岩合起来是一个盼字。

县城一中回来的高才生不戴眼镜，怕人叫四眼、二饼，有叫成王二饼、朱四眼的。召头寨街上人对读书人戴眼镜刻薄，不给他取个绰号心里不快，吃饭穿衣，戴眼镜的是怪物。村里人不说人长短，疤子麻子天生的，穿戴是自己的事。

高才生出了农门回来，农去农来，不比有小丁，不比来广阔天地大有作为的下乡知识青年，念了十年学堂，乡村的筋骨还在。高才生和使劲，村里两个狠角色。一个力气大，一个有学问。力气大的成了村长的女婿，有学问的不是谁家的女婿。草药婆婆怜惜高才生，要教他草药，给他做媒，那叫香菊的屁股圆实，会生孩子会带崽。草药婆婆会草药，会看人，会看牲口。长牛短马高脚鸡，坨坨女子，都是良种，哪只母鸡会下蛋她也能分辨。

高才生窘了一下，讲别的，四婆婆，明天逢四，漫水赶场，我给你买一斤冰糖来。

高才生种了一季庄稼，用木头，竹子，棕索子做了个自行车，结实，能推不能骑，骑上走不动。正为这个车不对劲而烦恼，村长叫他，秀才，公社要你去教书。那年头，会突然接到通知，去当个什么领导，当个副市长、副省长的都有。

高才生去公社完小教书了，张校长和他谈过话，问了他一些语文知识，还让他写了几个毛笔字，拍了一下他的屁股，去教六年级语文。他有一种被劁的感觉，劁猪匠割掉猪睾丸，泼些凉水，提起猪后腿，拍拍猪股，念三百斤、三百斤，算是祝愿也算是委托重任。

和他前后进公社完小教书的，是会唱的下乡女知青，长辫子、大眼睛，好比《红灯记》里的李铁梅。她就是村里公屋那位唱歌的女知青，都叫她铁梅，不记她本名。叫她铁梅，她笑，后来习惯了，叫她铁梅就应。她要真唱一段，配上京胡，配上打击乐，是样板戏里的李铁梅还是她，真是分不清。

四月天，春忙。公社完小上完一天的六节课，学生打打闹闹一路，爬坡翻坳回家。老师们吃完饭，下象棋、拉二胡、打扑克，河边看水、钓鱼。铁梅练嗓子，会唱句“家住安源萍水头”，所有的活动就停下来，人人定了根，不动，只听。两山两岭的人民公社社员，赶着牛，扛着犁，背着背篓，陆续赶来，以为公社操坪里在放电影唱样板戏。

男女社员才收工，肚子里的苞谷、红苕已耗尽，他们说不饿，铁梅老师再唱。我们这些柴火送给公社食堂，给你当工钱。

公社完小的木楼当戏楼，铁梅唱，大陈老师和小陈老师拉起二胡。月亮自东往西，月亮过河，众人才散去。木格子窗亮了，老师们点亮了煤油灯。备课，改作业，黑板上给学生上课，煤油灯下给自己上课，都是些一丝不苟的人，认认真真的岁月。一支粉笔写成一粒豆子，一个学期过去，每位老师都有半盒的粉笔豆子。暑假，老师们会去县城学习十天半月，再回家看妻儿父母。初秋开学，整理教室，大陈老师和小陈老师端出半盒粉笔豆子，直叫：快来看，粉笔豆子长苗了，长成水仙一样的绿叶。张校长来看，别的老师也围上来看，果然！公社书记来看了，叫大家不准乱讲，不要跟学生讲，不要跟学生家长讲，总之的总之，一切的一切，不要外传，这个事放在人民公社的一级保密范围。

历史会漏记很多事情，日后如有可能，三川半地方志再作补记。大陈老师和小陈老师都不到四十岁去世，患的都是肝病，传言是稻田里撒多了666、敌敌畏，大米有毒，伤肝。后来有老师讲，那两盒粉笔豆子是仙药，是观音菩萨送来救命的。当时怎么不留下？当时？公社书记一句话，说扔就扔了，防止泄密。

高才生进六年级教室，那位叫王长河的留级生对同桌的女生说，莫又来了个聋子老师吧？王长河十八岁了还读小学六年级，同学们笑他，一块腊肉，越熏越黑。老资格留级生，不怕老师。先前的语文老师，是个聋子，问王长河，八千里路云和月是谁的诗？王长河站起来答，我不讲你晓得个卵！聋子老师说：回答正确，坐下。一教室爆笑。

语文老师从来不发火，他抑扬顿挫地说，笑吧，笑吧，有你们哭的时候。

高才生开讲：有位同学讲老师是聋子，我连蚂蚁讲什么都能听见——下面耶了一声。外地和尚念经，我是本地和尚，也来念经。我先不念经，今天上新课文《十六年前的回忆》，大家翻到二十四页。王长河同学，你读过这篇课文，你来领读。

王长河是个结巴，开念：

我的舅老——爷，父亲的舅父——

三川半话，舅老，就是小舅子的意思，爆笑。

高才生说，看来，王长河同学讲话不太利索，还是我来读吧，这篇课文有点长，要求背诵呵。

这篇课文讲的是李大钊求真理，被杀头。语文教科书还有一篇《金色的鱼钩》，写红军过草地钓鱼养伤员；还有毛主席的诗词文章，兼有李杜的诗，唐宋文章；有高尔基，有叶挺，有方志敏。高才生讲这些课不很费力，县城一中怎么学的他就怎么教，学生在学堂，长知识，长身体。又长知识又长身体的，升学，到别处有人教他。光长身体不长知识的，回家种地，也不吃亏，“读得书拌泥，庄稼长得好”。

公社完小的老师，都是些公开合法的男女关系，已婚男女，且有二代。

高才生和铁梅，像河里的两条鱼，总游不到一起。吃饭时，别的老师有意把一条凳子留给他俩，高才生端了碗站着吃，不肯就座，铁梅也不肯。

就这样，这两个人永远不会坐上同一条板凳。

教了一年六年级，四十五个学生有八名升到四中，一名升了一中。本地和尚念经也好，更好，太好，公社有面子。张校长讲，一个民办老师比有的公办老师还教得好。

张校长对高才生讲，公社仁宽书记找你，可能要你入党，仁宽书记实在人，你要讲真话，莫讲大话，思想觉悟要高，不能比公社书记的觉悟还高，一个人做出点成绩，离不开党和人民培养。高才生说，校长放心，我没想那么多，也不会乱讲话。

仁宽书记见高才生进来，把话筒放回黑色的摇把电话机上，拿过热水瓶，倒上一搪瓷茶缸。

没讲入党的事，讲母鸡的事。

母鸡要下蛋，就红脸。像公鸡冠子那么红，公社有两只母鸡，一只红脸，一只不红脸。公社食堂老宋确实喂了两只母鸡，有时红脸，有时不红脸。高才生不懂仁宽书记为什么要讲母鸡，是要他帮老宋养鸡下蛋吗？

你要是母鸡不是公鸡也到了下蛋的时候，仁宽书记还是没讲入党只讲公鸡母鸡的事。在别人的土里种早苞谷，就要犯作风错误，犯了作风错误高才生就成了烂木头，没得用了。虽然不把你归到地富反右队伍里，留在人民的队伍里也没什么意思了，你那书也白读。听说你能背唐诗几百首，哪一首能亲人嘴？能怀孕生孩子啊？我帮你对个相，铁梅？程思思？我给你选个脸红的，程思思，我会看，女的红脸了就是想找男人了。桃子花又红又好看，能结桃子；百合花又大又好看，不结桃子。

高才生听公社书记讲公鸡母鸡，红花白花，不讲入党，叫他来干什么？这意思连校长也没猜到。书记比校长大，水平也高一大把，老实听他讲。

窗外，云，燕子。与美人同名，与爱情同名，与春天同宿。语文教科书叫益鸟，担待政治任务和社会责任感。卵生的还有鱼及其他生物。

给你讲个老婆程思思你干不干？就像许你大河里一条肥鱼，你想不想吃？

没有答案，就不答。

给你讲吧，我老婆是土改时捡的，人家斗地主，分浮财，我分得一个老婆。大户人家女，被土匪抢去，拜堂时，男的被解放军流弹打死，土匪婆，地主女，没人接手。细皮嫩肉，都不识货，我就抓住这个历史性机遇，要了，当仙女供着。我给你讲，运气来了，门板都挡不住。

你运气来了，你就要了程思思，这方圆几十里，南到洗车河，北到漫水，只这么一朵花，也只你配摘这朵花。

公社书记拿了张结婚证，盖了火岩人民公社的章，剩下的，就是填上你们两个的名字了。再就是慢慢培养感情，热天，给她摇风打扇；冷天，给她热水洗脚，每天三句好话软人心，别的，互相学习，一学就会。

小陈老师来到高才生屋里，墨水没了，借一点墨水。

红墨水，改作业，吸了一管，小陈老师轻轻地说，你这墨水瓶，是仁宽书记用过的？他不改作业，要这红墨水做什么？

小陈老师打着哈哈走了，公办老师读过师范的，肚子里墨水多。

他讲什么鬼话？

百合花一样的铁梅老师，年纪同程思思差不多。她脸不红，有心事，很长，需要很长很长的青春期让某一段历史消耗。远处的山头，真像父亲，落山的半个太阳，把山头照成火焰。

铁一样的父亲，把钢珠一样的泪水滴落在她的脸上。父亲一句话，女儿，你要不少一根头发回来。父亲给她一本雷锋日记，一个笔记本，一支某代会的钢笔，一张他与《国歌》的歌词作者田汉的合影。

离开城市，进山，盘山公路，晕车，呕吐。先是母亲给她吃的鸡蛋，然后是苦胆汁。太阳落山，远方的山头像父亲，那钢珠一样的泪，还在脸上，温热。

湘江大桥，后来叫湘江一桥。那是“文革”的丰硕成果，虽经年不堪重负，但它仍然坚固如初。那年月的人，做事扎实。

父亲上桥，纵身跳下北去的流水，还带走了五岁的妹妹。这是一个人半截人生最糟糕的落幕，一个“罪人”离世能带走的，只有身边的孩子。

铁梅老师看电影的铁梅，父亲，人，固有一死。

她歌唱，她要很长很长的青春，越长越好，这样才不会很快接近未来。

调 理

彭家草药婆婆话多。话多，有好，有不好。冬天夜长，围火塘讲话，话多好；下大雨不能出工，话多好。开会话多不好，另一个人台上讲话，下边话多叫开小会，会场乱。台上人讲话多了误工，一个人误很多人。不高兴了讲怪话，旧社会税多，新社会会多。草药婆婆讲起话来像领导开会做报告，看病拿药从百草讲起，百草都是药，是你未识破；从生讲到死，从地老天荒到千年之后，有话头无话尾。彭家草药婆婆、四公公，多大岁数？他们自己也记不清，年长的人记得。这二位很久以前过六十岁生日，以后就不见再老，六十一甲子，一甲子过后是岁月循环。有刚换过牙的问草药婆婆，你和四公公以前是一家人吧？草药婆婆说，都一起过了那多日子，各吃各的饭，各走各的路，我看过的天，他也看过，我过的桥，他也走过，我生的病，他也生过，天底下就算一家人吧。

两位老神仙，一个像太阳，一个像月亮，你来我往，相遇不多。说太阳和月亮本是夫妻，白天黑夜，碰不上，就把天翻过来。

露嫁给使劲时，已没有花轿。不用花轿，结婚，屋挨屋，路不远，新郎背新娘。使劲是上门郎，背新娘过堂屋，东头到西头，进洞房就把门关上，吹灯就好了。一个月，露已是熟女，女人的事她都懂了。这个男人是菩萨送来的，力气大，像爹那样疼爱她。下大雨，猪草越背越重，崴了脚，使劲来了，连人带猪草背回去，让她喝红糖姜汤，也让使劲帮她洗澡，抱她上床。这个身大力大的男人，在女人身上像绣花。

我怕你，你这野人，像老虎，男伢女伢都躲你，你再狠没我爹狠，我爹把老虎当猫养，把狼喂成狗。我爹把我送你，怕你哪天野性一发就把我吃了。

我吃你了吗？

你吃了，就是吃了，你是馋猫，吃了鱼还舔嘴巴。

枕头掉下床了。

你要一直这么有劲。

你也不准老。

露提了一篮子鸡蛋，去呀，看草药婆婆。

有喜了？来送鸡蛋？

草药婆婆拿了条凳子，拂了拂灰尘，就知道你们要来，这条板凳上早有你俩的影子，不信你俩看。

两人一看，那板凳像面镜子，两个人的影子在里头，只是有些老相，五六十岁的样子。

这就是你们六十岁的样子，六十岁以后不会再老，你俩是我和四公公以后最长寿的人。

露说，婆婆，你和四公公都吃了什么仙药？年年那个样子不见老。

阳光从木格子窗户照进来，一大片落在屋里。草药婆婆手指捏起一缕阳光，复又放下。仙药就像这光，看得到，取不到。草药随手可采，这阳光从地上接到天上，扯得动，拿不走，仙药就是这个光，讲有也有，讲没有也没有。

使劲急，究竟有呢还是没有呢？

你要去点急，就有了，吃饭慢一点，走路慢一点，做事慢一点，就是仙药。

三川半，从这头到那头，中间一条路，到头落空，人啊牛啊，到头就掉下去了，走得快的先掉下去，慢，就是仙药。

俗话，忙人不经老，老了要吃草。

牛寿长五十年，鞭子催后，得二三十年寿，快牛快死。龟行一尺一丈，十丈，复又一丈，一尺，至寸步，千年王八万年龟。打量好时间，慢慢走，这三川半，四周往中间倾斜，时光像砂锅，我们这些人是沙子，漏光了就没啦。

阳光下的青山，像一个一个的坟堆。

我给人治病，用心想人。使牛的，用心伴牛；养猪羊的，用心跟猪羊；打猎的，用心猎枪用心猎狗；钓鱼的，专心钓鱼。

人，最值得花心思。万物灵长，埋进坟土，让黄土高三尺。死了的是祖先，要出生的是子孙。三川半有个人，东西南北转了几十年，回来讲一句话，我们是未来祖先，这个人叫田瑛，他的名字在三川半族谱，第某代子孙，也是第某代祖先。

治病，治命。外邪入侵，以百草入药治疗。古人有《千金方》《本草》《黄帝内经》《伤寒经》，得方法得医术。治命，古往今来不同，适时调理，如行水调航，耕作调四季。

你俩来了，还有这许多鸡蛋，也不能让你俩白来，我给二位开个方子，叫合欢方，我不会写字，念口诀，二位记好。

天与地相连，隔河柳相连，无风自动草，千年瓦上霜。

天与地相连，是蜻蜓与蚯蚓交换；隔河柳相连，是两岸连根连枝叶，河隔越宽越好；无风自动草，百草中有叫“静中自飘摇不止”；千年瓦上霜，是烟火升天自落瓦上一点点。

再佐以影子声，石头血。

服这汤药只一匙，得一世夫妻合美，无灾无病，益寿延年；长生不死药也有，只是药难配齐，那调理方法也难做到。

两个人回来，把话告诉村长。

露说，爹，草药婆婆给了一个方子。

村长说，草药婆婆的方子，好多都记得，也信。那几年过苦日子，情形像在旧社会饿死人。人把土地种坏了，不怪天老爷。后来，用了几十年功夫，把土地调理好，该长苞谷长苞谷，该长红苕长红苕，鸡生蛋，猪长膘，饿不死了。

一九五九年、一九六〇年，天下挨饿的年。露饿了，喝一大瓢水，胀，尿尿，尿完更饿，又喝一大瓢水。雨拉过露，崽，吃奶吧，吃娘的奶。露满嘴血，把娘的奶头吃了。

娘讲过一个故事，那个鸟叫黄波哩啰哩雀，它叫——黄波——哩——啰哩——，吃娘鸟。长到半大，能飞，几只幼鸟就把鸟娘分吃了。成鸟娘后，又会被幼鸟吃掉。黄波哩啰哩雀，一报还一报。这鸟山林里总叫，少见过，长得好看不好看，说不出模样。

人要饿了，就成食娘鸟。

那个时候，人民公社给人民一个一份口粮，大人一天半斤，老人孩子一天二两，婴儿没口粮，吃娘奶。没吃的，哪个做娘的有奶水？还好，这两年没生孩子。女的子宫在肚子里挂不住，从阴道掉出来，医学上叫子宫脱垂。草药婆婆叫“吊茄子”。做娘的都这个样子，还怎么生孩子？男的也不能雄起了，生殖器只能排泄小便了。要是连排泄也不能，也许饿得舒服一点。

村长问女儿，你今天去菜园子没？

露说，去过。

那满园子还香？

香呢，爹。

哦，那你娘还在这世上。

你娘出远门，留下一份口粮，没那份口粮，你不会成人，饿死了。

那时爹想，过苦日子，就大家一起过吧，好日子留着以后过。

三川半有好方子，苞谷、红苕是药。

母猪洞崖壁上的字，也说是一个药方，是神农开的方子，张果老刻的字。

母猪洞，在九九八十一洞群落中，不过平常，间隔的两个洞口呈猪鼻孔状，从两河口往上，沿无名小河走两万步，过磨鹰潭，蓬莱有洞，就是它了。

崖上猪纹处见石刻文字，念通篇有母猪出洞，见光即化为美人。有学问的人念了大部分文字，闻母猪哼，又如女子哭泣。

有砍柴男子进洞避雨，遇一女子洞内更衣，相见一笑，邀入潭洗澡。尔后，砍柴人得疯病死了。有长者说，那崖上文字，是情诗或怨诗。说情诗，见行间缠绵；说怨诗，见笔画古怪。只四公公说法不同，那是神仙记的伙食账。他年轻时常年走水路，运桐油，放木排，岸上店家，板壁上有木炭写的记号，饭钱酒钱油盐钱，所欠赊记在上边，那壁上账目，也如崖上文字。灾荒年月，香火断供，神仙银钱断缺，也是会欠伙食账的。八洞神仙聚个餐，口水当酒，割耳剪眉当下酒菜。

神仙且清贫，苦难亦可餐。诗人二先生扯了这两句，要和右派有小丁先生赛诗，有先生只是咳了几声，竟吐出一口痰来，没诗出来。二先生又催促艾中华，你来两句？你是高才生，考上县一中的。艾中华不好冷场，说，我背诵一首唐诗吧。床前明月光……才一句，二先生直摇手，自己作诗，你肚子里有货，不是要腌酸菜吧？有小丁说，是呵是呵。

艾中华也咳了几声，做出一首：高坎上，矮坎上，大雪落在坎坎上；穷孩子，富孩子，菩萨启手落子子。

李克时正要点评，佛家、诗家什么的。

诗人二先生直叫：应景、应景。

自己又来两句：难怪人愁，遍地青蛙哭破喉。

艾中华接上两句——乡下狗好不能言，遇不相识叫几声。

李克时听得不耐烦，也凑上：大雨落，细雨飘，公蛤蟆抱着母蛤蟆的腰，远看在做操，近看在性交。

右派直咳几声，说，邪了邪了，你们几个，专挑不爱听的作诗。

李克时说，好听的留给你写标语。

有小丁这回不咳了，只是呵呵。山清水秀，清清爽爽，只拣好听的，给绿水青山填空，一片光阴，几多光明。老师梁先生，爱讲不好听的，要是成功，他就是大英雄，要是不成功，他就是大右派。

他没成，被留着当个反面教员。

那时候人年轻，许多人年轻，带头的得往前跑，后面的跟着跑；带头的野牛掉下悬崖，后边的一群也跟着掉下去了。

有小丁梦里有两个情景，被追捕，被围堵，无处藏身，无路可逃，绝路处是悬崖，孤立无援地坠落，梦里摔醒。梦里摔不死，只是个摔醒。梦里又经常穿行幽闭的隧道，狭窄到囚身，窒息梦醒。三川半洞多，别有洞天，有小丁一次也没进洞，怕梦。

母猪洞，他是去过的，止于洞口。观崖上石刻，他不全认得，他心想，是诗文或者傩文，那只是炫技。

仁宽书记讲，不认识的字，不过一锅饭里的几粒生米，不耽误吃饭的。

从药物到食物

三川半的集市，名头寨、漫水、百福司、里耶、洗车、民安、来凤城、恩施、涪陵、重庆，有大有小。逢五逢十，逢四逢七，赶集日也就是交易日，集市给集市让个日子，选日子也就是选集市。大市就是百日场，天天有市，做大生意的选大市，不选日子。

那时的三川半集市，中世纪的繁华。有铁匠铺、中医铺、戏台子、牛行、猪行、米街、肉铺、面馆、剃头铺、裁缝铺、染坊，有家机布、凉粉、鸡蛋、油粑粑、泡粑粑、米豆腐、糯米甜酒、苞谷粉条、烧酒，有卖柴的、卖凉水的，这才叫大自然的搬运工。有算命的、扒手，有大上海学来的拆白党，有坛子菜，有野果、虾米，有炒米子、大头菜、霉豆腐。

大河边的集市叫小南京、小重庆。

乡村少年的集市，是一小块打糖的味道。粮食熬成的乳白带黄的膏子，一毛纸币，敲一小块，在手里慢慢变软，像咬糍粑那样撕扯，一头粘着牙齿，一头粘着指头，中间是无止境的甜。那甜，是吃野果吃蜜的感觉。

百福司的集市，乡村少年在卖打糖的地方，被这甜的食物粘住了，像一只飞蛾粘在汤里，不能动。只一刻，不见了老爹。吃糖，暂时忘了恐惧，找不见爹，怎么走路？怎么回去？过村寨有恶狗，过山林有蛇，有豹子，还有狼。

他把一元钱当一角钱，买了一块打糖。卖糖人当然是敲了一大坨值一块钱的给他，那是巨大的欢喜。这一块钱，是要买药的，一半买药，一半买一支毛笔、一支铅笔、一瓶墨水、一个写字本。一坨打糖花光了，抢走了药、笔、墨、写字本。是的，一切加起来也不如一块好糖。这么大一块糖，要分出一多半给老爹。老爹给他讲过，打糖好吃，苞谷熬的，纯粮食的。爹不见了，爹就在几个人之外，在那里买盐还买几尺布，要开学了，给他做一条裤子。没衣服可以，没裤子不行。老爹买了盐，扯了几尺布，把要付的钱捏在手里，多出的钱踩在脚板，这是赶集人多防偷钱的好办法。旁边挤着一个很香的女人，一张脸很白，一直白到脖子，眼睛又大又黑，水灵得像台上唱戏的。那女的先走了，老爹怔了一会，跟着女的后边走。人多一挤，女的不见了。才想起少了什么，脚板踩着的钱没拿，盐和布也没拿，转身去找，都没有了。又转身去看那女的，全是些挤来挤去的人。赶集市，买点东西，看见好看的女人，都有了，都没了。

乡村少年找爹，头上包青布帕子的，脚上穿草鞋的，脚杆上长火癍子的，有点驼背的，看起来是爹，看了脸都不是。

集市散了，人少了。在十字街口，爹看见了儿，儿看见了爹。

爹，糖，你吃。

钱呢？爹问。

买糖了。

叫你买药、买笔、买墨、买本子，你买糖了？

打糖，好吃，爹，你吃，我吃过了！

很羞愧的爹。

爹还是说，贪吃，好吃鬼！

他知道爹会骂他，把钱花掉买糖，太可耻了。赶集是为了买药治病，他得了咳病。地上还有积雪，下河洗冷水澡，寒气入内，白天黑夜不停地咳。老爹的白天黑夜，是劳累连着劳累。

山村的夜晚，月亮又圆又亮。野猫叫几声，不吵瞌睡。咳声不停，就吵瞌睡。老爹骂，咳死啊，死吧，天亮还要不要过日子?

乡村少年捂住嘴，不想咳声吵老爹瞌睡，可还是要咳，忍不住，且咳得更厉害。喝一碗水，还是咳。老爹骂，你这千脚虫，害人虫，踩死你！

老爹骂得好，过日子就是要死的。

草药婆婆给他吃了些药，说这叫百日咳，过了一百天就好，要不，去集市上找李老医生，看看他有没有专治百日咳的方子。

打糖，就是买了一块打糖。

父子走到天黑，饿了。老爹问，糖呢? 甜，不止饿。

爹，我不去读书了，跟表叔去捉猴子，卖钱。

老爹说，没听公社干部讲，捉猴卖钱是资本主义，犯法，人一犯法，钱多也没用。

爹，我回去不咳了，夏天就来了，我天天睡在岩板上晒，把寒气晒跑。你不睡瞌睡会死，你死了就没爹了。那只画眉鸟，猫总是围着笼子吵，几天没瞌睡就死了。

老爹吃了糖，又抽了一袋烟。走吧，久坐无久力，久走有酒吃。你只管咳，爹不是画眉鸟，有个办法，一只耳朵放一颗黄豆就是。

吃了打糖，这个集赶得好。

夏天，从六月六晒到七月半，病好了。

老爹没让乡村少年跟表叔捉猴子，送他进学堂，靠近县城一中，全公社都叫他高才生。公社小学教书，每月十元，给老爹买一块打塘，一斤烧酒，二斤肉，凭肉票买的。

食物，营养，就是药。

一个人病得快死了，会问一句，你想吃点什么？一个人饿得快死的时候，不会问一句，你吃点药吧。

三年大旱时期，人民公社社员统一发病，脸胖腿肿，男人女人个个像孕妇，这个病叫水肿病。草药婆婆用草药利尿消肿，尿多了，消完肿还是肿。省城医院来人，带着显微镜、听筒、酒精灯一大堆东西，没看见什么寄生虫，人体内的寄生虫，大概是饿死了。说是什么渗透压的关系，人体缺少蛋白质，细胞里的水冲破细胞壁，跑到皮肤下面来了。

生殖功能坏了，肠胃功能还好。饿！性事没了，饭事就变得紧迫。

赶集市，拿了金银首饰，拿了冬天保暖的棉衣棉被去换食物。没有粮食，没有打糖，连葵花籽也没有。一只玉手镯能换半个南瓜，手快的先抢到了，手慢的只好带了东西回家。

乡村少年买打糖的时候，已经是一九六二年了，人民公社大食堂解散，社员每家分自留地一块，可以种粮食了。

往后，药又归药，食物又归食物。

集市上也是这么分的。牲口行有牲口。买盐买布，也可以看那些长得好看的女人。也可以吃打糖，粮食熬的。

当一条河成为一条河

你成为一条河吧，就此永生。

芙蓉泽国，百十条河为网，四条大河为络。水系通达，利农耕，方便商事，多战事。半水患半旱情的灾难史，联结六十年一甲子轮回的饥荒。盘古治天地，把这一方做得扎实，这一方不见地震。

在这一方，走水路可远行，走得最远的是屈原，由汨罗泗水远行未返，一去几千年行程。后来贾谊、杜甫只是路过。坐水，可独钓寒江雪；望水，泊云梦，看烟波浩渺，进亦忧，退亦忧。随流，郴江幸自绕郴山，为谁流下潇湘去。

湘妃泪成河，送帝子魂北归，使湘水北去。天下水，只这条河自南往北。毛主席唱“独立寒秋，湘江北去”，就是唱这条河的性格。

江河自有发端，三湘四水各有出处，《水经注》有记。

白河发端于三川半之地——武陵山，为沅水上游。火岩的河，洛塔的河，茨岩的河，苦远岭的河，都是它的支脉。

白河完成了一项壮举，击穿武陵山一面巨大的石壁，得以成流。那石壁上有个仙人洞，住着大神，神仙并无助力，白河自开大门。是时为卯年卯月卯日卯时，得名卯洞。神仙知河苦难，备好铁船，自佛潭引船开道，可惜没派上用场，结果倒扣龙潭，为河补漏，成万年水下铁桥，接断水于万世。

三川半人间烟火乍起，天地早得造化，早有神仙架屋造饭。又后来，土司建镇水边，得名百福司，繁华几百年。乡村少年赶集市，土司已遁入洞中做神仙几百年了。

岸上市声，店铺开合，人鱼各自的世界。

水清也有鱼，浅底，一条大鱼，后边跟着一群小鱼。

河边的石板，坐一排街市上的女子，穿家织布的，穿洋花布的，穿阴丹士林布的。一张张脸落在水里，开出一朵朵荷花，散了又聚拢来。

洗衣，洗被单，洗头帕，洗男人的，洗自己的。搓了捣，捣了搓。鱼群游拢来，大口大口地吃人的身上味道，再嘬洗衣女的腿，选了白嫩的嘬得最起劲。

女人们说笑，你肉嫩，鱼要吃你；你那么白，螃蟹要夹你。说了笑了，拿捣衣棒假装打架，水溅在头发上、衣服上，湿了的衣服绷在身上、贴在肉上，就现出饱满的形状，真是一群生殖力旺盛的女子。

打了笑了闹了，才看见穿洋花布的女人不笑不闹，一个人搓衣服，也没理会在白嫩的腿上嘬来嘬去的鱼。旁边的女人说，想开点，四条腿的不能嫁，三条腿的男人多的是。

穿洋花布的笑了一下，我那男人贱，那女的没我好看，他就跟她跑了，国家粮也不吃了，棉衣毛衣都留在家里，冬天一冷，不冷死他啊。我帮他洗这些衣服，装在箱子里，等他回来取。

旁边的妹子说，姐，他冷死了是没福气啊，都两年了，人也不回来，就当他死在外头了。

男的是木材公司的，吃国家粮的，每个月国家发粮票发钱，几十块钱一月，工作只是那皮尺，量木头的长短大小尺寸。女人是百福司最好看的女人，县剧团要她没去，嫁了他。百福司人有一百个福，他娶走一个，只剩九十九个了。百福司来了四川女，街市上喊，川妹子川妹子，百福司找不出一个能和她比的。她拿首饰拿银票换粮票，金的银的玉的，一斤粮票一件首饰，有粮票没粮票的都往她身边挤。石匠力气大挤到前边，胸脯上抓一把，回去三天不洗手。木材公司的男人拿粮票换了金的银的玉的，回去给女人，问好看不？女人说好看不好吃。

川妹首饰换完了，她要带了粮票回去，这无亲无故的地方，她想再等一天半天，回去也是回去。

木材公司的男人来了，见了她，请她上面馆吃面，给十元钱的路费。女的说，金的银的玉的都让你拿走了，再没有了。木材公司男人讲，金的银的玉的没了，就要肉的。

川妹嘻嘻笑，肉的怕你养不起。

有人看见了，一男一女离开了百福司。

后来又有人看见，男的在峨眉山捉猴子，女的卖打糖，两个人一起搞资本主义。

木客来了，不想听下流话，洗衣服的女人们赶忙收工。

相约去看打篮球，三川半来了个篮球队，和百福司人赛一场。球赛海报昨天就出来了，有粉笔写的，有毛笔写的，亮眼的地方都贴有。

三川半的球队，右派，几个男女知青，高才生，临时加了个使劲。使劲人大力气大，有用。十一二个人，差不多凑齐一支足球队。不过人再多也只能是支篮球队，三川半的坪坝只够晒粮食，几个坪坝也凑不成一个足球场，打篮球也只能一个篮筐，半边球场。

右派给球队讲，你们要把使劲当主力，使劲拿到球，举起，不要动，动了就犯规。

主力不行，使劲总是把球扔出场外，看球的两位女知青要求上场，拿到球就冲就投，没人敢碰她俩，局面大变。

洋花布衣的洗衣女，先是看球，最后只看右派，好像木材公司那个，连汗珠子也像。

打完球，她递毛巾给右派擦汗，又递一碗凉水冲甜酒。后来，领了结婚证，人民公社盖了印的。

右派有些不甘心，领结婚证之前没好好谈个爱，就这么脱光了钻了被窝。

我知道你的心思，我给你唱个采莲调：青布帕子青布鞋，细步细布挨拢来，双手拉着男腰带，十年八年你才来。

右派看了木楼上的月亮，叹了口气：人不读书不学习，也会有这么好，好得像木楼上的月亮。

月光在水里，融了，化了，金色的蜜，慢慢流淌，把时光淌成一条河流。

小地方，小日子

三川半赛诗。

使劲不会半句诗，可力气大得出名。不用力，浑身发胀，人要炸了一样。

村长从洞中接使劲回村中，也想让他上学，认几个字，哪怕能写自己的名字也好。使劲一见字就头晕、呕吐，牛一样冲出学堂，再不回去。他爹努力不肯入合作社，不肯搞集体，带着使劲住岩洞，在树林里刨一块地种粮食，满山禽兽当肉，山笋野菌当菜。人民公社那时候，努力死了，使劲才六岁，身高六尺，长出一身红毛。他满树林走，虎豹见他就逃。村长在洞口摆上一堆饭菜，他不出来吃。后来放上一坨生肉，他吃了。村长拿生肉把使劲领回来，慢慢养他。他脱毛，学会穿衣服，变成了社员，变成了一个村民，一个人，一个听人话的孩子。他把一身力气收拢，和大家一起劳动。

冬天，下雪，农闲，村长带使劲打猎，不带猎狗，也不用猎枪。使劲总会捉一两只猎物，野猪，麂子。小猎物，他会放掉。

冬天，是使劲的旺季，也是最快乐的季节。

后来，禁猎，兽比人多，像传唱人说的，人多人吃兽，兽多兽吃人。老虎，扁担花，吃大人；豹子，铜钱花，吃孩子；娃娃鱼，吃婴儿。这几种野物受国家法律保护，不准猎杀。狼、野猫、鹞子、岩鹰，吃家禽，但也不准猎杀。

李家老娘在菜园子扯草，被老虎咬死了。王家嫂嫂河边洗衣，儿子叫娃娃鱼吞了。吴家大哥下天坑找水，被蟒蛇吃了。

村里开会讨论，人死了也是死了，老人不被老虎咬死，也会死的；婴儿不让娃娃鱼吞，患上天花麻疹也长不成人；男人不让蟒蛇吃，也可能暴病而亡；再杀那些野物，犯法坐牢，更是赔本的买卖。

使劲不能使劲，猎狗们自行法外之事，又多被猎物吃了。有叫大射的汉子，也是二等狠人，老母让老虎咬死，杀母之仇必报。他顾不得王法，提一把畲刀杀虎。自古以来，茹毛饮血，兽死人活，杀兽食兽，自是天理。人命比不过兽命？凡恶兽，昼伏夜出。大射见虎卧一大树下，半闭眼如死猫。大射照虎头一刀，伤虎一眼。虎跃起，一抓，撕掉大射一只耳朵。懂得打虎的，知道虎是铜头铁尾豆腐腰。虎腰为要害处，拦腰棒击，虎折腰待毙。大射只为复仇，未及设计手段，出手失误，差点送命。好在仇杀气势足，老虎负痛逃走。老虎伤了一只眼，定会发烂，眼离脑近，细菌入脑，虎必死。老虎不会告状，大射也不得坐牢。

后来打柴的拾得虎骨，捡了几根虎膝骨回来泡酒，治肢体酸痛。再后是治猎虎罪，服刑三年。牢房阴暗潮湿，呆了三年竟然未患风湿痹症，打柴人自叹，喝那样顶好的虎骨酒，人壮如牛，白白关牢里三年，一身用途真是糟蹋。

使劲做完抬岩、垡屋、扛木头这些事，也会去抬丧。抬丧有讲究，路陡路滑，棺材不能落地，落地后人悖时运。“桑途鬼”搭棺，会越抬越重。若是长鬼搭棺，力长鬼长，小鬼变大鬼，累趴抬丧人。有一副结实的抬丧杠，又得使劲这样扛得重量的人，方可万无一失。

抬丧一路，几人抬棺，道士先生一路吹打念咒作法。再是一半送丧的人，一律披麻戴孝。每到这时候，旁边会跟着一个人，叫郭驼子。孤老。脖子伸得很长，颈上长一个大肉包，柚子一样。抬丧路上，他一直跟着，很关心的样子。他其实是等着有抬丧人滑倒，棺材摔破，这样会让他得到满足。他偶尔也会得到这样的满足，可自从有了使劲，他再没遇到过这样的好事。

孩子们做游戏，抢手帕，狼吃羊，藏猫猫，这些，他也会在旁边一直看，恶意地指出猫猫藏在哪里。

孩子们骂他郭驼子，郭柚子，喊了就跑，他不追，追不上。他只是骂，少年亡，短命鬼。他从不骂有娘养，没娘教。他有个女，嫁了，老婆也再嫁，没人来看他，只当他是孤老。

他不敢骂使劲，他只恨他。使劲来到张口岩，岩口张大，吞天的样子，怎么用力扳那两扇岩，也合不拢，劲大的碰上劲更大的。

郭驼子死了，颈后那一坨柚子绽破，花开如牡丹状，流黄水带血，奇臭，百药无医。

抬丧，使劲独抬大头，越抬越重，使劲渐感吃力，死人把力气吃了。村长叫，使劲，你再不弯腰，你腰杆就断了。使劲只是挺着，咔嚓一声，腰未断，抬丧杠断了。棺材摔成几瓣。郭驼子滚出棺材，在人群外边站立。道士上前作法，也不见倒下。有人扯了青藤，捆死人四肢，独杠子穿起，抬到坟坑掩埋。坟墓垒了许多土，可臭气未减，经年，坑不生草，坟周遭几丈也不生草。时有恶臭，三年不减。

使劲伤力，吐了一口血。以后劳动，使劲总避开重活，力气日渐少，与一般壮汉相差无几。

诗人彭努力多数时间写不出诗，只拿狠人讲闲话。

诗人彭努力说：使劲，你爹取了个我一样的名字?

使劲从不知道诗人是干哪一行的，与自己不粘一根毛。对方这一说，好像真跟自己关系大。他回答：我又不姓彭。

诗人彭努力说，我把彭字划掉，就是你爹了。

诗人彭努力一把胡子，辈分比使劲大，使劲不好骂人。

使劲说，彭家叔，不见你娶个女的，也不见生个一男半女，哪能做爹?

诗人彭努力说，你晓得个屁，我的儿女都生在尿罐里，我的女人都做了人家的岳母娘。我一个人吃肉喝酒写烂诗，大跃进一天写一百首诗，还评过劳模，得过大奖状。抬岩，你狠，写诗，我狠。

有人喊，彭家大叔，这有一只小猪崽发瘟死了，你吃不吃?不要就丢天坑里啦。

诗人彭努力一边说来了来了，一边对使劲说，我有事去了，忙得很，事多，有空再和你扯。留下使劲怔了一刻，使劲在想：我爹就不能改个名字?

仁宽书记管十二个生产大队，六十一个自然村，偏远处是挂在崖壁上的三户人家，县里和公社的人从未去过。

自然村不好管，管不到边，来了什么新政令，大队干部用铁皮喇叭喊话。除了山火，那些自然村不会有什么大事。

仁宽书记要管的事多，通奸的，偷牛的，盗伐木材的，装神弄鬼的，超生的，酿私酒的，私垦的，敌我不分的，投机倒把的……一年几百件事，仁宽书记从不让一件事过年。

出了个罗平党，有总书记，有司令官，有财政部长，这伙人在山洞里杀牛吃肉，仁宽书记领了一百多民兵，一并拿下，送公安局。

领头的是克望、克平兄弟，逃了。仁宽书记和使劲一路追，在水田里捉了那两兄弟，仁宽书记给使劲戴上了大红花。

过了几年，三川半人也不知道那个罗平党是些什么人，要干什么，饿极了的土匪强盗吧?

又出了个余忠信，身高一米八六，五四式手枪一把，有军官证，少校。少校，那就是台湾特务。仁宽书记说，听好了，不是台湾特务。他想说是解放军少校，讲不出口，就说是有军装的，少校，有手枪，犯了什么大法，上边没讲，只讲捉人。我们这里是几省边界，情况复杂，设路长哨，见穿军装的要严查，放过余忠信要坐牢。

岩门口为两省交界口，重要路卡，这个卡子归使劲。那里平时就有一个草棚子，避风雨的，也用来守夜看庄稼。使劲找来一堆柴，燃一堆火。茅草上有霜，守到天亮就撤。捉过野猪，没捉过少校，什么样的?

刚点燃火，来了个穿军装的，一米八几，腰上别一把手枪，这就是余忠信了。天下那么大，你别处不走偏走这个路卡。使劲上去就把穿军装的扑倒，用绳索捆绑了。穿军装的刚要开口“你小子狠”，使劲扯一把野麻叶把他的嘴塞上。

送到公社，仁宽书记一见，忙解了绳索，直叫刘部长，对不住！又对使劲说，你小子怎么把县武装部长捉了？他是来查路卡的。

使劲还等仁宽书记给他戴大红花呢。

刘部长哈哈一笑，这小子力气真大。哈哈过后，上马走了，跟了一队枪兵。一色穿军装的。

使劲拉了拉仁宽书记，说要给爹改个名字。仁宽书记问，给死人改名？使劲说，是，彭努力占了我爹的名字，我爹的名字刻在碑上，叫努力，彭努力就不该叫这个名字。

仁宽书记天天都在办一些麻烦事，村长村让他放心，从不会有事，这活人占了死人的名字，还真是个麻烦事。仁宽书记说，那个彭努力，不要以为是个诗人就乱抢别人的名字，我给他改一下，叫彭卤水。

诗人彭努力知道改名的事，就找仁宽书记讲理，我彭努力写了那么多诗，大跃进还评了诗劳模，奖是县里发的，名字说改就改？国家还让不让我写诗？

仁宽书记只是笑：你呀，诗人，谁不让你写诗了？你写个诗就扯上国家？国家陪你天天写诗？你像个诗人？你就像个笑话。改个名字就不能写诗了？木匠改个名字就不会做桶了？你和死人争名就不怕鬼打？

仁宽书记拍了拍诗人的肩膀，叫卤水好，点一下，水变豆腐，不和写诗一样？

诗人说，书记，你为啥不叫我石膏呢？

你看你，一点就通，你叫什么名字不好？写诗就写诗，还充爹。村长村是全公社模范村，莫添麻烦，改天请你吃牛卵子请你喝酒。

诗人回村，在村口碰上右派有小丁，他对有小丁说，书记这个人，就是爱表扬别人，这回我又让他表扬了一回，还说要请我喝酒。你有先生学问大，要是写诗不比我差，书记也是要请你喝酒的。毛主席也写诗，领导就是看重写诗的人，人饿了要吃饭，吃饱了要写诗。

诗人彭努力从未想过会和一个死人同名，那个死人的名字早刻在墓碑上，他路过千百次却都没有看见。很可能，活人会和许多死人同一个名字，只是那些名字没有刻在墓碑上。

改掉名字让诗人受了内伤，彭努力得了肝硬化，草药婆婆让他喝茵陈汤。

茵陈，一味草药，三月茵陈四月蒿，五月茵陈当柴烧，彭努力患肝硬化已过了五月。

使劲给郭驼子抬丧，也伤内力。一个小姑娘担心，要是那只猛兽来了怎么办？他还能搏斗吗？怪兽叫啊乌子。晚夜，孩子们在屋外撒欢，不肯进屋，有人喊一声啊乌子来了，孩子们从旮旯里奔逃进屋，把门关上，再不敢出屋。晚上梦醒，见蚊帐上，板壁上到处是啊乌子的影子，喊怕，大人说，别怕，有使劲哥哥呢。

走还是不走

四公公盘腿坐在斗笠上，从云里落下。

他躺在大青山石板上，枕着斗笠。一粘上那顶旧斗笠，魂魄就领着人到处飞，就像一些人拿到飞机票，过山过江河湖海，把魂魄落进万千世界。

草药婆婆要扯他脚边压着的车前草，把四公公弄醒。

你躺在这里喂蚂蚁啊?

蚂蚁成线，爬上四公公的身上。蚂蚁不吃活人，只当四公公是路。如果蚂蚁有车有马，四公公才是好路，人皮人肉人骨筑的，有血有温度，毛发当作草木。

见是草药婆婆，四公公哎呀一声，大仙呀，你勤快，把草扯光了药用完了，这伤寒、痢疾、打摆子，肝病、肺病、肾病、肠胃病，瞎子、聋子、傻子，这三川半的病一个也不少，说你大仙手到病除，假的假的。

草药婆婆扯一把四公公的裤脚管，四公公急得忙掖裤腰，阅历再长也有其短，护短必及时。

草药婆婆说，老道长这门户通达，藏了个鼠精。

四公公说，本尊畜鼠百年，历经妖犯，常得水旱之灾，也无灭顶，自是金刚不坏之身，不怕老神仙叼扰。

草药婆婆又拿竹棍点四公公脚板，好大一个鸡眼。

四公公翘起脚板。我这鸡眼，上可观天象，下可察人世，如二郎神额上的神眼。老神仙必是知道跷二郎腿的来历，做这个姿态，是脚板上长了鸡眼的，方便时，用脚板打望。

你这嘴巴会讲。

比你老神仙少一张嘴巴。

坏话坏牙。

你两嘴长牙。

四公公说梦，梦见南山草青青，梦青遇亲，又花开南山。你一个姑娘上山摘草，我跟在后边，想找块有岩遮身的地方，和你做成花事。我有屋有田土有牛羊，只少你进屋添人口。那日逢十，召头寨赶集市，给你置嫁衣，被陈次包拦进赌场，输光了田土、牛羊、老屋。你爹讲有女宁可嫁个土匪、强盗也不嫁赌棍。于是我当道士，死了念头。听说你当了压寨夫人，不知你跟了神医神尼学道行。

草药婆婆说，很多事的因果，迟了人意，顺了天意。

四公公坐起，收了鸡眼，拿出炼成栗色的竹烟杆，装一袋草烟叶，摸出火镰火草火石，只一下便出火，燃烟，抽了一口，让给草药婆婆，你来一口。

草药婆婆说，你那头头上面有口水。

我这口水是仙丹，吃了返老还童。

口水还有，返老还童的药难找，千年灵芝做得到，谁见过？

四公公少年，捉到一只锦鸡。晚上，锦鸡跑了。锦鸡和家鸡一样，晚上不长腿，怎么会跑掉？那个晚上，村里生了个女婴，下地不哭，只咧嘴，一副笑的样子。长到十七八岁，那漂亮，像一只锦鸡。草药婆婆那时叫锦鸡姑娘，四公公就是春哥。春天，春哥叫锦鸡姑娘一起采山菜，妈不让去。夏天，春哥喊她下河赶闹捉鱼，妈不让去。秋天，春哥喊她一起去夜里守野猪，锦鸡姑娘真的想去，妈不让去。冬天，下雪了，赶集市买年货，两个人都去了。去的时候，两个人前后半里路，回的时候，前后半里路。

草药婆婆指着旁边的竹林，笋子吃得竹子吃不得，我这一身都过季了，老道士，莫咯黏我，莫打这个秋风。

有人来喊草药婆婆，别人家要生孩子了，请她接生。

四公公才想起有句话没说。牙口好，竹子也咬它一口。

走了，人都会走。初五、十五、二十五，选个日子去赶集市。黄泉路上有个伴，奈何桥上挽个手，阎王殿里做洞房。

是右派有一丁的女人生孩子，草药婆婆七弄八弄孩子就生下来了，一把锈剪刀，在火上烧红，把脐带剪了。

一个男婴。

有一丁的女人，到村上就没传个名字，大家叫她有有嫂，从夫。

有有嫂生孩子，有小丁生气。

有小丁出门，东家西家有几颗鸡蛋，人家说拿去，就是白送。有小丁还是说借，借才是道理。凑起来也有八颗鸡蛋。自己家没养鸡，不是懒，是不可以。上工，种公家的地，分社里的粮食，合理合法。分得粮食，叫口粮，口粮喂鸡，鸡生蛋，蛋生鸡，这养鸡养下去，后果严重。没读过书的不明白，读过书的该明白啊！养鸡就要杀鸡，太血腥太暴力太恐怖，不养鸡有很多道理，养鸡没道理。

什么是道理？就是一辈子也搞不明白，一辈子也没用的东西。

没好好恋爱一场就睡了老婆，自己没养好就要养孩子。

有小丁踩着狗屎，朝天摔倒，鸡蛋飞出去，一颗也没抓住。就是这样，有有嫂生孩子，有小丁生气。大家知道有小丁没准备好当爹，没准备好养月婆子，读书多的办法不见得多。

村长杀了只老母鸡，石罐煲好，露送过来，热的。使劲送来一大捆柴，挑满一缸水。有送鸡的，送蜂蜜的，有送黄豆的。黄豆发奶水，母猪下崽也用黄豆发奶水，这方子是草药婆婆教的。

城里来的几位知青送来一大包衣服，等孩子长大了穿，改一改就可以穿在这小肉肉上。

公社小学的两位老师来得晚些，第二天是周末，两人回来，正好碰上。高才生送了两元钱，一周的伙食，准备带些红苕、南瓜度过一星期。铁梅送了个军用挎包，孩子长大了当书包用。

有小丁有酒醉的感觉，他不时喊自己，有小丁，有小丁，年轻的名字，有小丁。

孩子出生这天是清明节，有小丁选了个没坟的地方埋了胞衣，入乡随俗，这是村里的规矩。

上坟的人会在坟上挂清明纸，白色的，剪成一条条的，或者叫挂亲。

看到坟上的清明纸，四公公记起清明节。

人走了，人又来了。清明纸，阴阳只隔一张纸。哪个坟头不长草？

大坑碑

外来人，到三川半是落地，生儿育女，三川半就是儿女的出生地，这就是生根。

落地生根，人种植在这个地方，一代两代几代，不走了，就成本地人。

有小丁有了本地人的资格。城市来的几个知青没这个资格。

他们来自远方的省城，全公社说他们是上边来的，仁宽书记也这么讲。上边来的，成为人民公社的全体共识。

高才生不理解，省城明明在河的下游，海拔几百米，这边海拔一千多米，那边是上头？

知青们回了趟省城，有人爸爸在省革委会当领导，几位一起去机关食堂吃饭，真好吃，有鱼有肉，比公社食堂的伙食还好。皮影院装了冷气，看完电影出来打哆嗦，流鼻涕。

鼻子变了，不习惯了。舌头也变了，吃惯了麻辣，回省城吃不惯。在三川半，人大几岁，器官也变了。

一个物种的迁徙，会有生物学上的变化。南橘而北枳，自古就有认识。若干年后，有研究知青的专家，取那些逝去的知青骨头检测，锶元素与下乡驻地原住民接近，脊椎骨的弯曲度接近，而与他们原来居住的城市相差很远了。

他们把卷舌音带到乡下，把麻辣味带回城市。他们改变了村里按韵母的发音，改变了自己的鼻子。用嬲他的交换了狗日的，用远处交换了远处。

知青们住的公屋漏雨了。屋顶是黑灰瓦，茅草，杉树皮盖成的三节屋顶。漏雨时，拿搪瓷脸盆、茶缸、瓢、碗等所有盛水的容器接水。漏雨大小缓急，叮叮咚咚，有节奏的音乐响起。雨大时，他们说莫扎特来了；雨小时，他们说肖邦来了。

住公屋的，自己没屋。屋不是他们自己的。下雪时，屋檐下挂着冰凌子，他们没拆了屋烧火取暖，坐在床上，腿伸进被窝，写家信，写日记，看书。住公屋，用公屋，守公屋。

村长不担心公屋漏雨，等天晴，拿茅草，杉树皮补漏。村长担心公屋基脚，下面是个天坑，用松土填的。开会，先搬粮食，后搬人。人有脚，出事可以跑。粮食没长脚，跑不动。知青住惯了公屋，一起有伴，不愿搬到各家各户分开住。还是住有莫扎特有肖邦的公屋好。

村长特别强调，你们晚上睡觉要警觉，一有响动就赶快跑。

知青们想起在天坑上住了几年，没被活埋，逢凶化吉，真叫临危不惧。天坑上开铺，听雨，望月。人活在天坑之上，韶华相伴风景，这处公屋独有。

粮食搬出公屋，不待漏湿长霉。各家木桶满盛，留着救济青黄不接的日子。

雨瓢泼一夜，只一道闪电，一次炸雷。到天亮，公屋不见了，只陷下几丈的大土坑。

那些知青，一个也不见。没跑？活埋？

村里人围着土坑喊，不得了啦！不得了啦！

村长一身汗，你们就知道打锣，赶快把人挖出来。

牛掉下天坑，使劲一个人就拉上来，这连人带屋埋了，挖人不容易。

这是件大事，村长到公社报告，公社电话报县里，县里又往上报。

一直没回复什么意见，比方说通知家人、父母，比方说赔点人道主义的钱？

一直没答复，上头可能还在研究。好多事都是要开几个会，研究研究的。没在上头做过，好多事不懂。

四公公到大土坑边看了，老天埋屋未埋人，天有天理，父母血肉，哪可活埋？那样聪明活生生的几个后生，早跑了。地陷屋柱斜，屋梁会断会响，这些动静，狗都晓得，读过书的城里人不晓得？埋了人，过几天会臭，有蚂蚁爬。等十天半月，你们就明白。

有历练的人，讲话心狠，听起来有道理，不好不信。

公社仁宽书记赞同四公公的讲法，把四公公的原话抄了，让他盖上手印，往县里报了。县里答复，参考贫下中农群众意见处理。这个事，政府的程序走完了。

十天半月，天热，泥土像半熟的热饭，大土坑没腐臭味，坑也不见几只蚂蚁，只有几只泥蛙跳来跳去。

坑里不埋活人，四公公的话真，天有天理。

铁梅在公社学校，没在场。她来到土坑边只是哭，坚持要在大土坑边立个碑，刻上几位知青战友的名字。要是他们还活在世上，逢凶化吉，也算做个纪念。

村长安排最好的石匠，选最好的石料，有小丁写字，立碑，后来叫大坑碑，成为地名。

公屋夜话

雨。莫扎特。

女知青：我们来这里几年了？

男知青：三年？五年？中间回去了一次，四年多吧？

女知青：有小丁有老师（知青都叫有小丁有老师，他们知道右派学问大）的女人漂亮吧？

男知青：还好。

女知青：什么叫还好？

男知青：就是……就是……

女知青：就是什么？

男知青：就是差点什么，我讲不清楚。

女知青：我差点什么吗？

男知青：不差，真的。不差点什么。

女知青：我们这个，这个有点像谈恋爱。

男知青：爸妈交代了，不谈恋爱，是来锻炼的，不是来谈恋爱的。保尔•柯察金，只革命不恋爱。

女知青：冬妮娅嫁了个资产阶级，嫁保尔多好。

男知青：不过。

女知青：不过什么?

男知青：这么远，爸妈也不管我们了，是不是?

女知青：爸妈对我们从小学到中学一直说把作业做完啊，做完作业再玩。结果呢?我们就成爸妈没做完的作业，我们上山下乡了。

男知青：学校呢?教给我们永远也不会明白的、永远也不会用的东西。

下雨，闪电。两张惶恐的脸。

女知青：我怕，不回去睡。

男知青：睡我这，被子好久没洗，汗臭。

女知青：你不知道吧，下地干活，我要接近你，喜欢你的汗臭味。

男知青解她的扣子。她拿开他手，我自己来，你解不开。

贴在一起，有点烫。

女知青：会怀孕吧。

男知青：那我们就成有老师那样了。

女知青：要是不让结婚，就算大错误了。

男知青：要这天坑上的屋陷了垮了把我们埋了就好。

大雨还在下。

屋梁断了，两人还没穿好衣裤跑出公屋，大喊，快跑，快跑，天坑，屋，垮了！

都没穿好，在雨中淋着。在大天坑边转了一圈。公屋没了，人没活埋。

知青年纪大一点的说，现在好了，满世界都以为我们死了，埋了。爸妈也不用为我们操心了，我们想去哪去哪。以后呢？以后再说。

他们想了很多办法，去别的知青场，去偷衣服，偷点吃的，偷点钱，还想到当特务，那个好玩。

最后想出一个办法，连夜赶快走，三四十里路到百福司，躺在沙滩上装死。有人来救，就说是翻船落水未被淹死。讨几件衣服要些干粮就走，过四川，过贵州，到云南往前走，到缅甸，那里要人打仗。

后来，他们去了哪里？

查无下落的人，后来在集市上一再出现过，而且，会有些个人史上说不清的事。

时间之变

大土坑埋了公屋，后来一场泥流又埋了大土坑。

大土坑成为地名，是一座油茶山。公屋也成地名，是处菜地。知青成为名词，村里日常生活不用这个词，早已遗忘。这不是一个名词的委屈，像标语啦、地主啦、右派啦，这些名词也成冷词。天晴啦、下雨啦、吃饭啦，这些话还经常讲。再往后，小姐啦，董事长啦，博士啦，明星啦，讲起来也顺口。

村长还是村长，村长还是那个人，那个人还是村长。锄头、斧头、犁头，那些铁打的换过了又换过了，村长没换。村长一当几十年，不说改土归流以来没有过，从三皇五帝讲起，哪位皇帝在位也没他在位时间长。村长不是封的，是村里人叫的。农会，互助会，合作化，人民公社，村支书，生产队长，村民委员会主任，村里没人叫这些封号，只叫村长。村长的辈分不高，论辈分他得管那些年纪比他还小许多的叫叔、叔公，人家也不好意思叫他小名，村长的小名叫狗鸡巴。长辈们叫村长就像叫小名，晚辈们有时候叫他呃——，有时候叫村长，就像是叫一声叔伯。晚辈们一叫呃——村长说呃什么呃，叫狗鸡巴！晚辈们马上改口，村长伯，村长叔，村长公公。新来的公社干部和后来的乡干部，政治上敏感的，指出叫村长有点那个，一边批评一边入乡随俗，你大小是个村长呵，说话注意点影响呵。想想村长官小，又是个别现象，不会有大的政治影响。村长对上边来的作过解释，他们叫我村长好听点，没叫我狗鸡巴，我小名叫狗鸡巴。上边来的未发火，还笑，这个别现象也太个别了。

一个人叫什么名字，不讲究，命名学在三川半不盛。

雨嫁给村长，对他讲，你哪里都好，就名字不好。

怎么不好?

不好听。

叫个好听的，叫河叫江叫林，还不如叫这个名字。人贱，命硬，是不是?

后来，人都叫他村长，两个人时，雨叫他狗鸡巴。

雨走了，他忘记了自己就是狗鸡巴。一个不好听的名字被一个人装在口袋里带走了。初一还是初一，十五还是十五。日子就是个信，就是个消息。今天明天后天，是个日期。日期在人就在。

日子日夜过。火烧那两块大石头，大宝塔和小宝塔，日子久了就长了脚，比乌龟还慢地移动，越挨越近，小宝塔石大起来，比大宝塔石还大点。

草药婆婆对四公公讲，那小宝塔石怀孕了。过了些日子，小宝塔石裂了一条缝，流出一些水银来，水银珠子四处滚动。

它要生了。草药婆婆说。四公公说，老神仙给它接生吧!

宝塔石生出了一个罗盘，其实不过是一块磁石，一出来就知道南北。弯弯的像一只巨大的水牛角。它先下地转几个圈，然后不动，大的那头指南，小的那头指北。动它一下，还是那个样子。

和人不同，它不哭不笑不说话，它想些什么，人是不知道的。刘二先生懂阴阳，借罗盘看风水。他把风水当成是罗盘的想法。四公公讲刘二先生只会装神弄鬼，他的话都是鬼话。不想好好过日子，就学刘二先生画桃符。

画桃符，鬼画符。画了桃符走江湖。算八字，补锅子。吹牛角，摆场子。摆脸子，卖豆腐，不如去打三棒鼓。

那只罗盘，怕刘二先生用坏，宝塔石妈收回去了。这罗盘，见识的人不多。时间像个说书人，总是长话短说，那只罗盘正好落在短说处，只算一笔带过。

石头到了生育的季节，大的生下鱼，小的生下虾，硬石头生铁蟹，河里就有了鱼虾。

水蛇不多事，不毒，不咬人，不咬下河洗身的牛。河里一热闹，它也打个眼做成洞房，和鱼交配，生出一种鱼，叫岩苑鱼。这鱼肉鲜美，鱼子巨毒，似河豚。此鱼得水蛇习性，穴居，喜在石头底下，摸鱼，黏滑的是岩苑鱼，糙的是水蛇。放牛的田聋子是摸鱼高手。夏天，牛群在阴处吃草，牛虻在吃牛。田聋子摸鱼。牛吃饱，牛虻吃饱，田聋子得鱼好多。用竹枝串成几尺长鱼串子。他认鱼穴就像认张家李家的门，认门前屋后的树。使劲认得山里大小岩洞，高才生写得出三川半所有的姓氏，草药婆婆认得三川半千百草木。采山货的知道哪一处有好蘑菇，哪一棵树栖什么鸟，哪条荒路走什么兽，哪座山上砍什么柴，哪块地里种什么庄稼，长什么猪草，哪丘田不长蚂蟥，哪样泥巴能烧瓦，哪处水喝了不生病，哪种石头可以磨镰刀，哪种石头可以打磨子打碑，哪根竹子能撑船，哪只蛤蟆不咬人……

四公公不计甲子年庚，只记昨天今天，后边挂着明天。

田聋子同四公公，像一个师傅教的。

你多大年纪？

啊？

昨天呢？

摸鱼。

今天呢？

摸鱼。

明天呢？

摸鱼。

牛呢？

啊？

瞎子耳朵好，聋子眼睛好。哑巴不讲话，笑得好。

这些奇迹，是怎样长出来的？是经年，是流年，是时间隐藏的秘密。

夏天还没过完，田聋子没来放牛，也没来摸鱼。来看牛的是一帮大孩子。田聋子死了，他死的道理很简单，就是他从来没打算活四公公那么久。他病了，也不吃草药婆婆的药。药苦，人要吃甜的，吃香的，药是最坏的食物。他病了就躺下喊哎哟，哎哟就是药。呻吟就是药，止痛。他也不会跟那些牛请病假。他的牛自去吃草，吃饱了一定回栏里睡觉。用牛的人，先到的，使不听话的牛，把听话的牛留给后到的人用。有这样用牛的人，所有的牛都会变得驯顺，好使。牛懂人话，犁地时，叫它转，它就掉头。叫它停，就叫一声“哇着”，它就停。叫它抬脚，它就会把不该踩的那只脚抬起。

田聋子死了，埋了。死人，热天放久了会臭。田聋子坟上还没长草的时候，几头牛到他坟上，用角挑，用蹄刨，把棺木刨出来，用角把棺木掀开。田聋子坐起来，把牛骂了一句，找死！又躺在棺材里，不说话了。那些牛把棺木盖好，把坟垒好，坟比先前还厚实。到坟头长出青草，那草很鲜嫩。牛不吃它。黄土变青坟，牛不再来了。

母黄牛也死了，吃了醉草，死在山坡上。老黑牯为它打断角，两头牛是伴。母黄牛死了，老黑牯不吃草。几天不吃草，饿躺下了。两头牛一块拉犁，歇气时，再累也要亲热一下。老黑牯挺了几天，也死了。草药婆婆讲黑牯想死，不给它喂药了。人和牛，想死，便都救不活。

村长说，这两头牛就不吃肉了，在大土坑埋了。大土坑旁涌大泉水，泉名牛耕水，久旱不枯涸，从此禾青草绿，无饥荒。

这年辛丑，牛年。村里在牛耕水处修了个土地堂，供上土地菩萨。土地菩萨灵，庄稼无虫害，鹰不抓鸡，豹子不咬狗，田里蚂蟥也少了。土地菩萨是最小的神仙，地位比灶神还低。灶神直通玉帝，是天上人间的通讯员，他脾气比土地菩萨坏，谁家得罪了灶神，他直报最高领导，得罪不起。他在人间有很多眼线，专搞密报，他掌管一个庞大的情报组织。土地菩萨脾气好，守庄稼六畜。人懒他也懒，人勤他也勤。他不拿工资的，对穷人富人一样。有供奉他受领，饥荒年，他陪受苦，不吃不喝，他没观音菩萨的神通，人间苦难他帮不上忙。有不懂事的，对土地堂撒尿，他就会摸撒尿人的脑壳，撒尿人就会一辈子发脑壳痛。大神小神，都不可得罪。

猪圈牛栏，年节也烧香敬神，那个神就是封神榜上的姜子牙。只取牙的意思，吃肉叫打牙祭，祭牙祭口祭肠胃。为什么不祭猛人张飞和汉帝？他俩都是卖肉的。他们都杀牲重，杀人如屠牲畜。姜子牙杀妖，可当神。

请了很多神，守护村庄。神仙爱打瞌睡，让人不放心。村人装备猎枪，把中华田园犬驯成猎狗，在庄稼地安排些稻草人。还是有乌鸦撕了苞谷，野猪啃了红苕，鹰和鹞子抓走了鸡，豹子拖走了狗。

虎狼之恶，潜伏在前后左右，我们不是猎手就是猎物。

一个人的流年

高才生找出小学一年级的语文课本，在小学语文老师的墓前，一页一页地烧了。他给老师背那几个词：五星红旗、北京、天安门。他这样做，是要给那边的老师说句话，不该和老师吵一架。

在没拿到诗歌课本之前，高才生叫岩包子。父母生养，先取个小名，叫这名，命硬，好养活，病不死，饿不死。

岩包子没拿到识字课本之前的学前教育是看炊烟，看云，看一根一根的竹子，一片一片的树叶；是看叶间的花和果实，听鸟叫虫鸣，分辨家种和野生的各种食物。旱天，他和大人和牛到处找水。第一次见到鱼，知道那完全不长毛的东西也是可以吃的。屋里住人，栏里关牛，林子里住野猫，坟里埋死人。死人变鬼的不能回屋，成神的回屋做家仙。

岩包子看炊烟，一缕一缕，袅袅升起，在天空化云。一朵云，一朵阴凉，遮烈日，一朵云就是一顶斗笠。

到学校，三年级吧，老师讲课文，云是水变的，云再变成雨落下来，再生成汽，变云，再落下来，冬天变雪。听起来有味，有理。岩包子放学，先不进屋，到村头爬到树上，看炊烟升起，化云。他进屋把正做晚饭的妈拉到院子里，妈，你看云是烟变的。妈说，是的啊。第二天上学，他对老师讲，云是烟变的，都看见了。老师讲，你和你妈看见的就是真的？课本讲的才是真的。你妈让你进学堂，就是要你学会什么是真的。岩包子讲，我和我妈看见的不算？老师回答，你说呢？烙印一样的疑问句。我不和你吵！他说。

再读几年书，岩包子知道这个疑问句就是答案，看见的不是真的。

几十年以后，五星红旗、北京天安门的上空，有一种云叫雾霾，是地上的烟形成的。这叫不叫云？

岩包子带着小学识字课本和疑问，到老师坟前，烧字祭老师。他念完课文，又说，老师，我不和你吵。

岩包子家富农成分，比地主罪轻一等，也是剥削阶级家庭。读书成绩好，入了少先队，戴着红领巾回家，一家人哭了一场。红领巾就是光荣，光荣都进屋了，尊严也就有了。别人还说，那个学校，尽是些阶级成分不好的当老师，富农孩子怎么入少先队？一家人听了觉得这话不公平。一家人找到村长，红领巾不是多分少分粮食，不能乱讲。村长讲，富农是土改划的，这么多年了。好好种地，像旧社会那样种地，把地种好，人人都是富农，吃肉，吃饱饭，找好老婆，你家富农成分算什么？就怕你家变穷农。

上学要报名。娘说，先给老师报上岩包子这个名，再让老师改个好听的。

老师正在刷牙，用牙刷柄碾压牙膏皮，要把最后一点牙膏挤出来，中华牙膏香。

来报名?

恩。

叫什么名?

岩包子。

哪个?——艾?

岩包子的岩，这名字不好听，娘要老师改一个。

艾——你就叫牙膏——中华，艾中华。

老师把牙膏皮给他，指着中华两个字说，就这两个字。记住了?记不住就带着这牙膏皮，天天认。

回家，娘问，老师取名字了么?

岩包子说，取了，叫牙膏。

岩包子改名叫艾中华，是学生了。

艾中华学习成绩好，他的好成绩，好在大家都看得见的地方。他的毛笔字写得好看，钢笔字也写得好看，上黑板答题，粉笔字写得比老师好看。

艾中华有一处地方不让人看，屁股上有个大疤，一岁多时烫伤，火塘里半边屁股烧熟。夏天下河洗澡，他只坐在岸边看。他还有一处不能让人看。李克时和他下军棋，一两个看棋的同学看见了。艾中华的裤裆是破的，小鸡鸡露头。坐久了出尿，尿珠子挂在头头上。艾中华要捉到司令了，李克时喊，艾中华，你鸡鸡出眼泪水了。一闹，这盘棋算和棋。

艾中华不下棋了，做完功课读小说，读《苦菜花》，读《创业史》。两本书换着读。读了想，地主富农好坏，《苦菜花》里的王谏芝当特务杀女儿；《创业史》里的富农分子调戏侄媳妇。不行，嘻嘻，行。下流啊。

艾中华是富农家庭，戴了红领巾也还是富农子弟。他从不和女生讲话，女老师上课，他从不抬头看黑板，怕看见女老师的脸。考上县城一中，排一女生同桌，他找了个借口分开。当然，那女生有狐臭。他不为这狐臭，和女生近了，就有点那个，有点不行。他对老师说，我有狐臭，女生不高兴，影响学习。

成绩单上，老师总会写上一句，要加强体育锻炼。身体有缺陷的人，不会有好的体育成绩。艾中华屁股的疤，不怎么影响体育，可他担心一体育活动，就露了鸡鸡。那回下棋被露了鸡鸡，他三天不能尿。班主任知道了，找水师老向看病，水师，就是个当年跟土匪治枪伤的营医，外科医生吧。向水师，拿了一把壶，一边把水往盆里倒，一边念咒语，艾中华就尿出来了，带血。这是意念导尿法，诱导，念咒怕有点假。这个办法，用于医学，也用于审讯，都和病灾有些关联。

艾中华，除了尿尿，绝不露鸡鸡，直到十八九岁。要不仁宽书记让艾中华找程思思做女人，艾中华的生殖器一直就只是个尿龙头。

一个绝不含糊的勒紧裤腰带的重要历史时期，饥饿和性事控制。

坏家庭，男子不能娶，光棍一生，也可自食其力。女子不能嫁，花开花落，让人怜惜。残疾人婚嫁，生养齐全人。穷人婚嫁，能过日子，穷不过三代，富不过三代。有两种人不能婚嫁，麻风病人，生养也有麻风病。艾滋病还在非洲时，这边就有了麻风村，就是麻风病集中营，好人病人，能进不能出。麻风村的鸡，也是麻风鸡，下的蛋不能进集市，有麻风杆菌。麻风村跑出来的老鼠，浇煤油烧死。

坏家庭婚嫁，生哑巴，生聋子，生瞎子。

艾中华戴了红领巾，评了五好学生，考上县城中学，家里没有摘富农帽子，不好找老婆。娘请人说媒，女人也是地主成分，比富农成分高。人家不肯嫁过来，要嫁个贫下中农，嫁个富农，子孙也是地富反坏右，不行。考了县城一中也不行，吃不了国家粮的。

艾中华知道，和娘吵。娘，你喂猪不好？种菜不好？吃了饭找下贱。娘一边补衣，一边流泪一边说，你贵气，你贵气去给老红军当儿啊你？娘把针扎进手指。艾中华握住娘的手指，娘，我再不气你了，我要娶个乖媳妇，让你抱孙子。娘抹了眼泪，笑了又哭。儿，伯娘家是贫农，他家东子哥哥娶媳妇了。媳妇住进茅屋，伯娘指我们家的大瓦屋讲，婶婶家的岩包子娶不到婆娘，会绝后，那瓦屋就是我们的。艾中华说，不听伯娘的，她哄媳妇开心。

县城，一中，五四青年节。几个同学又拉又推，要艾中华看演出。女同学美不美，平时也没好好看脸。台上唱歌跳舞，像西游记里的妖怪。同学们鼓掌，艾中华没拍手，坐在那里眼睛半睁半闭，装唐僧。

那头猪是要过中秋节杀了分肉的。中秋节未到，村长说，把那头肥猪杀了，大家吃一半，卖一半，让岩包子进城读书。村里过中秋节不吃肉了，岩包子艾中华要走一百多里路进县城，带上行李和半头猪的钱，上坡下坡再上坡，过小河再过大河。小河踩着跳岩过，大河过渡船。过渡船不要钱，到年底，船老板家家户户打河粮，交点粮食当一年船钱，打过河粮不收渡船钱。上船喊一声，交过河粮的。船老板不答话，只把你渡过河。如果赶集市，生意也大，卖几头猪崽或者是一头肥猪，也会给一角两角，算格外礼。这时候，船老板准有一句话：发你个财，坐稳当呵。

艾中华过了渡船，上坡，翻过山丘就看不见村里的炊烟了，那炊烟，半年里不会有炒肉香了，要等到过大年杀猪。他回望炊烟，自己就是一路的炊烟，走进云朵，再飘向哪里。哪里是哪里？

县城一中就是座文庙，满园书香，一堂大师。向校长，旧社会过来的读书人，他有康熙辞典、四角号码字典，是用几斗米买的。毛笔是上好的狼毫，黄鼠狼尾巴毛做的，墨是正宗的徽墨，砚是端砚，苏轼名头。他讲历史课像语文课，讲着讲着就来几句“春江花月夜”，吟几句唐诗宋词。讲岳飞、辛弃疾先吟他们的诗。诗是吟，不是朗诵。朗诵就是啊——黄河！黄河就是黄河，你啊什么？吟，讲古韵，不要感叹号。谢教导主任，北大毕业的，讲课像唱京歌，字正腔圆，正宗普通话。夫人本地人，本地话。居（猪）脑壳挂在巨（柱）子上，风一去（吹），打几个圈圈（转转），本地话把普通话读很多别音字。两口子吃饭，谢老师讲普通话，谢师母纠正他好几次。最后还是普通话，谢师母就学成本地的普通话。生了双胞胎，龙凤胎，兄妹都讲正宗普通话，后来两人都进了县话剧团。

谢师母到学校看谢老师，学校老师两人一间房，没地方住。谢老师带师母到县城小旅馆开房，两块钱一晚，贵，相当于一天的伙食费。省钱省老婆，不省老婆要省伙食费。半夜，派出所到旅馆查房，问女的是谁？怎么一起睡？谢老师拉了拉汗背心，提了提花短裤，对民警说，是同志。民警说，同志是同志，怎么是女同志？谢老师说，是爱人同志。民警说，到底是爱人还是同志？谢老师说，同志就是爱人，爱人就是同志。民警问，有结婚证吗？谢老师答，没带。一急，就说，我是一中谢老师呵。民警笑了，我们早就知道您是一中谢老师，您的普通话，就跟广播电台一个音呵，你的普通话就是证明呵。打扰啊，要不要服务员送一壶开水来？

寒假，谢老师回乡下探望父母，买了白菜、胡萝卜。县城白菜是华塘大白菜，白菜心是淡黄色，胡萝卜是洗胡萝卜（红萝卜），又脆又香又甜，乡下种不像。一条扁担，一头白菜，一头胡萝卜。到半路，才觉得一头轻一头重，捡了块石头压在轻的一头。到家，老父亲问，这石头也是城里买的？谢老师答，路上捡的，为了，为了打狗，怕被咬，岩窝寨狗恶。老父亲心里明白，叹口气说，读书人蠢呵，一头猪从三川半赶到北京还是一头猪，你给爹娘讲普通话，读了书打官腔，你还是我儿吗？

谢老师说，受教，父亲。

呸！老父亲出门放牛去了。

数学陶老师，把算术题升级为代数，再把方程式演变成算术题，好懂，教数学考细心和耐心。

艾中华是好老师教的好学生，成绩年级第一。只是体育还是不好，下棋算体育的话，也能争个第一。他仍然是一个人洗澡，没人看见屁股上的疤。他仍然不和女生打照面，直到一中毕业，六年他记不清任何一位女同学的脸。娅是校花，后来上了电影电视，老同学指着娅说，她是一中同学呢！艾中华仍是茫然。那时，艾中华的头发已经白了。

老校长讲，要不是来了“文化大革命”，艾中华考上北京大学没问题。谢老师说，是呵是呵。我每个月存了十块钱，钱都存够了，帮他读大学。两位老师讲着讲着，就吧嗒吧嗒掉眼泪。

好学生艾中华，高才生艾中华，有些不好意思地回忆：有些功课没学好，比方说，比方说……早知道不能读大学，那就要把中学当大学读呵！

好吧，把学得好点的去教学生，学得不好的让别人去教。艾中华教的学生差不多都在种庄稼，也有去参军的，进城当工人的，两三个当老师的，两三个当官的，还有一个在大医院当医生的。他教的学生不是很出色，但没一个偷的抢的骗的，没一个坐牢的。艾中华一直用那盏煤油灯，有了电灯，他还用那盏煤油灯。煤油不好买到了，只有人用来做打火机。每一年，都有学生搞一桶煤油来，从哪里搞来的，不知道。

艾中华有了妻儿，有了孙子，他还是爱一个人到静处，想一件事：没把学生教好，课堂上讲了那么多没用的东西，不知道呵，有些东西就是没用，课堂上面天天讲，一辈子也不能用的，你们后来明白，那是造化，一辈子不明白，是我的罪孽。

长了虱子，会自己捉。

一条河，自己用水洗干净。

人生就是长流水。

搞鬼名堂

县城一中向校长有手抄本三川半灾难史。一是饥荒死人。天旱，无绿叶草、青草，吃泥。河流干涸，吃死鱼烂虾，吃蛇吃蚯蚓。鸟飞着飞着就掉下来，捡回来连内脏一起吃掉。野猪虎豹麂子饿死山里，就地架柴火烤着吃。肉吃光了，再吃白骨，和着蚂蚁一起吃。那手抄本有“易子而食”一句，向校长注上：虎狼易崽互吃，人不可。虎狼无交易行为，实指人。心想可怕，向校长用墨涂掉这一句。又鸡窝症，八面山下起病，人死一窝，无人埋。一寨成坟，一屋成坟。

另记两件事：一是有关三川半泥土，暴雨洗土，只剩石头。二是人熊进屋吃人，掳女人进山洞，生半人半熊，这半人半熊力大，练成神兵，生战祸，记为长矛反贼之乱。

不记有两件大事，由向校长推断出来。一是三川半无地震，二是三川半未出过帝王。

有长岭岗，南北长六十里，东西长三十里。有地脉相，龙脉，尾起拖船洞，头伸百福司，饮白河。长岭岗内为空洞，是那九九八十一洞，漏尽地脉，有脉无龙。此地有地头蛇王，吐瘴气，人畜染疾患，鸡窝症死人几千。观世音佑南海，张天师护武陵，执杖取地头蛇王，张天师掷杖镇蛇王，蛇王吐瘴气喷天师，正是下雨，雨助瘴气，天师弃杖奔走，杖化为长岭岗，锁蛇王洞中万年。

有脉无龙，地以蛇为龙，尽出强人。

后来兴官衙，立神庙，办学堂，建医院，聚集市，强人分散各行，其势简化。

敬鬼神，敬死去的名字。向老官人田好汉，彭公做主逮夜饭。

艾中华领学生进山砍柴，拾得一把生锈的尖刀。有学生拾得铜壳子弹，把火药倒空，子弹壳当铜卖了，换一粒水果糖。公社学校的两边山上，走过队伍，耍过梭镖大刀，埋伏过狙击手，要紧的关口，架过机关枪。太阳落土，阴风起，鬼魂出没，山有雾岚。死人最后一口气，高处的变雾岚，低处的变灵芝。被杀死的人，最后一口气会长出带红丝的灵芝，叫血灵芝，治胃病。吃多了霉苞谷，胃长癌，血灵芝泡酒喝，止痛化癌。血灵芝稀少，草药婆婆有血灵芝，专门对付霉苞谷的。

人未出门，在土地菩萨管辖界内，强人狠人，把生土做成熟土，喂肥猪，盖大屋，囤满桶粮食，养六畜兴旺。

向后生出门，姐姐在堂屋里取一点土，缝进向后生的衣襟。再拜过家仙，拜过土地菩萨，过长岭岗、百福司坐大船，下汉口看朋友。

在家靠父母，出门靠朋友。褡裢里是铜钱，银圆，还有一把单刀。

朋友下汉口做生意，三年无音信。出门时，向后生卖了牛，卖了田，卖了鸦片膏子，给朋友做本钱，三年没回来，也没捎个消息。先是听传言，去汉口路上被土匪杀了。后有船下汉口贩桐油，说见到那朋友了，生意做得大，买了洋船，跑南京、上海、香港，置了洋房洋车，养了三个婆娘，他请三川半去的人喝酒。

向后生听了，找贩桐油的要了地址，去汉口找那朋友，把本钱要回来，置田地盖屋，把日子过得像个样子。坐三年茅屋，婆娘没一个，大年三十别家杀年猪，他捉了只大老鼠吃了算过年。

几天以后，半夜，姐姐听见有人推柴门，提桐油灯龛，是向后生。姐姐。喝水——姐姐舀了一瓢水给他。一低头，脑壳掉进水瓢里，他连血带水咕嘟咕嘟喝了。

姐姐问，和朋友打架了？

向后生脑壳在水瓢里说，把他杀了，敛拾了。

姐姐请人在堂屋挖坑，把他埋在堂屋里，长出几株血灵芝。

佛不杀生，何况杀人？杀人不好。不要杀人。

三川半后来太平盛世，杀人的事只在文史资料里有。

后来有过两次灭门血案，老人和孩子，如花似玉的姑娘，中间夹着一个仇人。下手的人杀红了眼，割命如割草。案子结了，三川半人心里的案子也结了。播种的播种，赶场的赶场。红白喜事照样办。

公社又来了一两个案子。一些人绑了一男一女来公社。金童玉女，男才女貌，不是夫妻。女的丈夫在公社做事。人绑来了，往河里沉。公社武装部长掏出手枪，朝天放了几枪，喊，不能出人命，绑人的散伙。仁宽书记又做了些思想工作，让女的跟丈夫多住几天。那位小白脸是江湖郎中，要他赔了五块钱，放他跑了。仁宽书记对小白脸讲，搞别人的老婆就白搞？好玩？让你长点记性！

小白脸才逃脱，又来了个被斧子砍伤的，担架抬来的。案子里，男女通奸。女的丈夫是木匠，在外边做手艺，回来见两个光身子在自家床上。木匠大吼，我做的床，我睡！用斧子劈人，未死。两边都吃了亏，这事就算了结了。

公社所在地的厕所，就是化粪池上搭个木架子瓦屋，也就是茅坑屋，怕臭，离人住的地方远一些。老师，学生，公社干部，一百多人共用。宿舍内是不会有卫生间这样复杂的设施，县城也没有，省城怕也不多见。厕所可叫茅屎坑，不可叫卫生间。叫卫生间叫洗手间那个文雅的时代还没到来，叫出恭的时候又已经远去。公社到底是公社，叫解大溲解小溲，村里叫屙屎屙尿。不管叫什么，公社所在地，厕所是最热闹的地方。一下课，那里就像赶集市。

河里涨水，水是泥黄色。岸边的泉水又被水淹没。艾中华吃了浑水拉肚子，一晚跑几次厕所，一路黑，又不好叫程思思起床做伴。上厕所走夜路还要女人陪？

仁宽书记苦口婆心，让艾中华和程思思领了结婚证，吃了喜糖瓜子，就睡一张床了。直接的好处，立刻省下一床被子和床单，冬天还暖和。有女人比没女人好，这个全公社人都知道。小学高年级学生也明白，艾老师这下好了，好过日子了。两口子一起睡，进食堂还是各吃各的。打牙祭时，女的把肥肉夹给男的，男的把精肉夹给女的，还不兴你喂我一口，我喂你一口。那年头，人胆子小，没长大。

岁月宁静。

艾中华拉肚子跑厕所，黑乎乎一路，没月亮。煤油灯好好在手里，没一丝风，灯熄了。身后有脚步声，一回头，没人。自己的脚步声吧。一走，后边有脚步声，没人。

你没看见我吧？有人讲话，是铁梅的声音。真是铁梅的声音。艾中华问，铁梅老师，你不是那个了吗？你不是那个了吗？两个月了，你回来了？我胆子小，你莫吓我啊。那个声音说，我不是来吓你，是来请你帮个忙，你每个月给我娘写封信，给我娘寄十块钱，我在县城银行存了一百六十五块钱，存折就在你的床板底下，你回去一看就知道了。不准让你老婆知道，女人疑心重，影响夫妻关系。

艾中华大气不敢出，二气不能进。进宿舍，浑身冰凉，就想进被窝，程思思说先慢一点，光着身子下床，点亮煤油灯，半明半暗，艾中华像活见鬼，又是惊吓。艾中华喊冷。程思思说，才过中秋，不冷。倒了半暖水瓶热水，用毛巾擦艾中华身子，在他两腿间故意多停留，拿捏了一把，艾中华没什么反应。拉他进被窝，用热身子烘他，半天才热乎起来，就是不硬。程思思说，你这鸡也不啄米了？背后好像有人推了一下，有声音说，你对不起她。这一下行了，把婆娘压在下边，亲个遍地开花，把婆娘弄哭了。程思思边哭边说，你是个鬼呵，你你你是个鬼呵。

程思思一出门，艾中华在床板一摸，摸出个信封，写着“长沙市十三堆子反右街七十七号欧阳丽娜收讫”字样，或“十三堆子天主教堂约翰神父收并转交”，信封里有个银行存折，余额为一百六十五元。

去县城百里，来回二百里，需两日快走。一边上课一边走神，几次折了粉笔。站着打个盹。凉亭里有双草鞋，穿了，即刻到县城到银行，早有人取十元给他，存折计数，去邮局，有人给他写好地址的信封，内有信笺一页，上书我母云云，儿安好。将十元装入信封，这叫夹寄。复又回凉亭，脱了草鞋。睁眼时下课铃响，半月余，有信来，落款处为天主教堂约翰神父。

如此，一年半过去，存折里的钱寄完了，却怎么也找不见那本存折了，以为夹在学生的作业本里了，上课问学生，有谁作业本里有个小本子吗？板栗色的。学生说，没有。学生不跟他讲假话。

铁梅死了也就快两年了。怎么死的？毒蛇咬死的。仁宽书记告诉校长，校长再开会告诉大家，铁梅老师被毒蛇咬死了。五步蛇。蛇呢？民兵老黑把它打死了。

公社开民兵营长会，武装部长带领十几个民兵营长打靶，搞军事训练。备战备荒为人民。公社小学出文娱节目搞联欢，铁梅老师唱歌，民兵营长老黑拼命拍巴掌，全身鼓足劲，要爆炸的样子。

夏天热，晚饭后都会到小河那边冷泉打凉水。下了晚自习，铁梅老师提了保温瓶打凉水。弯着腰汲水，后边有人按住她，扯她裤子。一看是民兵营长老黑，拼命拍巴掌：你，你这样犯法！老黑牛喘气一样，我，我要和你犯法！他扯下她的裤子。铁梅又羞又气，我要喊人了，仁……

她大概是要喊仁宽书记，还是喊人？他捂住她的嘴，勒她脖子。她看见山倒下来，河水也不响了。

老黑跑到武装部长那里，说碰见铁梅老师打凉水，被五步蛇咬死了。武装部长当过侦察兵的。他掏出手枪，顶住老黑的脑壳，你狗日的闯大祸了。老黑跪下，部长，我鬼摸了脑壳闯大祸，莫送我坐牢，可怜我瞎子妈啊。武装部长吼一声，走，到仁宽书记那里去。

仁宽书记扇了他一耳光，又朝他胯裆一脚，踢得他弯腰跪下去。仁宽书记和武装部长两人把老黑绑了，先关在公社电话室。

仁宽书记生气，才评他先进，又是吐故纳新对象，闯下天大的祸，影响太坏了！他和武装部长两人商量，不要扩大影响，就说铁梅老师是五步蛇咬死的，公社干部，学校师生，统一口径，不要乱讲，强调不要传谣不要信谣。

找几个民兵，半夜把老黑送县城，交县公安局处理。

老黑最后判死刑，布告上也只写强奸杀人罪，杀谁？强奸谁？没写出来，只写了某女知青。

公社离县城远，下边没扩大影响。

老黑在牢里做了个梦，一脚踩空，掉进粪坑里。醒来一想，是死期到了。看守进来，一碗酒，一碗大米饭，香，没一点霉味，一碗肉。酒喝了，肉和饭没动。看守问他有什么要紧话要留？问得认真。老黑说，要是枪，让公社武装部长来，他是我的教官，枪法好。要是刀，选一把陈燕山打的刀，刀块，一刀砍脱脑壳。这饭和肉，我不吃，找个人送给我娘。还有，把我的工分算好，多分点口粮，我娘要吃饭。看守问，讲完了？老黑说，讲完了。看守说，是刀是枪，你莫操心。这碗肉，我送给你娘吃，生产队的工分不会少你的。你死了，你娘就是五保户，生产队养她。你安心上路，到了阴间莫乱来，犯了事也要下油锅。老黑说，等我转世，做个好女人报答你。

看守说，到阴间表现好点，早点投胎，我不等你两辈子呵。

一路往回找

建水，金银乡，米粮地。

郑和从这里进皇城，再下西洋，他是出远门最远的人。他先是在一条海盗船上，大厨的帮手。他进宫，是帮皇帝办伙食。进宫不是进紫禁城，是建水，这里有个小皇宫。又说郑和本为皇帝走失的皇子，进宫阉割，做了太监。后来皇帝才知道，也只能将错就错，郑和做了不明不白的太监。他是进宫，不是回宫，那个叫作朝廷的地方，他永远也回不去了。

他几次远行，又几次回来，靠的是罗盘，罗盘是指路记路的，世上有一千条路，只要有一个罗盘，就可走好。

金银乡，米粮地，那个男人也只是听说，他领了雨往西南跑。他听老人讲，他们的祖先在建水发了财，造了个朱家花园，过半神半仙的日子。那个男人在路上就饿死了，雨用芭蕉叶盖了死人，算是埋，芭蕉叶就是坟。雨走了很多路，女人命长。她到了建水，这里屋多人少，人到别处找金银乡、米粮地去了。朱家花园是一座大宅院，差不多有两三个寨子大。没人，人只画在粉墙上，有男有女，有老人，有小孩。满墙人物，没病没灾，没饥饿的样，个个欢乐。满园青草，也有花开。桌椅落满灰尘，牙床前摆几双绣鞋，灶台完好，只是灰冷。

没人，我就是人，住下来。假装嫁进这座宅院，做个守屋的主。

无鼠盗之粮，老鼠也不见瘦。又寻得萝卜种，在花圃里种上。墙角经年，有一层硝盐，上灶炊成伙食，后传硝鼠萝卜，为一菜名。

雨每天把院子扫干净，落叶烧成灰，肥花圃菜园子。扫完地就去拂墙上的灰尘。有一老妪，总是握着一串钥匙。夜，虫鸣。有个声音，你好勤快，你好勤快呵！有一夜，粉墙上的老妪托梦给雨，宅院里那根几人围抱的楠木柱子，里面有个暗箱。打开，能拿走的拿走，拿不走的扔到枯井里。醒来，枕头边有串钥匙，找到那根楠木柱子，摸摸敲敲，找到了暗箱处，打开是金器玉器，字画宝石。有人脑壳银圆。一堆，怕是百多斤重。不能吃的，复又藏好。

建水人陆续回来，又兴起街市。朱家花园是文物地方，不能住人。这地方人好，感念她守了几年屋，做了保洁，维护了文物，也可以住下来，做原来的工作。

有饭吃了，不吃老鼠了。老鼠也有粮吃了，肥硕了。吃鼠久了，吃饭吃不出味道，像吃木渣。

她要回去，回家。问她哪里人？回哪里去？她不知道，路上要走一年多。建水人惊奇，那么远呵，是国外啊？看你也不像国外人啊。

她说，我住在一个叫宝塔的地方。有很多地方有宝塔，建水有宝塔，大理有宝塔，延安有宝塔，西安有宝塔，能想到的宝塔一一问过，雨一一摇头，不是那个，不是那个，是好大的石头，比屋大，比屋高，在河边。

有会想事的突然问一句，听口音，你是四川那边的？

四川？那地方没有四川，只有三川半。四川，一年到头有饭吃，三川半，一年差几个月口粮。

会想事的又问，三川半？可能是个地名。三川半省？三川半县？三川半人民公社？

雨再一一摇头，说，是省是县是公社，当干部的没说过，她不知道，小地名是宝塔。

会想事的告诉雨，那地方肯定和四川沾点边，你先找到四川，再找三川半，再找宝塔。

雨这回点了点头，说，大哥，你的话就是罗盘，九州万国也找得到。

朱家花园，雨打开楠木暗箱，拿了个玉手镯，准备给女儿露，取了件金色玉钗子，自己留着，到时戴给男人看。又拿了块红宝石，这个能打火吧，给男人点烟。再拿了十几块人脑壳银钱，做路费。

她在香坛敬了一炷香，给粉墙上的婆婆，给粉墙上那些人。多谢收留，我一辈子记得你们的好。还有，讲话像罗盘一样的大哥，你一辈子有吃有穿，金子银子堆满屋，活千岁万岁。

楠木暗箱里还剩好多，她分几次搬，再分几次扔进枯井。枯井涨起水，清亮亮的。星星和月亮，好好地在水里。水里还有她的影子，十八九岁、二十岁的姑娘，一张脸，像才开了的红莲花。

老宅院几十年，人没变一点样。这几十年，过的神仙日子吗？

离开朱家花园——这过了神仙日子的地方，到大理，到昆明，十天半月。她好像来过这些地方。再走两三个月，到了安顺，这地方她记得，好多坟，屋像鸭棚，人是搬家客，扛起屋到处走。再走十天半个月，到贵阳，她记得，是卖牛肉、酸菜和扎染布的地方。女人穿绣花鞋，男人抽竹烟袋。如果直走，到三川半也就两三个月路，她要先到四川。她心里那地图是这样写的，她要这样赶路。再走几个月，到成都，到重庆。在重庆，她闻到了花椒香味，离老家是不远了。老家，屋前屋后有花椒树。

花椒香，那水里泥里的路，风里雪里的路，上坡下坎的路，过桥过船的路，饿了渴了的白天黑夜，都过去了。花椒香，近了。

花椒香，饿了，想吃东西。雨拿了块有人脑壳的钱，买碗花椒牛肉面。卖面的拿钱看了看，这是什么钱？哪样哟？几个人围上来，有人说是旧社会的钱。敢用旧社会的钱骗东西呢？是个女特务！捉她见政府。她一路上吃生的，能吃的就吃，这回想吃熟的倒好，是个特务了。

政府是位眼镜男，她想起以前看露天电影《红岩》，叛徒甫志高像这眼镜男。这甫志高很和气，笑着问她，女同志，你叫什么名字？雨，她答。哪个字？羽毛的羽，下雨的雨？她答，雨，没长毛的雨。甫志高还是笑。你不识字？这回转了个弯，说，字不认我。甫志高说，你大字不识一个，怎么会是特务呢？重庆群众就是觉悟高。是呵是呵，识字的才是坏人，我不识字是好人。

眼镜告诉她，这钱叫银圆，过时的钱。钱是钱，过时了。钱也会过时？过时的钱不能用。这钱还好，是银子的，可以换钱，你到银行看看，能不能换成人民币。

她找到银行，问来的。布行是卖布的，银行不就是卖钱的？布卖钱，钱卖什么？没想清楚就进去了。拿出两个人脑壳钱，给台子后边的人看，说买点钱。买钱？里边人问。接过人脑壳的看看，手指弹一下，放耳朵听一下，演戏一样。里边人说，真东西，我们不收，上边没这个规定。你到银匠铺看看，他们要不要？大街上人多，问银匠铺，几个人都摇摇头。脚是江湖口是路，鼻子底下是大路。多问几个人，有个姑娘说知道，给雨指了路，不远，拐弯就到，靠左边走。银匠铺是个八字胡白眉毛的，戴眼镜，那眼镜像是假的一样，因为人不像甫志高。那人看了人脑壳钱，直说好东西，有几个，全要。雨不敢全拿出来，说只这两个。八字胡收了，拿了十元钱给她。雨拿了钱就走。八字胡喊她，等一下，等一下，八字胡又给她十元钱，姑娘，莫让你吃亏。雨不明白这该让人怎么想？生人熟人，都有好人，这个八字胡，比甫志高还好。

街上好吃的东西多，包子、馒头、油粑粑，吃哪样好？一样买一个吃。回家给女儿讲，重庆好吃的多，我带你来。

过涪陵，过彭水，过黔江，到酉阳，麻王，干溪，前边就是三川半地界。

雨夹着冰雹。快到家了，老天朝身上扔石头，挨一颗长出一个青坨。

走，落刀也走。路边有柴棚，看野猪的，堆放山土灰和放农具的，想进去避一下，怕是一坐下，人就站不起了，走，再走。

脚板的血泡破了，烂了，成茧了。

到了大河穿透岩石的地方百福司场，雨在这里卖过鸡蛋，给女儿买过花布，和男人沽过酒。

买了一身衣服，阴丹士林布的衣，细花布裤子，自贡尼力士鞋。找银匠铺换了几块人脑壳钱，价格还公道，三十元一块银圆（旧银钱后来是贵到三五百一块银钱）。想再买些东西回家，重了，不好赶路。买个竹背篓，买些好吃的回家。

到河边僻静处洗澡，换上新衣，穿上自贡尼力士鞋，脚已不习惯穿鞋了。

跳岩和桥

村长叫使劲，你力气大，帮我做个事。

河上有凉亭桥，也搭跳岩，又背又挑的。过桥，歇下，桥上有伴，讲话，递烟。赶场回来，看谁买了酒，买了肉，买了红糖白糖。过节了，办喜事了，看背篓里的东西就知道。回到村寨的快乐，从凉亭桥上就开始了。

不背不挑，就踩跳岩过河，在跳岩上蹲下，掬一捧水洗一把脸，看岩花鱼、巴岩鱼、马虾、螃蟹，跳岩上有湿的脚印未干，人过河不久，想路上搭个伴，走快点还能赶上。

过跳岩，踩个湿脚印，给后边赶路的留个信，天快黑了，路上搭个伴，快点赶我。要前边的人也走得快，后边追赶的，不过是正在消失的夜伴。

桥，不是连接，是个段落。跳岩，不是桥，是水上安放脚印的石头。

伴，不是一个人，不是一个段落，是一段路上走着的一个人。

这些不同的事物不是事物，只是离开事物的描写。

村长的四季，三个季节种植和收粮食，一个季节摆跳岩。从村寨往外走，百里脚不干，过了河又过河，河水打湿脚。光脚，穿草鞋，湿就湿。绣花鞋湿了，丝绣的花就坏了。

摆好的石头，河里涨水，小一些的石头就冲走了，要摆大一些的石头。摆完一道水，再摆另一道水。百里脚不干，要绣花鞋不沾水，摆好跳岩，等穿绣花鞋的人来。

大一些的石头一个人搬不动，村长叫使劲帮个忙。找个女婿，找个帮手。村长说，使劲，你能陪我摆完九道水的跳岩吗？使劲问，那要多少年？村长说，这石头再大，摆得再稳当，也会被水冲歪、冲走。今年摆好，明年还要重来。你能？使劲说，能，年年摆好它。

村长说，摆跳岩就像造屋，屋造好了，一家人住，跳岩摆好了，等家人回来。屋不漏雨，好睡觉，有跳岩不湿鞋，人好走路。

一道水的跳岩摆好了，两个男人，踩过去，又踩过来，每块跳岩都摆稳当了，村长很满意，心像河流一样畅快。

村人·家人

使劲，住岩洞，住树下。他是关进野猪笼子抬回来的。吃生的改成吃熟的，身上毛渐渐少了，变细，变软。

在火塘边烤火，下地使牛，看庄家绿了，黄了，使劲长大，能想事，能讲话。到雨嫁给村长之前，他就是个村里人了。村长到公社给使劲上了户口，使劲先成为人民公社社员，再成为家人。

远处的报纸登了篇野人长成记，有人往使劲身上想。村里人讲，我们村哪里来的野人？

一个吃白草和露水的人，进屋了，就是家人。

香雨

香雨，千百年落一回。

王昭君出世的那天，落香雨，已是多年。

香雨细如烟，像云朵抽出的丝，离地五尺时最香，入土时成淡香。家家户户，拿瓦罐接雨，盛满存好，藏红苕窖、瓦窖、山洞，过三九三伏，成药，医烫伤、刀伤，治毒虫咬伤，胜雄黄之功。入茶，清心明目，启哑喑，启燕雀之声。

雨过天晴，香气散尽，草木土石，并无香气。

村长叫露到菜园子看看，也无香气，取出那只绣花鞋，红丝绿线新鲜，只是再无香气。先前的满园香，像是被雨洗尽。

露拿了那只绣花鞋进屋。爹，你看，鞋子还是新的，只是不香了。村长接过，闻了闻，香，怎么不香？

露，今天你不要去扯猪草，割牛草，也不要去割荞籽。你带这只绣花鞋到山垭那里等一个人，那个人到了，你给她看这只绣花鞋，她也会拿出一只来。然后，她一定会跟你走，你领她进屋，这个人是你妈，二十几年了，她今天一定会回家。

露对使劲说，今天我要等一个人，今天会到，爹只叫我等。使劲问，今天要等不到呢？露说，就再等一天，等到人来。

这个人是踩跳岩过来的吧？跳岩也在等人呢。

露说，你该办什么办什么去吧。

使劲说，我今天也不去做什么，我去捉一头野猪来，人来了吃野猪肉。

野猪讲有就有，你以为是园圃里扯菜啊。

蚊子吸饱了血，人才想起拍一巴掌。山里鸟叫，没听见。山丘上有个影子在动，是牛。

太阳偏西，等的人没来。来了个问路的，二十来岁大姑娘，穿阴丹士林衣服，细花布裤子，自贡尼力士鞋。那声音，像锦鸡啼晨。

两人对看了一刻，张口说不出话，两人都觉得对方像自己，世上哪有长成另一个自己的？

这两个人，一个是雨，一个是露。

雨问，这位姑娘姐姐，我问你个地方，宝塔还有多远？

露说，姑娘问哪个宝塔？叫宝塔的地方多。

雨说，就是一块大石头，比屋还大的石头，那个。

露说，这个啊，在河边，这里叫界上。

雨说，界上？我问的是宝塔，要去的地方就是界上。

露说，这就是界上。姑娘，你要到哪家屋？

界上？雨身子一歪，就倒下了。背篓里的东西倒出来，一只绣花鞋落在草上。露拾起来，和自己拿的那只绣花鞋比，尺寸大小一样，布料一样，绣的花一样，红的花，黄的蕊，绿的叶。

露摘了薄荷叶给她揉人中穴，醒了，剥了根刺薹让她吃了，人精神很多。

雨看见摆放一起的两只绣花鞋，心里什么都明白了。她还是问露，这只绣花鞋是你娘留给你的？露说，我爹把它种在菜地里，在土里好多年，我爹说今天我娘会回家把它取出来，还是新的。我爹让我带着它，在路边等我娘。我娘有一只一样的绣花鞋，看见另一只绣花鞋，就看见我娘了。我见着另一只绣花鞋，没见着我娘。您是？是帮我娘探路的？

雨让露扶她站起来，看山丘如黛。是的，脚下的地方，就是界上。

你摸一下我的脉，你的心脉跳一下，我的心脉就跳一下，你就是露儿，我是你娘。

娘，我们回家！爹怕是认不出你了。娘，这些年，你在哪里成仙？这模样，成神仙姐姐了。

界上，阳光照岩，黑瓦栖鹊，炊烟十里，熟日子还在。枯了的井，天水灌满，倾斜的屋，强木牮正。太阳在山垭口，星月在岭上。铁三脚架在火塘中央，铁锅子在三脚架上。油罐、盐罐、米桶在老地方，锅碗瓢盆一样不少。

露领雨进门，村长问，露儿，你娘呢？没接到人？

露说，问她啊，她在她后边。

雨往前站一点，那一身阴丹士林布，那眼睛鼻子，女儿就是照她的样子长的。雨说，女儿长我一样高了，你不认得我了。只让女儿来接我，你就不来接我。

村长说，这屋也旧了，变了个样，你没变。你出门是这个样子，回来还是这个样子。女儿照着你的样子长大，天天在我身边，我哪认不得呢？只是不敢认。你嫁给我，就是这样一身阴丹士林布，你衣服是新的，人也是新的，我不敢接你，怕接不到你。

你看，人回来了。

你是踩跳岩过河回来的吧？我搭了九道水的跳岩，怕打湿了你的鞋。

你那些跳岩搭得稳，我回家，头发也没少你一根呵。

使劲弄了头大野猪回来，摔在院坝里，像摔了一筒柴，砸了个坑。

村长告诉女人，这个是我家女婿。露要使劲叫妈，这是妈？使劲见是个年轻姑娘，以为村长找了个小妈，不好开口叫妈，嘿嘿笑。

雨看了使劲，这个后生，就像二十多年前，饿死人的年月，领她远走富贵之乡，找那个几百年前、几千里远的朱家花园的那个男人。

为省一份口粮，跟外乡人走。半路上，那个人饿死了。她没问过他的名字，记得他姓朱，建水有大屋，有钱、有米、有腊肉。朱家祖先，留了一份好生活，在远处的大屋。屋跟人走。好日子跟屋走。人在哪，屋在哪。屋在哪，好日子在哪。朱家祖业，三川半到建水，那些人和骡马走过的黄金路，那些陷进马蹄印里闪光的日子，拂开灰尘，仍能照见。老宅里，楠木、樟木、花梨木的八仙桌，一定摆上好的酒菜；朱红的凳子、栗红的椅子，歇过富态、有耐心的屁股；罗帐里的牙床，有过安眠和春梦。

这些往事，雨哪里会知道？饿死在路边的朱家后生，只告诉她，那里应该有陈米，还有腊肉。有人领你去一个饿不死的地方，去，留一份口粮给孩子和男人。

起一个念头，人走了。又起一个念头，人回来了。念头里打个转，像梦里翻了个身。

村长的女人回来了，一村喜事，办酒席，野猪肉是大菜。席间上的菜，村里一年也难见几回。好吃的味道，红白喜事，过年才会有，每道菜都会成为长久的回忆。

四公公和草药婆婆安好上位，再好的酒席，有老人上座，才是好酒席。两条大黄狗在席间钻来钻去，然后选了两位老人跟前守着，它们能分享有肉的骨头，能得到多一些的怜爱。

散席。家家户户早早关门，不能让孩子到院坝里吵闹。火塘里埋好火种。熄灯。村寨安静，林子里的夜鸟不出声，山丘上的星月不说话。

村长的女人回来了，两口子有话讲，别人的话留了以后慢慢讲。

灶锅里热水，放菊花和艾叶。雨洗了澡，进房，还是以前的洞房，还是那张床，梳妆台还摆在老地方。

她头依偎在他怀里，枕着他的手臂。

你?

嗯。

回来了?

嗯。

人活着呢——

嗯。

没饿死。

没。

家里种了好多粮食，苞谷、黄豆、小米、红苕。

吃不完。

慢慢吃，有吃的了，你再也不会跟别的男人走了。

我只是和他走路，他饿死在路边，可怜。

后来呢?

我一个人走路，他讲的那金银乡、米粮地，是一处老宅院。

你一个人?

一个人。还有梦里的人，粉墙上的人。

我呢？

你呀，有时在粉墙上，有时在梦里。今夜，你在，我在。

像摸鱼，摸这光身子的女人，他的女人。

哼哼……小心点，我怕生孩子，生了孩子挨饿，多张嘴巴吃饭。

见雨担心的样子，村长说，我给你讲个事，我响应政府号召，把小肚子里边的一根筋管剪断了，到公社卫生院剪的，你又不在家，我就去响应了。

真的？你就去响应了？

响应了。

没事吧？

没事。就是刚开始腰有点酸，胀疼。

想再要个儿子。

给你找了个好女婿，力气大，顶两个儿子呢，他也没爹娘。

嗯……我想给你讲，我不怕生孩子。一进屋，屋里都是粮食，圆桶、扁桶都装满了。见这么多粮食，就想给你生一个、两个、三个。你等我回来，再那个响应啊。也好，女儿他们多生几个，人多热闹，到腊月正月，家里就像打三棒鼓。

那几天，使劲搬来石头和木料，他造了一幢屋。

造屋和造人，都是接代。千家百户，多了口火塘。使劲造了一幢最结实的屋。好屋，千年不坏。

有小丁改姓吴

蛇为了长大，一年一度蜕皮。竹为长高，七天掉一个笋衣。蛙断尾生腿成蛙有声，人长满牙成人。

有小丁有了女人，人也变了。蓄须，抽旱烟叶子。种菜，泼粪，挑水改学背水，不见他写标语。女人肚子大了，草药婆婆说怀的是男丁。

有小丁找到村长，村长，我改个姓，这里姓吴的多，我也改姓吴，这样像个本地人。儿子以后也姓吴，姓有，像个外地人。

他还要大土坑一块地角，要做大用处。村长说，那里地下是空的，要了不能造屋，做什么大用处？有小丁说，要来造一座坟。村长诧异，你四十不到，还没当爹。七老八十才选坟地。有小丁说，我是要造一座祖坟。等儿子出世，长大了有个地方祭拜。祖先埋在这里，种地的，好人，正常死亡。有祖先保佑，人就有个安全感，给孩子造个坟祭拜，他能长命百岁，一生平安。

村长边听边点头。你讲完了？让我也讲点。你们读过书的人，灵魂有点复杂，想多了，事情就复杂了。我当了几十年村长，人还是这个人，村还是这个村，人家还是这些人家。我是我，你是你，他是他。你改了姓，改了名，你还是你。不是我吓你，政府哪天要查一个右派分子，一查就查到了。政府没找你，就是放过你了。地主富农都摘帽子了，政府放过他们，都是好人了，你也是好人了。你改名改姓，还要造假祖坟？你读了那么多书，万一哪天政府要用你，上哪里找你？你先把自己埋了，还指望长出个有小丁？

有小丁跟村长要烟叶子，卷成喇叭筒，又要了村长的火镰，打火石，火草。

有小丁说，我一进村就拿你当政府，你上管天下管地中间管空气，不找你要找谁要？

村长打个哈哈，有先生，你是拿政府当大菩萨，当聚宝盆，求什么来什么？要什么有什么？我也当不得政府，豆腐不算肉，村长不算官。我这个村长不是封的，也不是选的，大家喊的。人家喊一声姐夫就是姐夫？我从来就没见过他姐。叫我石头就是石头？叫我坟头就是坟头？

有小丁这是第一次挨近一个人，这个一直叫村长的人，他从未好好打量这个人。日子和季节，从未在这个人身上留下痕迹。他心里有什么，或者没什么。他是一棵树，一片树叶，收藏在林子里，蝉或者一只鸟，认识或不认识，只管落在他身上。他像一根篱笆桩，立在菜地边上，不知谁的手装上的。他或者更像一句山歌，一声号子，又像是不同形色的标语。

村长递给有小丁一些烟草叶子，又自己点上烟，抽烟好说话。

你不知道吧，我差一点就是一个坏人，我当过几个月国民党的保长，土匪来了要吃饭，官兵来了要吃饭，都找保长麻烦。土匪把猪杀了，把鸡杀了，吃光了。官兵来了，要杀耕牛。村里人把牛藏进山洞，灌些苞谷烧，牛喝醉了就不出声。官兵吃不到肉，就说村里人通匪。没人当保长这个差事，抽签，让我抽到了。土匪来了，用枪顶脑壳，打一顿。官兵来了，用枪顶脑壳，再打一顿。后来解放军来了，土改。先是剿匪，后是斗地主。整天整夜响枪响炮。树折断，像雷击。

苞谷地里，躺着个伤兵，衣服被血浸透，不知道是土匪还是解放军。我把他背回家，上了止血的草药。养了几天，伤兵好些了。他一句话也不说，我以为是个哑巴。他要抽烟，给他抽旱烟，他抽得直咳，问，外边有土匪吗？我出去打个望，说，没有土匪。他说他是解放军，姓邵，排长，河北人。我就叫他邵排长。他要走，找部队。我给他换了衣服，背个背篓，像赶集市的样子。送他到山丘上，他说，他还会回来。

土改时，他真回来了，他是土改工作队长，大家叫他邵排长。邵排长是个铁面人，不笑。他指着我说，你，没什么历史问题吧？你没给旧政权做过事？没给土匪做过事？你没有，对不对？你当农会主任。

这样，我心里就有了数，不能说的几个月伪保长历史锁进铁打的箱子，上了锁。

斗地主，分浮财，他二姨用楠竹枝抽打地主婆，问她金银财宝藏在哪里？地主婆只能算个地主嫂，二十几岁，细皮嫩肉，衣服抽烂了，皮肤抽烂了，肉抽烂了，现了白骨。我说，他二姨，别打了。邵排长火了，你，农会主任，不让群众斗地主？我说，她现在是个伤员，再抽，人就死了。邵排长说，散会，等两天再斗。

人散了，地主婆还有口气，他二姨拿了锤草棒，当脑壳一棒，脑浆溅了他二姨一脸。他二姨回去得了心口痛的病，草药婆婆用灵芝泡酒给他二姨喝，不见效，怪病难治。

他二姨就是我后来的岳母娘。他二姨去世，留下孤女，雨。雨那时还小，我领回来，养大，后来就成了我老婆。

有小丁才发现小腿上有条蚂蟥，吸饱了血，胀鼓鼓的，像暴起的青筋。不在水里，蚂蟥是怎么爬上来的？

有小丁说，你原来不是村长呵。

村长说，你也不是有小丁。

百分之九十五和百分之五

有小丁力气小，村长会给他派些妇女活，让他选黄豆，从一堆黄豆里选出坏黄豆，好黄豆做豆腐、留种，坏黄豆喂猪。

粮食多了，粮食贱一点的喂猪。

黄豆上街最好卖，街市食物，从贵到贱排队，肉，糖，黄豆，绿豆，大米，苞谷，红苕，果蔬。用的，布，农具，草鞋。

人成堆，不好分。集市上买卖双方不讨价还价的算好人。不算计人的人，放心。

有小丁赶集市，没什么买的，也没什么卖的，赶集市只为看人多。

八叔摆个修钟表的摊子，一边修钟表一边看人，修钟表是细活，细活好手法，用心不用眼，手指头有眼睛。

见人群中的有小丁，像鱼群中的一只虾米。八叔叫他，有先生，来坐呵。让出半截板凳，递上半杯凉茶。

赶场？

呵呵。

买点什么？

嘿嘿。

卖什么啰？

卖脚步。

我看，你这块表值点钱，卖给我。

我这是劳力士金表，瑞士的，赶场才戴一回，老师给我的，这表一辈子都不会坏。

晓得，我见过无数的钟表，认得好坏。我拿上海牌和你换，钢，十二钻。这表，像艾中华这样的教书匠，四五个人凑钱买一块，轮着戴。

不换，旧的换新的，你吃亏。

再给你加五十块钱，一块半上海牌。你的劳力士放在我这里，不会丢失。在你那里，也不会生崽，以后，你想起劳力士，再取走。这五十块，你拿去买点东西，吃碗面。这百十里内外，只有一个有先生，人比劳力士贵。

这算什么买卖？有小丁依了。人比表贵，老师临终也对他讲过这句话，修表人也会讲。

有小丁站街边，看人。差不多一样青蓝。斗笠，草帽，青布帕子或别的帽子样式。草鞋布鞋胶鞋，石板街经脚板打磨成玉，光滑如镜。除了偶尔的争吵，并无市声。纷乱行走，并无交谈。零碎的交易，让一些东西变得破碎。集市的秘密，就是把一些东西拆散，捣碎，方便计较和清算交割。重的成斤两，长的成尺寸，多的变斗升。

有小丁有钱了，五十块。十丈土布，一千斤苞谷，一头肥猪，很多颗鸡蛋，还有……有钱就能买街市。

有小丁数街市上的人，他有数豆子的经验，十个十个一划拉，划拉一百，又乱了。人不好分。想起那道分人的公式，百分之九十五是好人，百分之五是坏人。这是怎么分的？又怎么像选黄豆一样把坏黄豆选出来？

百分之百，不是一个人。百分之九十五，是一对儿女。百分之五是一个人。

今天，从西街到东街，有人叫有小丁有先生。西街卖肉的王六，北京大学回来的，好刀法，叫“刀劈一分”，一刀肉切下来不差分毫。

有先生，今天肉不好卖，帮我来一刀？

中街的赵裁缝：有布送来，不多费你一寸布呵。

廊桥上风姿绰约的女剃头匠，叫有小丁，来啊，给你修一下胡子，她顺便拿大胸搓额头。

再走几十步是胡八字先生，抖一下山羊胡子，叫有小丁，有先生，要转运了。

东街是铁匠铺，好手艺是陈样三，他的家什都盖了火印，他的手艺就是他的大名。

回到村里，村长告诉有小丁，你摘帽子了，不是右派了，上头来了通知，让你回那个科学院，搞科学。

有小丁一动不动，站在那里，像被雷吓痴呆了一样。

有先生。

不应。

眼睛不眨。

手在鼻子底下一试，没风。摇一下，没动。叫了使劲来，也没搬动他，像一块长在地里的石头。

站着死，竖着埋。

堆土。砌岩。立碑。

有小丁的女人带了孩子哭坟，好政策来了你就死了，呜呜……你莫死了就好了，呜呜……

人口普查

好消息有时候就是一把刀子，会杀死一些特别敏感的人，敏感的人，灵魂脆弱，他的生命像一只软蛋壳，那种半流汁的东西随时可能崩溃。

有小丁被好消息杀死了。

村里加上有小丁刚出生的孩子，刚好是一百八十个人。人口普查时，村里是一百七十九人。那一年刚好是一九七九年，全公社的人加起来是一千九百七十九人。

在人口普查的同时，还进行土地普查。求得一个比例，九三一水一亩田。

三川半有多大？人口多少？这正是有小丁活着的时候想弄清楚又没弄清楚的一件事。他大概知道，三川半的经纬度，北纬多少度，东经多少度，他的参考书是《水经注》和刘二先生的罗盘记。

人口普查，土地普查，也都只是个大概数，不十分准确。土地不是尺尺都丈量，只是估算。卫星测算也有死角，那些褶皱，不好计算。有些数不在函数，圆锥、几何体外有形体，有若干的不规则。人口普查多记口述，记多位长寿老人，却漏记四公公和草药婆婆，三川半最长寿的两位老人。两位老人自己也记不清岁数。两人只是说，我是猪年出生，你是鼠年出生，比你大十一岁。另一位会说，我长牙齿时，你还没长牙齿，不是我比你大十一岁？那个甲子你也信？

年事，甲子不足为凭。

地无算计，有溶洞阴河。人无算计，有即刻生死。

土地丈量官，以丈长竹竿量地，过竿记数，以石为界。人口记册，入户籍，流动人口不记。

后来，土地也有编制。种菜的，种粮的，栽树的，住人的，埋人的，分清楚，记入编制。只有修路的土地不入编制，谁都不能确定什么时候在什么地方要修一条路。

有了编制就有身份，土地改变了野性，改变了张扬的性格。以前的人，会遥望远处的地平线，土地和地平线无止境地延伸，骑马走不到边，乘船走不到头。土地变得局促，往高处伸展，长高到土地菩萨管不到的地方，长成云朵里的高楼，高过山头，接住月亮。种庄稼的地变窄，牛吃草的地变窄，河道变窄。三川半人往窄处想办法，粮种四季稻，四季收；菜种韭菜科，天天割；又繁殖出扁牛扁马扁猪，长成比目鱼样子，下地可贴，进圈可叠。人呢？孕妇住没阳光的地方，会生个小个子，这个办法不太靠得住……小矮个男人很吃香。武装部长在大会上骂娘，反对生小矮人，影响征兵。畜牧水产局长高兴，六畜和鱼都归他管，管他牛长成什么样，只要是牛，没尾巴没角也好。

扁马扁牛，放牧时像席子一样，挂满草坡。牛自古以来，由爪牛变蹄牛。爪牛为最早的野牛，能走绝壁，如岩鹰，飞狐。蹄牛稳行平地，驯为耕牛。马有飞马，双翼，长途奋蹄，过涧展翅，曾自北海径取天山。据说见《庄子·外篇》，只是此篇早已失传，只成三川半传说。

扁马，像飞马留下翅膀，这些扁马行踪诡秘，才见好好地叠在马栏里，一转身一匹马已不见。在拴马桩那吃着草料，吃着吃着就不见了，只留下缰绳。

村长对雨说，我出去骑马。一出去人就不见回来，中午没回来，晚上也不见回屋。雨叫了露和使劲，点上杉木皮火把，从长岭岗头找到长岭尾头，看了悬崖，看了路边的天坑，没有掉下去的迹象。

村长骑了扁马，一边跑一边播种，庄稼一片一片地长起来。太阳底下的三川半真是广大。播了种，长了庄稼，一个一个的村落，一群一群的人。望天的人，看见村长和他的马，种子雨一样地洒落，天上有人在云里进出。

村长和扁马要去的地方是扬州，四公公游历的扬州府城，有点像“烟花三月下扬州”的那个扬州。

娘说，以后你要看娘，就必须去扬州城了，都说，人死要归扬州城。

人和扁马降落扬州，人困马乏，已是饥渴。街市酒肉香，都是要钱。有声音叫唤，卖马卖马。飞马一百两银子，跑马五十两银子，飞扁马八十两银子。一顶斗笠悬空移来，笠下无人，只有话音。斗笠在村长和马前不动，变化出一些银子。斗笠和马不见了。村长收了银子，进酒馆吃了酒肉。酒香肉香，只是不饱。下起行雨，满街斗笠和伞。这扬州街市，上半天人赶场，下半天鬼赶场。时日头偏西，行雨间有太阳，也就是太阳雨，雨不湿衣。

已是满街亮起灯笼，村长找了家酒店住了。香床缎被。子夜时分，罗帐微风吹开，香气袭人，有女子进帐上床，宽衣解带，相边过来，肌肤如膏脂。这扬州，真是夜来香，花花世界。乡村野夫，遇这事，也不能把持，行了云雨之事。虽露水一场，那女子也说了许多前世今生的话。天亮醒来，正卧古庙榻案上，一堂妙香。摆放百十口黑棺材。棺盖上分置斗笠雨伞。想笠下为男鬼，伞下为女鬼。

一顶伞下，有话音传来：我儿，这扬州花花世界你看过了，早点回去种地，这街市，上半场是人的街市，下半场是鬼的街市。你那些银子，上半场是银子，下半场是鬼的纸钱。儿，你摸一下银子。

村长一摸，果然是一沓纸钱，七月鬼节烧的那种。

我儿，天亮出庙门，钱纸又是银子，找银号兑换银票，盖了银号红印的，就不会再变死人钱。今晚三更，你和娘见一面，娘送你一匹马，天亮前赶回去。

到了三更天，村长进庙，娘儿相见，只是落泪。阴阳两隔，泪不过界。娘拿了一张黄纸，二指成剪刀，剪出一匹马来。我儿骑马就走，路上若有人叫你，不可答话。

村长骑上纸马，一路回三川半来。

风云疾驰，后边好似有人追来。后边人边追边喊，大哥稍停，带我一程。那声音越来越近，像雨的声音。她从哪里来了？

一刻，后边人已追上，拖住马尾。

村长记住娘的话，只是不答话。

后边人说，你再不答话，我就扯断马尾巴了。

村长想，这马是娘用纸剪的，一扯就烂。一急就说，莫扯，让你骑马。

这一答话，纸马破碎，人即刻坠地。

村长想，这下是粉身碎骨了。落地并无声响，落在棉花上一般。

追他的人正是雨。

村长问，你怎么来了？

和你夫妻缘分呵，她没动嘴唇，声音像是从云中落下的。

我说话了？雨问。

我听到了。他答。

我死过的，出家门第七天，我饿死在大河边，和我走的那朱家男人比我先死了。我让河边洗澡的姑娘穿了我的衣服，她变成了我。她穿上我的新花衣就高兴了，把烂衣服扔了。她把我扔进河里，鱼吃了我，我再也不能转世做人了。我给那些鱼讲，你们吃了我的肉，就要帮我做件事。帮那个变成我的姑娘到建水那地方，那地名有水字，鱼做得到。

鱼做到了，等有饭吃的年月，我就回家。

是你吗?

是我。

你尽讲鬼话。

我就是鬼啊，人也是妻，鬼也是妻。

男人和女鬼一起，只亲不热。男人出一身热汗，女鬼不出汗。

女鬼给了男人一只绣花鞋，你想我的时候，这绣花鞋会变成一张床，我和你在床上相会。只是我不能为你生孩子，你屋里那个女的会为你生孩子。一定会是个儿子，一生下来就会讲话，会认字。

你鸡叫之前要赶回去，鸡叫头遍你这马就不能骑，前面还有一千里路，要走十天半月。这一路石头多，会走烂脚板。这一路风好，好马只要一阵风。

按落云头，纸马停在门口，纸马变成扁马，进马群去了。它找了匹马贴上，把力气给了那匹马，纸马就这样消失了。

村长一脚踩进门槛，孩子就落地了，是男孩。女人化成血水，像水银一样满地滚，入地不见了。

孩子洗完澡，背上现字：我儿命好苦，落地就离母，要得母相见，除非做知府。

男孩自能行走，叫爹。指着神龛上的大红家仙纸念，一字一顿，天，地，君，亲，师，位。

艾中华拿了语文课本让他读，他先认难认的字，念了李白的诗，再读工人、农民、米面、豆子、棉花、衣服。艾中华又拿了《新华字典》来让他认，男孩只读错了几个字。艾中华觉得奇怪，一查，小男孩念的是古音。艾中华自言自语，这孩子莫不是右派有小丁转世？

草药婆婆接生几代人，也没见过这样的孩子。

人口普查的来，村长说，这孩子还没个名字。

小男孩说，爹，我有名字，我叫鬼聪明。

稻州来的人

后边的枪声响了一阵，不响了，没人追上来。

最后一排枪是朝天放的。一家四口跌落天坑，上边的人以为他们死了，不死也会让蟒蛇吃掉。上边的人放了一排枪，又往天坑里滚了几块大石头，追的人走了。

天坑里过了些日子，男人先饿死了。女人给孩子喂石壁上滴下来的水，吃蝙蝠屎。那夜正好有月亮照进天坑，女人扯了一条青藤，把孩子一个绑在背上，一个绑在胸前，从有人采硝石的石缝往上爬。她比月亮爬得慢，月亮偏西的时候，娘儿仨爬出天坑，躺了一会儿。那时苞谷正灌浆，女人掰了几捧苞谷坨，吃饱了，赶路。

孩子吃过苞谷籽，有了力气，问娘，为什么要杀人？

女人摇了摇头。她不知道为什么会杀人？屋外头有人喊，杀人喽——有人正在切菜，拿着菜刀就跑出去了。有人拿锄头，斧头，鸟铳，去杀人。趁对方没动手，先把人杀了。有人还没明白，就被杀了。有人还没断气，就问杀人的，也没开个会，就要杀我？对方就补一刀。杀了你再开会。杀了多少人？不清楚。谁领头杀人？不清楚，后来也没查出来。

娘儿仨逃了好远，到了三川半，进了村，在村口的大树下歇了，好多人围上来，给他们水和食物。

孩子问娘，娘，不杀我们吧。

女人一边让孩子吃东西，一边说，这是好人的地方，我们当是亲戚家，不走了，再走，也没地方可走了。

村长问娘仨从哪里来？女人不作声。大点的孩子说，我们从天坑里来。女人说，孩子讲真话，我们娘儿仨是从天坑里爬上来的，我们都是人，不是妖怪变的。

村长不再问，这年头，总有来历不明的人。

你们要去哪里？这一句，村长是要问的。

女人说，我们哪里也不会去了，就到这里。

人住下来了，还要户口。那时，有小丁还没女人。村长想让娘儿仨和有小丁合一个家。有小丁说，这是乘人之危，不干。

人进了村，不走，就算村里人，先在岩洞里住下，就岩洞边搭了两间屋。

稻州人安家了。到人口普查时，全村人证明这娘仨是来投靠亲戚的，有个户籍。户口本上，哥叫刘大道，弟叫刘小道。

刘大道和刘小道，鬼聪明，三人算跳级生，读了四年就上了小学六年级，是艾中华的学生。

艾中华的一本书不见了，高中语文旧课本。

问鬼聪明，你拿了我的书？

没有。

刘大道，你呢？

没有。

小道，你拿了？

没有。

艾中华说，只有你们三个进我的屋，你们三个谁拿了那本书，退我，读书人偷书不算偷。

读书人偷书不算偷，这是他读县城一中时，谢教导主任对他说的。谢老师这句话，好像是鲁迅讲的。鲁迅这句话，好像是孔乙己讲的。孔乙己这句话，是偷书时瞎说的。

高中语文旧课本是艾中华从谢老师那里拿来的，不算偷。他突然找这旧课本，是想再看一遍岳飞枪挑小梁王。

书是鬼聪明偷的。他和刘大道、刘小道一起把偷来的书藏在母猪洞的石灶里，三个人一放学就往那里跑，看那篇岳飞枪挑小梁王，看比武打架。坐在小溪流的石头上，把脚泡在水里，这样不会被蚊子咬。

正看到岳飞枪架小梁王的招式，后边艾中华一声喊：岳飞来也！鬼聪明，刘大道，刘小道三人，连人带书落入水中。

艾中华把三个人一一拖上岸。

问他三人，好看？

三人说，好看。

比杀年猪好看？

三个人回答，可能不同，他们还是一齐答：和人相杀，不比杀年猪，杀猪吃肉，杀人不是。

好了，书还我。杀人杀对了，就是英雄。杀猪最多也只算个好屠夫。

一条大蛇从母猪洞溜出来，头上了那边岸，尾巴还在这边岸。腰身拦河水，起几尺高的浪。这恶相，像是小梁王变的。

毕业了，鬼聪明，刘大道，刘小道三人考上了县城第一中学。三个人从初中到高中，只读四年，考上京城同一所大学。只五年工夫，三个人又一同考取了博士。鬼聪明学经济学，刘大道学哲学，刘小道学法律。刘大道读了一学期博士，跑了，后来成了普陀寺的大和尚。

稻州来的女人种金银花，养出来两个博士。金银花就是菩萨花，大朵大朵开，今天摘了，明天又开。年年卖三五万块钱，稻州女人谢土地菩萨，盖了个土地堂，每年请道士先生答谢。

村里人说，金银花养的博士呵，一个叫金博士，一个叫银博士。

稻州女人说，现在只剩一个了，我那个儿怎么要去当和尚呵！

那年稻州起事杀人，一开始只是一个动员大会，大会只讲要做榜样，没讲杀人。那天正好是赶集市，人多，卖狗肉的不多。有带鸟铳的，带柴刀的。集市散了，回去顺带林子里打一回野物，没打着野物也可以砍一捆柴回家。集市上人脸，都像装出来的忠诚，看脸，又不像那个样子，又生怕不是那个样子。脸照脸，赶快转过脸，又照上另一张脸。想逃避又遇另一张脸，逃无可逃。那次集市，成为最焦虑的集市，最恐慌的集市。谁也不敢最先离开集市，偷偷开跑就是心虚，心虚就是坏人。挺住，坚持脸照脸，挺不住就低下头去。一低头，看不见脸，也看不见榜样了。

一位拿鸟枪的，在人中间，前后左右都是脸，就慢慢低下头。再抬起头，几十几百几千双眼睛盯着他，满是怀疑和警惕。一急，对天放了一枪。

有人大喊，杀人了！坏人要变天了！

集市乱了。不用逃避那些脸了。脸生脸熟，长坏脸的就杀。坏人的脸，不正直忠诚的脸，什么都不像的脸，脸多了眼花了，刀刀见血。能杀就杀，不能杀就逃。

有孩子尖叫，伯伯，你杀错人了，那是我妈。

一个粗嗓子答：杀的就是你妈，她那嘴巴是特务。她还嘴巴臭，骂人。她把别人的鸡骂死了，把别人的牛骂死了，把还未满月的婴儿骂死，你爷爷奶奶咳嗽，你妈骂他俩咳个死、咳个死！他们就被骂死了。我不杀她，别人也会杀她。这赶场天杀人，像下河杀鱼，杀着了就是杀着了。她碰上了我的刀。

伯伯一点也不像要杀他的样子，孩子没跑。听月亮坝里摆龙门阵，讲杀人故事好听，有味。但见杀亲妈，就想哭。

被追杀的母子三人到了三川半，进了村里，杀人的地方离他们很远了。

有一天，稻州来了个人，找到了稻州逃命出来的女人，那人给女人出示一张盖了大红印的纸，说是政府派来的，接她母子三人回稻州。告诉她安全了，接稻州人回家，让稻州人知道稻州是个好地方。

村里来了陌生人，一村狗吠。稻州送公文来人，狗不叫，夹尾巴钻楼板下去了。送公文的人出村，狗子们追出村子叫。那人一转身，所有的狗都趴下，那人飞快离去，眨眼不见。

牛发冒

发冒，这个词指牛忽然狂奔。牛尾巴立成旗杆，每根尾巴毛都竖起来，四蹄生风，高坎低坡，一飞而过，越追它越跑。

使劲一躬身，一弹，一跃，与牛齐奔。他不能抓牛尾巴，这样会扯断牛尾。他飞身骑上牛背，往下一坐，牛就趴下了。

四公公不知什么时候来到使劲身后，他拍一拍使劲的肩膀说，你让它跑，要跑的留不住，把精气耗尽才是终点。传说张天师扯住必渡河，止流三天，经狂风卷去，得留停云山、扯云岩。

三川半少有“牛发冒”的大事，却突然有事发生。

酉年，鸡窝症。空村拔寨，死人无人送上山。

申年，先吃草，再吃泥，天旱三年，蚂蟥绝种。

辰年，洪水洗地成白骨。

天性之变，神失神性。

人无定神，又多生事端。

兵事，匪事，争事，事事再生。如牛狂奔，止无可止，厄运祸事急坏多少牛郎。

牛发冒，多见人事运动。

土匪要吃牛肉，牛发冒狂奔。一麻脸土匪端机关枪射杀，未得半根牛毛。

官兵要吃牛肉，数十人合围一头牛。牛冲出合围，撞伤五六个兵。

土改那年，分耕牛。地主家的好牛，本该分给养牛的长工，被抽签抽给农会主任。农会主任拉犁不动，牛挣脱牛鼻绳，一路狂奔跑出三川半疆界。

等兵匪过去，人争平息，那头跑出疆界的牛回来，老得只剩一身骨头架子蒙一张牛皮，已不能耕地，胡子也不见更长。它确实多了些阅历，青春的牛对它多些敬畏。它牙口不好，胃也不好，它只能给青春的牛讲往事。这样，它就能得到一些尊严。它告诉青春的牛要守牛道，出牛力，不到万不得已，不发冒，发冒是铤而走险的事。

有阅历的牛在坡上演讲，见青春的牛在坡上吃草，交配，用尾巴甩打牛虻。

它觉得自己就像一只牛虻，让青春讨厌的导师。

心踏雪

微风吹拂山冈，芃野俯仰。叶叶发声，接远处梵音。

冬天的绿草是水边的菖蒲草，旱地的阴湿地的狗舌头草、白蒿、冷蕨，石板上的晒不死草，山冈上是常青的松柏树、无名草，最绿色的是草园子，葱蒜，萝卜，青菜，白菜。有大群的青鸟啄食葱叶。

三峡的雪，南方的雪，从大别山白起，黄山，武陵山，雪峰山，衡山……

长岭岗像一匹白马，伸长脖子，饮潺潺流水。

山溪的鱼，躲进石头屋，把水作窗户，把寒冷关在水外，鱼很暖和，像山里人围住火塘。这个季节的鱼把大眼睛尽量缩小，不欢，守住鱼性情，做一条有思想的鱼。鱼在冬季收敛时间，蓄住鱼势，到时候，一下子就长大了。俗话，猪大三百斤，鱼大无秤称，鱼有多大呢？

尖庙，尖山顶上庙堂。积雪的庙堂，尖庙的轮廓似一顶油白的伞。撑伞的是神仙，爱这一顶伞的一定是仙女。

尖庙望周围八十里，敬香的不必徒步一日半日，望庙燃香，心灵神灵。上山无路，庙内没和尚。古刹如何时有钟声，可能是神仙自己撞钟？和尚撞钟是钟声，神仙撞钟是梵音。

梵音领雪，先是一朵一朵地下，再是一团一团地下。路遮了，地盖了，树上挂满了雪，像一幢一幢的雪帐。老虎，野猪，豺狼，一经染白，与白鸟争颜色。

尖山尖庙，月光照雪，似亮长明灯。

稻州来的女人起来，扒开火塘，燃起柴火，木方上的腊肉滴油。下雪了，快过年了，数着日子，等京城读书的两个儿子回家吃团圆饭。少油少盐的日子，稻州来的女人对儿子说，早点睡，做梦吃肉吃大米饭。一早起来，大儿子说，我梦到吃肉了。小儿子说，我做梦吃到肉了。他俩问，娘，你做梦吃肉了吗？她说，吃到了，好吃。我还留了肉给你爹。两个儿子说，爹呢？他会做梦吗？她说，你们的爹在梦里，他有肉吃，有酒喝，他现在什么也不怕了，不怕人，不怕老虎，不怕刀枪。两个儿子说，再没人追得上爹，爹像风一样快，像闪电一样快，没人打得过他，他像鬼一样狠。

火光把妇人的影子投在板壁上，忽大忽小，忽长忽短。影子是看得见的魂魄，妇人对影子说，你留在家里，等我回来。等一家人回来，我出去走走。

妇人出门，月光下的雪地里，她走一步，影子跟着走一步。她对影子说，进屋去，守屋呵，影子慢慢地进了木屋。她转着身子看，影子不见了，她开始往前走。

她朝着尖山尖庙，往前走一段，尖庙往后退一段，尖庙看上去近，走起来不见近。身前身后，是雪。头上脚下，是雪。又见月，又下雪，那多的年关，那多的雪夜，只有今夜。月光和雪，自九天一齐降落。月是伴，雪也是伴。没有桥梁上尖山尖庙，一步步地走。到山岗上，月亮和庙，很远，落雪不遮，看得见。短脚的雪，跪在山头，长脚的雪，铺在涧底。

女人如一朵雪，从山岗落入涧底。

天坑和洞口，吐出些雾岚般的热气，三川半胸膛起伏，呼吸无声。

下山，比落雪慢，没瀑布那么急。雪不能填平山涧，就有往下往上。

往下有碑，是向氏兄弟修路的功德碑。有长草堂，顺手添柴，人长力气能行长路。雪盖住了一切伸手可及的，除了雪。雪也盖住了枪炮声和杀声。半坡的水流槽，是旧战壕。雨夜，是枪炮声和杀声再响。凶鬼起战。雪盖住了战争的声音。子弹和尸骨埋在深处。它们用蟋蟀和蚯蚓的语言讲悄悄话，孤独让它们靠近，用地下练成的鼠眼，打量对方生锈的年龄，讲述一九二七、一九三七、一九四七，陈年往事，往后的事，它们不曾经历，也从未听说。

女人和长脚的落雪下到谷底，看得见月亮，看不见尖庙。往下，就像沙漏，人和雪花一同漏下，如流沙倾泻。

再往上，之字形的路，绕着，要躲着前面的什么。躲开壁陡，往上走，不吃力。路吃脚步，陡坡吃力。脚步吃路，到坡顶，见着尖庙。上下一昼夜，再见尖庙、月亮。脚下风起，女人到了尖山脚下，积雪搭成台阶，上到半山，有两尊菩萨，满身披雪。女人折一束松柏，扫去菩萨身上积雪，现出真身，是草药婆婆和四公公，只是眨眼睛，不能说话。伸手拉他们，生了根一样不动。

尖山顶上的尖庙，原来是几块巨石垒成的，没有神像，也没有和尚，没有铜钟。

她旮旯里找，也没经书和香炉，连香灰也没有。

以为是雷，却是钟声。声音披满雪，撒向四方。

牮屋

女人冻醒了，火塘的火快熄了。她拍了拍衣服上的柴草灰，影子还挂在壁上。

三川半震了一下，所有的屋歪了。

人变成影子的倒影。

村寨里喊，屋歪了！

人们从屋里出来，站在雪地里。村长站在村外，拿村口的枫香树一对比，屋歪了。太阳照下来，屋也不正。

村长叫人支起人字木，把屋牮正，这是祖上传下来的办法。鲁班造屋也会歪。鲁班就留了牮屋的办法。屋歪可牮正，屋倒不散架，这是三川半造屋的机理。此处造屋，先制木为排扇，先立起一排扇，人将排扇立住，同排扇一并举起，另一排扇也依法举起，上边人将两排扇对接，做成一间屋，再依法往两头延伸，排扇依次对接，做成三五间，成一幢屋。此屋如汉字，歪了也成字，倒下也不散。

坌屋比起屋难，比起屋热闹。屋歪了，再坌正，这个热闹。在喜庆和哭丧之间，在安危之间，蚂蚁撼树一样地悲壮。

使劲站在一旁，力大使不上。用力太大，房子会倒，力大能推不宜扶。

老屋——莫倒。老屋——立稳。一寸——扶起。一尺——撑起。

起——嗨，起——嗨，起——

屋坌正，过年，过稳当日子。

晒谷坪摆上几十张桌子，百家饭开吃，放铳，放爆竹。

往前往后

三川半的玉米，俗称苞谷，叶包的谷子。玉米颗颗金黄锃亮，阳光雨露和人工种植琢成的粮食美玉。黄豆、稻子、小米、向日葵、黄狗、黄牛，阳光一色染成。

一把明亮的刀子，总会生锈，一个聪明的人在阴谋中总会长出坏牙齿。一粒老玉米有一颗不死的心，来年会长出一株玉米。

三川半的每一粒玉米都很优秀，它受用过阳光雨露，相伴种植，所以，它承担供养、救济、税赋，承担恭顺、屈服、延展。

吃过三川半玉米，就上了玉米课，听种子和禾苗演讲。

右派吃过，城里来的知青也吃过。他们一开始吃不习惯苞谷粉子饭，腹胀，便秘。后来通畅了，玉米改变了他们的肠胃，改装了他们的头脑，成为永久的记忆。

玉米成为最初的问候和以后的思想。

苞谷粉子饭，吃饱了一整天不饿，一年有苞谷粉子饭吃就不会挨饿。

这是吃过苞谷粉子饭的一个重要思想。一碗苞谷粉子饭，让人经久不饿。

公元一九七〇年代，从饥饿年代到半饥半饿年代，共和国新纪年二十四年，土地，粮食，思想，是年代的填空。

长篇大论的时代，大人物，大运动，大历史，从时间之门进去。

仁宽书记说，你们识字读书，是有文化的人，思想复杂。你们写个简单的东西，贴墙上，“斗私批修”专栏，越简单越好。

知青：学习。理想。苞谷粉子饭。

右派有小丁：学习。标语。苞谷粉子饭。

艾中华：读书。饥饿。苞谷粉子饭。

仁宽书记说，就没一个要吃肉喝酒的，思想境界真高哇！

个人写的东西还未贴上墙，公社那红色的电话机直响铃，仁宽书记接电话，连连嗯嗯。

放下电话，仁宽书记同几位一一握手。他说，我这里要清场了，人民公社不搞了，改乡政府。你们几个回去，给村长村的人讲，他们的锅灶还在，米桶饭碗还在，树和水井还在。大炼钢铁，我让大家把树砍光，公共食堂，让大家拆了锅灶，砸锅炼钢。以后办乡，就要办成村长村的样子。

公社改乡，叫二所乡，仁宽书记还是书记。他不叫仁宽书记，叫老书记。

老书记没变，说话声音变了，川话，以前是公社话。田土和耕牛分给各家各户。要大家好好种庄稼，多栽树少砍树。

他找到诗人彭努力，问他现在叫什么名字？还能写诗吗？

诗人说，我叫卤水，你改的名字。不会写诗了。

老书记说，要写。两个人写诗，边写边念。

要致富，先修路；要发财，种烟来。吃肉要喂猪，养儿要读书；人勤地不懒，全靠多生产。出门去打工，土地莫放松。

老书记去了一趟省城，找到李克时，他是青少年基金会的掌门人。见老书记上门，李克时请他吃海鲜。仁宽书记没怎么吃，太腥。

仁宽书记说，克时老弟，我给你讲老家学校的事，听了不准笑。体育老师是个瘸子，学生练成拐子步。音乐老师是个结巴，什么歌都唱成二重唱。语文老师是个聋子，叫学生起立答题。学生说，我不讲，你晓得个卵！学校条件太差，老师都不愿意去我们那里教书。

李克时没笑，对仁宽书记说，老书记，我带几个人，和你回去看看。

学校就像牛栏，几根柱子撑着。李克时拿出一百多万块钱，盖了新学校，叫希望学校。

仁宽书记调县里，任县委副书记。上任第一天，人就病倒了，送县医院一查，一身是病。风湿，大跃进搞夜战患下的；腰椎病，修水利抬岩伤的；胃病，过苦日子过的。

三川半人来看他，他讲，我这个人，不是当大官的命，你们看，一戴大官帽子就害病。他请三川半来的人吃饭，从口袋里掏出三百多块钱，刚领的工资，一个月三百多块钱，你们不帮我吃，我一个人吃不完。我一个月工资能买一千多颗鸡蛋，三百斤猪肉，一千斤大米。我一个月受这么多俸禄，一年该做十年的事，身体坏了，做不成了。要过年了，我送你们几千斤大米到乡里，也只能送到湾潭，你们找人去挑。不通路，你们要把路修通。十几口山塘要维护好，莫漏水。一个地方变好，只要三件事：蓄水，保土，积肥。山顶戴帽子，栽用材林；山腰扎带子，种果树观赏林；山脚穿鞋子，这是保土。多保山塘，塘边多种树，拦泥沙，防蒸发。石漠地，要像存钱一样存水。养家畜积肥，肥养庄稼，粮养人畜。

老书记喝了口白开水。你们看，病房当会议室了，我话多了。我呀，也不是什么书记，我就是个农民。我十二岁就会使牛犁田，你们不信吧？我当了干部，就没再摸过锄头把了。一急就吼人，你们不恨我。反右倾没反我，“文革”没有揪我挂牌子游田坎。看到你们，心里就热。想到你们，心里就亲。你们是天下最好的老百姓，等我病好了，我要回三川半，造一栋木屋，看年轻人结婚生子，送老人上山。我死了，就摆桌子和那些先走的人喝酒，把阎王爷喝醉。

漂亮的女护士在一旁站了好久，没打断老书记说话。

好啦，你们先回去，杀了年猪，要接我吃肉啊。

老书记睡着了，病房乱了一阵。

病房总会死人。又一个人死了。

白马在崖上飞驰，它走过的是江湖，跑过的是界限。蹄踏过的是地方，飞跃的是高处。高低远近是白马的习俗。

见过三川半崖上面白马的人，真是福气。它停在崖上，又不停地奔走，却不能在原地奔走。只有崖上白马，前蹄跃起，后蹄牢牢定住原处。那竖起的尾巴，像要把白马四蹄拔起。那是一匹神马，你看见它，就看见了远古和未来。

往前往后的驿站，白马不曾停留，它只在崖上奔走。御驾亲征的马，信使的马，从朝廷到地方巡视的马，一日千里，也快不过白马。

朝廷和地方，白马不曾经过。有了朝廷，三川半就成了地方。

地方就是个谜语。

有小丁约了三川半最聪明的两个人，李克时和艾中华，他说，我要给二位出个谜语，地方，你们猜。

艾中华想了想，说，三川半。

李克时说，天下。

有小丁摇摇头。

多年以后，李克时猜出谜底。有小丁已经死了。地方——地方政府；地方——地方人民，必是其中一个。

有小丁活着，他自己也未必知道谜底。

崖上的白马还在，后蹄还定在原地。拔起后蹄，山崖就会崩溃，时间不再有红年，地方不会有界限。

骑上白马，不再走南闯北。

笑伢

三川半的人，怕官，怕匪，怕陌生人。

三川半的狗，见了陌生人，先怵几分，汪汪叫，是示威。来者无害通过，狗藏利牙，相安无事。此地不算谁的地盘，只是任何一个地方。

仁宽书记过路，孩子们就往树林里钻。知道他是书记，恶狗也怕他，犟牛也听他的话。刘皇的爹是公社会计，归书记管，见了书记，刘皇把半个身子躲进巴茅草丛里，屁股露在外边。仁宽书记踢刘皇屁股，你是刘会计的儿，见我还躲？都出来，草里有蛇。

几个小蛋蛋吓了出来，仁宽书记讲，你们见了干部就怕，以后怎么当干部？爹娘盘你们读书，就是要你们胆子大，不怕官，不怕匪，不怕陌生人。人不躲，狗不夹尾巴。最讨嫌的狗是夹尾巴的狗，这样的狗，不能看家，不能守村寨，不能追捕猎物。好好读书，做只好狗。以后见了我不准躲，以后谁见了我敢躲，就把他的小鸡鸡割了喂猫。

书记干什么？书记想什么？学堂读书的，地里种苞谷红苕的，从未想过。

他是办公的。

书记是管一个地方的，地方官。所有地方，有地方官，地方官管所有地方。他们有上级，上级的上级管全天下，天下是一些地方和一些地方。

老书记最后的觉悟是守土有责，造福一方。他的这个觉悟，后来被别人做成标语，到处乱写。把一个人的灵魂语言做成大标语，总有那么一点点对个人尊严的伤害。觉悟是有灵魂的，标语是没有灵魂的。不能像设置标语一样去设置灵魂。老书记生前讲过，我不是一个好榜样，我也不是一个坏榜样。我讲的话，没有年月日，讲完就没了。我也不是闹钟，讲话不准。

他说对了，他的话不能做成标语，他的人也不能做成一个标本。他还说，我就是个烟叶子，你们累了抽一口，来精神。来了精神整田、整土、种粮食。大跃进时候，诗人彭努力写了两句诗：书记炉，真要得，又出政治又出铁。这两句诗后来上了国家大刊，是彭努力抄了大刊？还是大刊抄了彭努力？不知道。仁宽书记也没追究。就是这个时期，仁宽书记说自己是烟叶子。

仁宽书记经历了许多标语，标语一条一条旧了，人一年一年老了。

村长村的木楼不见多，灰瓦变黑，长满青苔，好瓦屋，百年不漏，那些榫卯依旧结实。

使劲觉得这些木楼不够高大宽敞，进屋出屋要弯腰，在屋里不好打转，他要造又高又大的冲天楼。

人吃饱了，就想干大事。

使劲找了枞木、杉木、樟木、楠木，还有竹子。请了王鲁班，冲天楼造好了，在屋里，可以尽量伸腰，他头一回享受到无限制的居住。

村长说，这屋好是好，可取块腊肉要爬楼梯，神龛上敬家仙菩萨要搭板凳。

露三年未孕，进新屋后怀孕了，十个月后，生了个男孩。孩子生下来未见哭过，时不时咯咯笑，像被挠胳肢一样，有时笑到憋气，脸发青，白天笑，夜里也笑，于是取个名，叫笑伢。

婴儿夜哭可怕，笑更是吓人。笑伢笑一夜，爹娘不能安睡，连公鸡也乱打鸣。不到子时，公鸡就打鸣，长鸣接短鸣。以为过了白日，笑伢不会闹夜了，他日渐声大，笑起来，连屋里老鼠也跑光了，壁上的蜘蛛趴着不敢动。夏天里，蚊子苍蝇飞着飞着就掉下来，是被笑死了许多。

草药婆婆看了，说这孩子其实是哭，笑就是哭，只是无泪。草药婆婆还是用老办法，叫人代写：天惶惶，地惶惶，我家有个夜哭郎，过路君子念一遍，一觉睡到大天亮。写好贴在赶集市的路边石头上。

过了些日子，笑伢“笑哭”依然。

使劲问草药婆婆，她只说，没人念啊，君子未路过。

使劲和露也习惯了，笑伢不笑，还觉得日子冷清。屋里没老鼠蚊虫，少了许多烦恼。没眼泪也不要紧，不瞎就好。

笑伢懂事的年纪，也就是能克制自己的时候，不过他还是笑，见了冲天楼笑，见石磨笑，见锅灶笑，见牛粪也笑，见新衣服笑，见人长得乖笑，见人长得丑笑。人病了他笑，残疾人也笑。死了人他也笑，到娘娘庙见了各种菩萨还是笑。没有眼泪这种东西，人就不知道悲伤，爱笑的孩子没有恶意。下雨下雪，晴天阴天，他都笑。春天开花，采茶，他笑。秋天收苞谷、红苕他笑。夏天他和凉风一起笑。冬天他和火苗一起笑。他总笑不完，让人不好意思忧伤。

有牛被盗，有野猫偷鸡，有人踩了狗屎，有河里翻了船，晒谷坪的粮食淋了雨，树林着了火，这些让人伤心的事，笑伢会大笑。

雷公不打笑脸人，没人恼他。

和笑伢玩的孩子，也是一个个嘻嘻哈哈的，孩子把喜乐带回家，一家人也会乐。

一个孩子的生理原因，成了一群人的性格原因。

和善。喜乐。夜里猫头鹰和白天的喜鹊对唱。

有人过张口岩，听见石岩深处有咯咯咯的笑声，还有神仙喝酒猜拳行酒令声。

后面，有了笑伢是笑菩萨投胎转世的传说。使劲对露说，你给我生了个笑菩萨。

村里来了个炸爆米花的，黑铁葫芦在火上转，炸出一堆爆米花，村里叫苞谷泡泡。这个人找各种借口在村里逗留，他是个探子，打探笑伢。他带了一种眼药水，放进笑伢的眼睛里，他就会哭。他好几次想下手，都被村里的狗围着咬他。这个人后来就离开了，连炸爆米花的黑铁罐也没带走。那不过是个道具，没人喜欢用它，只把它挂在村口的古柏树上，等遗失它的人来取走。就算人家是个探子，也该还他一个公道。探子也许永远不会再来了，那只好把公道挂在树上。

久了，人们想起，炸爆米花的从不收钱。那探子，一定不是从集市上来的。

人 渡

是的，交过河粮，不会有断途路。河上没有桥，摆渡过河。摆渡人吃住在渡船上。那船，有两丈多长，半船半屋，半篷半敞，由好柏子木造。他锅碗瓢盆铺盖在这篷里，敞处是过客的地方。

每到过年，摆渡人各家各户收河粮。摆渡人做的是“缝断路”的针线活，路到断处，他拉水线接上。打河粮，收几个针线钱，交河粮顶一年的摆渡钱。渡船，是摆渡人的田土，一个人的村庄。

船好，摆渡人水性也好。过渡的人放心过河，他是个驼背。

村村通公路，河上有了桥，能过车马。过桥的人过桥，过渡的人还是过渡，每年河粮不见少，一个稳定的职业，做工作就是做人气。摆渡人的篷子里，是个密室，除了日常生活。还有一个钱箱和人气箱。钱箱是五分和一元的硬币。铸币者不会想到，有一些到了这里就不会再流通，变成一种收藏。它们将成为未来人类的胎记。

人气箱，楠木做的，防虫。里面装着过渡人的手印、脚印，屁股印，还有从水里打捞起来的倒影。摆完一天渡船，到夜里，摆渡人把留在船上的手印、脚印、屁股印，一张一张地撕下来，这是个细活，像揭碑拓片一样，揭一张屁股印比做一张纸更费力气。然后，他很小心地从水里打捞倒影，白天过渡人留下的，一不小心，那些倒影就会碎掉。最后，他还得把星星和月亮的倒影拣出来，放回河里。

那些印子和影子，装进人气箱，做伴。

再好的船，承载多了，也会沉。所有沉船的故事，都是这样的。

一个有月亮的晚上，渡口成了船型沙洲，人气箱成巨石，钱箱散了，硬币成为一堆卵石，河流改道，从北边移到南边。

真是，江山易改，大河可移。

人们把河粮撒进河里，然后过桥。

站在三川半的长岭岗，看得见船型沙洲和那座桥，桥上并无人和车通过，船型的沙洲上有一个驼背人，或者一块石头。

盗名

年货备齐。集市上有的，家家有。

来了个戴青丝帕的人，头上的青丝帕垂下一角，遮住脸，露出尖鼻子、小眼睛，手指很长。那手，像袖管里伸出的竹耙子，走起路来叭叭响，一个人就成了赶鸡的响篙。

这个人，怕不是讲好话来的。过年了，家家要讨吉利话，要喜鹊，不要老鸦。一句好话是未来的好运气，把屋建好，是为了等个好运气，过好日子。等神佑，等天佑。来年种植，平安生长，养六畜，图兴旺。

过路人进村寨，送一句吉利话，回赠粮食、腊肉、糍粑、酒饭。

那个人在村口的樟树下找块石头坐下，割一截青丝帕铺在地上，用一根松枝压好，摆了个场子。

寨子里人，各家来一个人走这个场子。那个人说，你们手里的东西我不要，只要你们一个名字，我给你们一句吉利话。来呀，谁先报上名字，谁先得一句吉利话。

有人报上名字。恭喜发财！

又有人报上名字。恭喜发财！

报上名字的都得一句吉利话。有人接着报名字。来人不像托钵化缘的，也不像上门打莲花闹的。莲花闹，家家到，不给钱，米也要。这来人只要名字，不要东西。

那人收摊，出村了。

村里人突然发现丢了东西，每个人都记不起自己的名字，也叫不出别人的名字了。

那个人把所有人的名字都偷走了。人丢了名字可不得了，不记谁是谁，像菜园子里的葱，哪棵是哪棵呢？

使劲丢了名字，还丢了力气。那个人说要和他掰手劲，力气被那个人偷走了。

一个人没有名字，问题不大，一个村的人没有名字，问题就大了。没有名字一下成了陌生人，失去互助，红白喜事也叫不拢人。丢失熟悉的名字就丢失了亲近，没有名字的人走不远，到了远处也没地方收留。

丢失名字也丢失了公共服务，比方医院，学校，酒店，会场之类，甚至走亲访友，一切要名字的地方。

于是选择报警，但得先报名字，否则警察不好立案。

那个人顺手把地名、树名、河流的名字也偷走了。熟悉的地方，熟悉的河流，熟悉的森林，全都失去名字。近处失去联系，变成别处。

世界从命名开始的，失名，又成蛮荒。那个盗名者，是三川半有史以来的大盗，他偷走那么多名字要干什么？

盗窃名字，很可能是偷走了所有。屋，牛，女人和孩子。失窃名字是最严重的失窃。村长领上使劲，领上最好的猎狗，追那盗名者，索回名字。

这事惊动了上头，开始以为是谣传，怪事太不可信，后来派人调查，怪事确是真事。

来调查的人说，这样大面积地群体性失名，是个大问题，这个问题一定要解决。这个人回去的路上晕车，他以前自驾去西藏也没晕过车。回到单位，他记不起自己的名字，名字丢了。翻他的档案，姓名一栏是空白。办公室一位女同事递给他一杯水，让他再想想自己的名字，他喝了口水，说，我叫同志，男。你，女同志。女同事一点头，就丢了名字。女同事打电话到领导办公室，一句话也没说，就挂了电话。领导分析，这是个阴谋，会传染，通过讲话来传染。领导把各部门的负责人召集起来开会，通报情况，告诉大家不要紧张，不随便讲话就不会有问题。尤其是不可与失名者说话，对失名者实行语言隔离，就是不和他直接说话。领导说，要敏感，敏感才会重视，要像抗洪救灾一样处理好这个事件。

领导的话，很快变成下级的话，打击盗名，决不手软。上级的话就像下冰雹，村长要用斗笠接着。

盗名者是个惯犯，他也是最早的失名者。他对一切有名者产生怀疑，像讨债一样盗取名字，制造一个一个无名区。没人敢抓捕盗名者，抓盗名者的人必定失名。

盗名者从不以为自己是个窃贼，他不偷钱财，盗名，不留痕迹，每次得手，让他欣喜。一次，他进了一家大图书馆，那就是一家名字银行，一念之间，他盗走了所有的书名和著作者名。图书管理员不知所措，那些埋头在图书馆做学问的人无比惊恐，这完全是学术恐怖分子的屠杀。

村长的猎狗，从未放走过任何猎物。老鹰捕鸡，它咬断鹰的翅膀。老虎吃牛，它趴在虎背上，咬断虎的脖子。它就是村里的哮天犬。

盗名者有狐狸的臊气，猎犬一边嗅一边跑，人和狗追踪半月，在屋祥潭处，狐狸臊气断了。潭水浮尸，群鱼争食。丝帕缠住浮尸，一头留在长手指的手里。那只手伸出水面，把青丝帕举成黑旗。水边的巴茅草里，一只黑包袱，一包河沙样的黑字，全是赃名，无数。

使劲复原力气，记起自己的名字。打开黑包袱，黑字涌出，飞起来，满天黑雨，四方洒落。

人，河流，又有了名字。

所有生灵有名字了。

所有地方有名字了。

太阳照在名字上，亮了，像一片片的绿叶。

叫到你的名字，你就站起来，举起你的手。

简单的仪式，没什么，只是一个态度。

满天繁星，无比荣耀。

二〇一八年秋　二村农舍

图书在版编目（CIP）数据

地方 / 蔡测海著. -- 长沙 ：湖南文艺出版社，2020.2

ISBN 978-7-5404-9392-9

Ⅰ.①地… Ⅱ.①蔡… Ⅲ.①长篇小说－中国－当代 Ⅳ.①I247.5

中国版本图书馆CIP数据核字(2019)第265298号

地方

DIFANG

作　　者：蔡测海
出 版 人：曾赛丰
责任编辑：杨晓澜　薛　健
责任校对：黄　晓
封面设计：天行健
内文排版：钟灿霞
出版发行：湖南文艺出版社
（长沙市雨花区东二环一段508号 邮编：410014）
网　　址：http：//www.hnwy.net
印　　刷：长沙超峰印刷有限公司
经　　销：湖南省新华书店
开　　本：880mm×1230mm 1/32
印　　张：9.5
字　　数：186千字
版　　次：2020年2月第1版
印　　次：2020年2月第1次印刷
书　　号：ISBN 978-7-5404-9392-9
定　　价：45.00元

本社邮购电话：0731-85983015